SV

POLNISCHE BIBLIOTHEK
Begründet und herausgegeben von Karl Dedecius
Deutsches Polen-Institut Darmstadt
Gefördert von der Robert Bosch Stiftung
Redaktion: Andreas Lawaty und Bernd Schwibs

JAROSŁAW MAREK RYMKIEWICZ

# POLNISCHE GESPRÄCHE IM SOMMER 1983

ROMAN

AUS DEM POLNISCHEN
VON ESTHER KINSKY
MIT EINEM NACHWORT
VON WŁODZIMIERZ BOLECKI

SUHRKAMP VERLAG

Originaltitel: Rozmowy polskie latem 1983 (Fragmenty powieści). Paris 1984
Umschlagillustration: Kupferstich von Walenty Romanowicz,
»Nad Świtezią« (1938), aus der Sammlung der Universitätsbibliothek Toruń

Erste Auflage 1995

Satz: Libro, Kriftel
Druck: Nomos Verlagsgesellschaft, Baden-Baden
Printed in Germany

# POLNISCHE GESPRÄCHE IM SOMMER 1983

Herr Gienio unterbricht seine Arbeit – er ist gerade dabei, auf dem Baumstumpf zwischen dem Sandkasten und dem Schuppen mit dem Brennholz und den Gartengeräten Holz zu hacken –, schlägt die Axt in den Baumstumpf und geht zu der Bank unter dem Heckenrosenbusch. »Wer noch nie den Stock gespürt hat«, sagt Herr Gienio, »der weiß noch gar nicht, wer er ist und wo er hingehört. Erst wenn man den Stock gespürt hat, trifft man die Wahl und findet seinen Platz in der Gesellschaftsordnung.«

Das Wort »Ordnung« bringt Herr Gienio mit besonderem Nachdruck vor, damit wir verstehen, daß er weiß, was das ist und wie so eine Ordnung funktioniert.

»Und Sie, Herr Gienio«, fragt Herr Mareczek, der mit Frau Mareczek und Herrn Stefan auf der Bank unter dem Heckenrosenbusch sitzt, »haben Sie schon den Stock zu spüren bekommen? Ich noch nie.«

»Keine Sorge«, sagt Herr Stefan, Cellist in der Nationalen Philharmonie. »Dafür gibt es reichlich Gelegenheiten, Sie bekommen bestimmt irgendwannmal eins übergezogen.«

»Aber sicher hab ich das«, sagt Herr Gienio und setzt sich zu ihnen auf die Bank unter den bereits verblühenden Heckenrosen, obwohl die Axt, die in dem Baumstumpf neben dem Sandkasten steckt, darauf wartet, daß er sie sich wieder vornimmt. »Vor einem Jahr, auf der Poznańska Straße. Ich ging die Allee in Richtung Rondo hinunter, und mir tränten die Augen, denn vom Hauptbahnhof her wurde mit Tränengas geschossen. Vor dem Kinderkrankenhaus in der Allee standen Frauen in weißen Kitteln, sicher Krankenschwestern oder Schwesternhelferinnen, und teilten Tampons aus, die in irgendeine Flüssigkeit getaucht waren, die konnte man sich vor Augen und Nase halten. Danach kamen sie dann von zwei Seiten, die einen vom Hauptbahnhof und die anderen vom Rondo, und trieben uns vor sich her, und auf der Poznańska haben sie mir dann mit dem Stock eins über den Rücken gezogen. Ich habe mich im Operettenhaus versteckt; wenn die Portiersfrauen nicht so nett gewesen wären, uns hineinzulassen, dann hätten sie mich damals eingelocht. Die Sänger kamen zur Vorstellung, und alle haben geweint.«

»Was haben sie an dem Abend wohl gespielt?« überlegt Herr Mareczek. »Der Direktor dieses Operettenhauses, das ist ein verdächtiger Typ. Die ›Solidarität‹ wollte ihn offenbar absetzen, hat es aber nicht geschafft.«

»Du redest Sachen daher, davon solltest du gar nicht reden«, sagt Frau Mareczek. »Was weißt du denn von diesem Direktor? Weißt du, wie er heißt?«

»Nein«, gibt Herr Mareczek zu und hebt vorsichtig einen schwarzgelben Schmetterling, der sich auf einem Heckenrosenblatt niedergelassen hat, an beiden Flügeln hoch. »Sieh mal, der Arme«, sagt er. »Er hat keine Kraft mehr zu fliegen. Anscheinend ist er schon am Sterben. Die Natur ist dumm und grausam.«

»Wenn du's nicht weißt, dann red' auch nicht so daher«, sagt Herrn Mareczeks Frau. »Man hat einem Menschen leicht Unrecht getan. Irgendeiner kommt dir verdächtig vor, und du sagst, die ›Solidarität‹ hätte ihn absetzen wollen oder sollen, und später stellt sich dann heraus, daß das ein ganz anständiger Mensch ist, der außerdem noch im Untergrund aktiv ist.«

»Damals«, unterbricht Herr Gienio sie, »damals haben sie gar nichts gespielt. Ein fürchterliches Massaker fand da im Operettentheater statt. Sie hatten von irgendwoher die Falschmeldung bekommen, daß dort die Kommandostelle der ›Solidarität‹ sei. Die Milizwagen kamen an, und alle, die drin waren, wurden ganz schrecklich verprügelt. Man trug sie an Händen und Füßen heraus. Und alle, die sie verprügelt hatten, warfen sie in die Wagen. Und dort drin prügelten sie weiter. Wenn ich mich nicht eine halbe Stunde vorher herausgeschlichen hätte, dann hätten sie mich auch verprügelt. Und ich würde heute noch sitzen.«

»Jetzt wären Sie wieder draußen«, tröstet ihn Herr Stefan, der Cellist. »Ab heute ist Amnestie.«

Herr Gienio steht von der Bank auf und geht auf den Baumstumpf mit der Axt zu. Aber auf halbem Wege bleibt er stehen und sagt, vielleicht an uns, die wir auf den Bänken unter dem Heckenrosenbusch sitzen, gerichtet, vielleicht auch an jemanden in Warschau, Washington oder Paris, der seine Stimme hört oder sie zumindest hören sollte: »Ihre Amnestie da, das ist ja gar keine. Sie lassen raus, wen sie wollen, und sie lassen drin, wen sie wollen. Die Landeskommission lassen sie nicht raus und Kuroń und Adaś Michnik auch nicht. Ihre Amnestie da, die kann man sich in den Hintern stecken.«

Herr Mareczek läßt den schwarzgelben Schmetterling frei, der sich, weil er nicht davonfliegen kann oder will, auf ein Heckenrosenblatt fallen läßt. Dann denkt er darüber nach, warum Herr Gienio nicht Adam, sondern Adaś Michnik sagt. Herr Mareczek hält es nämlich nicht für unwahrscheinlich, daß Herr Gienio, der früher Matrose war und auf Handelsschiffen fuhr und jetzt Gemeinde- oder Bezirksbeamter ist und sich im Sommer während des Urlaubs mit Holzhacken und anderen schweren körperlichen Arbeiten etwas dazuverdient, daß also dieser Herr Gienio Adam Michnik persönlich kennt und deshalb das Recht hat, ihn so vertraulich zu behandeln. Herr Mareczek kommt dann aber zu dem Schluß, daß Herr Gienio Michnik überhaupt nicht kennen muß. Er, Herr Mareczek, selbst bedenkt doch Michnik mit solch zärtlichem Kosenamen, wenn er von ihm spricht:

– Adaś, Adaś.

– Adaś hat geschrieben, Adaś hat einen Vortrag gehalten, Adaś hat im Radio gesprochen.

– Adaś haben sie eingesperrt, Adaś haben sie freigelassen, Adaś haben sie wieder eingesperrt.

– Adaś hat es dem Pinochet gegeben, unserem wird er es auch geben, sollen sie ihn nur mal freilassen.
– Adaś heiratet die Enkelin von unserem Marschall; wenn er will, kann er auch Lońkas Enkelin heiraten.
– Unser lieber, tüchtiger, unser herrlicher Adaś.
Herr Mareczek kennt Michnik zwar wirklich, aber er ist mit ihm bestimmt nicht so gut befreundet, daß er das Recht hätte, ihn Adaś zu nennen. Indem sowohl er als auch Herr Gienio so von Michnik sprechen, bringen sie beide – wie Herr Mareczek daraus schließt – ihre Gefühle für den Helden von Otwock und ihre Solidarität mit dem Häftling von der Rakowiecka-Straße zum Ausdruck. »Ich bitte Sie, Herr Mareczek«, sagt Herr Stefan und steht von der Bank auf, »seien Sie doch so gut und lassen Sie diesen Schmetterling in Frieden. Wenn Sie aufhören, an ihm herumzuzerren, kommt er vielleicht wieder zu sich. Kommen Sie mit mir Waldbeeren suchen?«
»Und ihre Ordnung da«, sagt Herr Gienio, während er die Axt über dem Baumstumpf schwenkt, »die bricht jeden Moment auseinander. Wie sie mich damals verprügelt haben, da habe ich begriffen, daß es mit ihnen zu Ende ging. Jeder, den sie verprügeln, begreift das sofort. Wenn es einmal auseindergebrochen ist, dann bricht es auch wieder auseinander.«
»Was verstehen Sie eigentlich unter dem Wort ›Waldbeere‹, Herr Stefan?« fragt Herr Mareczek.
»Eine Waldbeere«, antwortet der Cellist, »das ist eine schwarze Beere. Und was ist für Sie eine Waldbeere?«
»Eine Waldbeere ist eine Waldbeere, und eine schwarze Beere ist eine schwarze Beere.«
»Kommen Sie also mit oder nicht?«
»Na gut, fahren wir«, sagt Herr Mareczek. Er geht in Richtung des Hauses davon, aber wendet sich vorher noch der Axt zu, die in dem Baumstumpf steckt. »Ich meine auch, daß es nicht mehr lange hält, Herr Gienio. So etwas hat ja überhaupt nicht das Recht zu existieren.«

»Adaś wird sie schon fertigmachen«, sagt Herr Gienio und schwenkt fröhlich die Axt. »Bei Gott, der wird sie fertigmachen.«

»Wenn wir ihm helfen, Herr Gienio, wenn wir ihm helfen.«

»Nehmen Sie aber Ihren Hut mit!« ruft Herr Stefan Herrn Mareczek hinterher, der gerade an den beiden Maulbeerbäumen vorbeigeht, die am Zaun wachsen – einer mit schwarzen, der andere mit weißen Früchten – und von Frau Anielas zischenden und schnabelklappernden Gänsen umkreist werden, die nach diesen Früchten, besonders den schwarzen, gieren. »Setzen Sie unbedingt einen Hut auf, denn im Wald gibt es Zecken.«

Zwischen dem Brunnen oder, genauer gesagt, der mit verzinktem Blech gedeckten Traufe des Brunnens und der Rinne, die an der Glasveranda, die durch den Speisesaal in die Küche führt, entlangläuft, ist eine Leine gespannt. An der Leine trocknen die hellblauen, ausgefransten Jeans des kleingroßen Mareczek – so genannt, weil er zwar erst zwölf Jahre und also noch klein ist, aber Herrn Mareczek, seinen Vater, bereits überragt und also groß ist – und neben den Jeans die grau-grüne Badehose von Herrn Stefan und ein großes weißes Handtuch mit rosa- und orangefarbenen Streifen, ein Handtuch, das denkt sich Herr Mareczek sofort, das bestimmt chinesische Importware ist, denn so große Handtücher, ja überhaupt Handtücher sind zur Zeit, in diesem Sommer des Jahres 1983, in keinem Geschäft mehr zu bekommen, es ist also ein Handtuch, das noch aus der Ära Edward Gierek stammt, als Polen Handtücher aus China importierte, Schokolade aus Holland, Sherry aus Spanien und Büstenhalter aus Wien, eigentlich alles von überall her. Der war gut zu uns, der Gierek, denkt Herr Mareczek. »Besser, bedeutend besser als Bierut und Gomułka. Er hat uns Sherry besorgt, trockenen und lieblichen, zweihundert Zloty die Flasche im Delikatessengeschäft an der Marszałkowska, das war doch wirklich nett von ihm. Einen besseren als Gierek werden wir nicht mehr bekommen. Aber er hatte auch seine schlimmen Seiten: die Zensur lief auf Hochtouren, irgendein Łukaszewicz mit dem Gesicht eines Kretins hat uns die Kultur vernichtet, und wir alle haben davon geträumt, daß eines Tages einer diesen Gierek stürzen würde. Aber er war gut, er mordete nicht, außer Pyjas ist in dieser Zeit wohl gar keiner umgebracht worden, Adaś und Kuroń sperrte er nie länger als achtundvierzig Stunden ein, und die hier haben sie jetzt schon soundsoviele Monate im Gefängnis sitzen.« Zu einer bekannten und gleichzeitig unbekannten Melodie, die ihm schon seit langem durch den Kopf geht, summt Herr Mareczek »Heute gibt es keine chinesischen Handtücher mehr«, während er um das Haus herumgeht, und als er die Vorderveranda betritt, hört er immer noch vom Schuppen und dem Holzstapel her die Stimme von Herrn Gienio, der mit der Axt auf den Erlenstumpf schlägt:

»Kuroń ist der Kopf. Aber Adaś, der war das Herz im KOR. Und wenn Kuroń Premierminister wird, merken Sie sich meine Worte, dann wird er Adaś ins Gefängnis setzen. Denn Adaś kann auch nicht die kleinste Ungerechtigkeit ertragen.«

Das Haus, in dem Frau Aniela schon seit sechsundzwanzig Jahren eine Pension für Intellektuelle führt, die vor allem aus Warschau, aber auch aus Krakau und Breslau während des Sommers hierherkommen, steht an einem Abhang, auf der Spitze eines steil nach unten abfallenden Hangs, so daß die Zimmer, in denen die Gäste wohnen, zwar auf der gleichen Ebene liegen, sich aber gleichzeitig, so scheint es zumindest, auf unterschiedlichen Etagen befinden: die auf der Straßenseite im Erdgeschoß und die gegenüberliegenden auf der dem See zugewandten Seite im ersten Stock. Im Erdgeschoß auf der Seeseite, in dem Stockwerk, das es auf der Straßenseite gar nicht gibt, befindet sich der Speisesaal, zu dem man durch die Glasveranda gelangt. Auf der gegenüberliegenden

Seite des Hauses ist die Vorderveranda, die zum Korridor und den Zimmern führt, vom Korridor aus geht eine Treppe zum Dachboden hinauf, und von der Vorderveranda sind es nur wenige Schritte bis zum Tor und zur Landstraße. Von der Glasveranda aus betritt man den grasbewachsenen Hof, der hier Playground heißt, denn abends, nach dem Abendessen, wird hier Badminton gespielt, und vormittags stehen hier Liegestühle, auf denen sich Frau Anielas Gäste sonnen. Längsseits des Hofes und vor dem Schuppen, an dem Herr Gienio gerade Holz hackt und sich bewundernd über Adaś Michniks Mannhaftigkeit ausläßt, stehen fünf Bänke. Sie sind aus ungehobelten Brettern gezimmert, die schon lange schwarz geworden sind. Von der Glasveranda aus gesehen steht die erste Bank gleich am Brunnen, die zweite unter dem Heckenrosenstrauch, von der dritten aus hat man den schönsten Blick auf den See, die vierte und fünfte stehen unter dem Vogelkirschbaum. Wer auf der Bank sitzen will, kann sich entweder mit dem Gesicht zur Landstraße, zu den Holzscheiten und Herrn Gienio, der in den Erlenstumpf hackt, setzen oder mit dem Gesicht zum See und zu den Kiefern und Fichten, die am anderen Ufer stehen. Denn der Abhang, an dem Frau Anielas Haus steht, führt zum See hinab, und auf diesem Abhang, ach, was wächst da nicht alles: Fichten, Birken, Buchen, Haselsträucher, Weiden, aber auch Kirsch-, Apfel- und Vogelkirschbäume sowie Brennesseln, verschiedenes Unkraut und Gras, das bis an die Knie reicht, verschiedene Arten Gräser. Gleich am Ufer stehen sechzehn riesengroße Pappeln und verdecken den von der Spitze des Abhangs Hinunterschauenden den Blick auf den See, die hat Frau Anielas Vater vor vielen Jahren dort gepflanzt. Sechzehn, vielleicht auch achtzehn, Herrn Mareczek ist es noch nie gelungen, sie genau zu zählen, obwohl er es schon oft versucht hat, wenn er in der Mitte des Sees seine sportlichen Brustschwimmzüge machte. Ich würde noch ergänzen – setzt Herr Mareczek am Ende seiner Beschreibung von Frau Anielas Anwesen hinzu –, daß unter den Fenstern des Speisesaals die Rosenbüsche und rings um die Vorderveranda hohe rosafarbene und dunkelrote Malven blühen. Frau Mareczeks Auto, ein gelber Renault, steht unter dem Ahorn, der den Playground auf der der Glasveranda gegenüberliegenden Seite beschließt, in dem Ahorn ist ein Vogelhäuschen, und die Autos der anderen Gäste, Herrn Stefans, Frau Olas und des Professors, sind unter dem Kirschbaum vor der Vorderveranda geparkt. Fügen wir noch hinzu, daß da, wo die achtzehn Pappeln direkt am Wasser stehen – aber jetzt ist es Zeit, zum Beerenpflücken zu fahren, deshalb beschreibe ich den Rest vielleicht ein anderes Mal, aber fügen wir noch hinzu, daß es hier zu schön ist, um es mit Worten zu beschreiben. Wir danken dir, Gott, daß du uns diese Erde geschenkt hast und darauf dieses Eckchen hier in Polen, im Kreis Suwałki, unweit von Grodno und Sejny und nicht weit von der litauischen Grenze entfernt, und wir bitten Dich um Verzeihung dafür, daß wir all dies so schlecht nutzen. Aber wir werden uns bemühen, vergib uns, laß Deine Malven, die dunkelroten und die rosafarbenen, im Dämmer glühen, wenn der Abend anbricht und Frau Aniela mit dem Eimer ins Obergeschoß geht. Der Eimer ist weiß emailliert, und da, wo außen an einigen Stellen das Email abgesprungen ist und das schwarze Blech zum Vorschein kommt, nistet sich schon Rost ein.

In einem blauen Nylonmantel und mit einem weißen Drillichhut auf dem Kopf – dieser Hut dient mir schon seit mehreren Sommern bei meinen Ausflügen in den Wald und ist vom vielen Waschen so eingelaufen, daß ich ihn nur mit Mühe auf meinen Kopf zwängen kann –, in diesem Hut also, der außerdem voller Himbeer- und Blaubeerflecken ist und deshalb nicht mehr ganz weiß, sondern eher blau-weiß ist, tritt Herr Mareczek auf die Vorderveranda hinaus. Herr Stefan ist schon dabei, in seinen roten Polonez einzusteigen, der unter dem Kirschbaum steht, aber Herr Mareczek wird noch auf der Treppe von dem Professor festgehalten, der in der Schule in Okólnik junge Virtuosen im Flötenspiel unterrichtet. Aber nicht die Flöte, keine Vivaldikonzerte und nicht Bachs »Musikalisches Opfer« sind die Leidenschaft des Professors, sondern das Sammeln. Der Professor sammelt nämlich alte Landkarten und Atlanten, insbesondere Landkarten und Atlanten von Polen und den an Polen angrenzenden Ländern und besitzt bereits eine Sammlung, um die ihn, wie er behauptet, manches Museum, angeblich sogar das Britische Museum, beneiden könnte. Was die Angestellten unserer Nationalbibliothek betrifft, hat der Professor keine Illusionen: Wenn sie an seine Sammlungen denken, lecken sie sich genüßlich die Lippen und hoffen auf ein baldiges, ja das baldigste Ableben des Sammlers, damit sie sich dann – so wie die Mäuse des Königs Popiel einst auf diesen Herrscher – mit gefletschten Zähnen auf seine Atlanten stürzen können. Diesen Vergleich der Bibliothekare mit den Mäusen des Königs Popiel hatte sich der Professor selbst ausgedacht. »Aber Vivaldis D-dur Konzert für Querflöte ist doch ebenso schön und sagt, wenn auch auf andere Weise, ebensoviel über unsere menschliche Verfassung aus wie eine Landkarte des litauischen Großfürstentums aus dem Jahre 1340?«

»Ach, wissen Sie«, sagt der Flötenprofessor darauf, »wer singt oder ein Instrument spielt, das mit der aus den Lungen ausgeblasenen Luft betrieben wird, dem steigt diese von den Lungen und dem Zwerchfell herausgedrückte Luftsäule von unten ins Gehirn hinauf und bombardiert es gnadenlos. Wenn man mehrere Jahre lang täglich einige Stunden mit diesem Blasen und diesem holleriho und bim bam bom zugebracht hat, treten im Gehirn irreparable Schäden auf, und wer sich mit dem Blasen beschäftigt, verdummt unweigerlich. Ich habe mich davon schon vor etlichen Jahren überzeugen können, als ich Brzozowskis ›Legende des Jungen Polen‹ in die Hand nahm und mir nach dem Lesen mehrerer

Sätze bewußt wurde, daß ich nichts verstand. Seit dieser Zeit widme ich mich ausschließlich meinen Landkarten, und Flöte spiele ich nur noch für Geld.«

»Und ich, Herr Professor«, sagt Herr Mareczek, »ich habe den Flötensonaten von Bach schrecklich viel zu verdanken. Sicher ebensoviel wie dem späten Schubert. Manchmal habe ich sogar den Eindruck, daß ich in Zusammenhang mit dem Aufbau eines Gedichts – sozusagen dem emotionalen Aufbau, also dem Fluß der Gefühle, der Verteilung der Spannung im Gedicht – ebensoviel von Bach und Schubert gelernt habe wie von Mandelstam und Miłosz.«

»Miłosz«, widerspricht der Professor, »hat, wie mir scheint, sehr wenig mit Mandelstam gemein. Miłosz ist ein kühler Kopf. Damals, als er ›Drei Winter‹ geschrieben hat, da war das noch anders, denn in den ›Drei Wintern‹ spürt man das Fieber der Träume und Ahnungen. Aber danach ist er so kalt geworden, so marmorn. Hat er zu viel Trembecki gelesen, oder was? Sicher ist das schön. Aber mir ist das doch zu kalt. Und ich würde sogar so weit gehen und sagen: zu klug. Ein Schriftsteller, Herr Mareczek, darf sich nie zu hoch über seine Leser erheben. Ein wenig darf er, muß er sogar. Aber nicht zu sehr: denn dann sieht es aus, als sei er so klug, weil er alles gelesen und über alles nachgedacht hat, und daß sie, die Leser, ihn jetzt bewundern sollten. Mandelstam dagegen, dem würde ich die Fußsohlen küssen, wenn er noch lebte. Mandelstam, das war ein Wunder. Und außerdem fehlt bei Miłosz etwas, ich weiß nicht, wie ich es nennen soll, aber man könnte es wohl Mitgefühl nennen. Es heißt, dieses Gedicht von Mandelstam über diesen jüdischen Geiger, das kennen Sie doch, über diesen Hercowicz Skercowicz, der Schubert spielen konnte wie ein Virtuose, das sei eins seiner schlechtesten Gedichte. Es wird als ein sentimentales Gedicht bezeichnet, angeblich weil Mandelstam Mitleid mit diesem Geiger hat. Aber das ist doch ein Meisterwerk des Mitgefühls. Mandelstam beweint in diesem Gedicht alle sei-

ne zum Tode verurteilten jüdischen Brüder und ihre Geigen. Und er beweint sich selbst und seine zum Tode verurteilte Dichtung. Ist das sentimental? Sie sind doch wirklich umgekommen. Also gehört es sich, daß man sie beweint.« Und an dieser Stelle fängt der Professor, den plötzlich eine entsetzliche Wut gepackt hat, an zu schreien: »Verfluchte Mörder. Sollen sie doch, ach, sollen sie doch zum ... Sollte die Menschheit je diesem Verbrecher Stalin verdenken, was er mit Mandelstam gemacht hat, dann trete ich aus.«
»Aus der Menschheit?« fragt Herr Mareczek.
»Aus allem.« Der Professor, der jetzt bestimmt darüber nachdenkt, was ein solcher Austritt aus allem bedeuten kann und ob so etwas überhaupt möglich ist, schweigt einen Augenblick, um dann, etwas erholt von seiner Wut, Herrn Mareczek zu fragen:
»Wissen Sie eigentlich, daß Stalin in einem polnischen Gefängnis gesessen hat?«
»Was Sie nicht sagen! Wie das denn, und wo? Wann konnte er denn hier im Gefängnis sitzen?«
»Aber ja«, beteuert der Professor. »Das hat mir jemand erzählt, der kannte so einen Priester, der gleichzeitig Physiker war, ein Vorläufer der modernen Physik mit ihren Errungenschaften dazu noch. Ich weiß nur nicht mehr, wie dieser Priester hieß, aber das spielt keine Rolle. Dieser Priester also, der übrigens erst vor relativ kurzer Zeit gestorben ist, der hat noch in den fünfziger Jahren, schon in hohem Alter, demjenigen, der es mir dann erzählt hat, erzählt, daß er, dieser Priester also, vor dem Krieg, also noch vor dem Ersten Weltkrieg, Gefängniskaplan war, ich weiß nur nicht mehr genau, in welchem Gefängnis sich das zugetragen hat, ob in Warschau oder in Lodz. Oder vielleicht in Łomża? Aber das ist auch nicht so wichtig. In dieses Gefängnis also, wo der Priester ein ganz, ganz junger Kaplan war, wurde eines Tages – natürlich vor dem Ersten Weltkrieg – ein bestimmter Verbrecher aus Baku eingeliefert, der wegen irgendeines Bank-

überfalls angeklagt war, bei dem auch ein paar Angestellte umgebracht worden waren. Und das war ausgerechnet Stalin, der damals Dschugaschwili hieß, obwohl er als Verbrecher natürlich irgendeinen anderen Namen gebrauchte. Und nach Lodz oder Warschau wurde er gebracht, weil die russische Polizei Stalin nicht in einem Gefängnis in Moskau oder irgendwo da tief in Rußland sitzen haben wollte, denn sie kannten ihn schon genau und fürchteten, daß seine Kumpel ihn da rausholen würden. Nun, ihre Angst war nur zu berechtigt, denn eines Tages kamen irgendwelche Gendarmen in dieses Gefängnis in Warschau oder Lodz mit dem Befehl, ihnen den Banditen namens Dschugaschwili auszuhändigen, sie sollten ihn nämlich, laut diesem Befehl, in ein anderes Gefängnis überführen. Also gaben sie Stalin heraus, und zwei Stunden später kommen andere Gendarmen mit dem gleichen Befehl an. Und was stellte sich heraus? Daß die ersten Gendarmen natürlich gar keine echten Gendarmen gewesen waren, sondern das war Berija mit seinen Genossen, als Gendarmen verkleidet. Und so war Stalin aus dem polnischen Gefängnis geflüchtet. Das heißt, nicht aus einem polnischen Gefängnis, aber aus einem Gefängnis, das in Polen lag.«

»Eine hübsche Geschichte, wirklich, es würde sich lohnen, sie aufzuschreiben«, sagt Herr Mareczek. »Aber sie sieht mir nicht sehr glaubwürdig aus. Dieser Priester, der da Kaplan war, lebt wohl nicht mehr?«

»Nein, er lebt nicht mehr.«

»Schade. Man hätte es sonst auf Band aufnehmen sollen. Stalin in einem polnischen Gefängnis, das ist auf jeden Fall ein Stück Geschichte. Und zwar eins, das nicht vergessen werden sollte.«

»Ich meine, es könnte wahr sein«, sagt der Flötenprofessor. »Haben Sie dieses Buch über Stalins Tod gelesen, das dieser Tschetschene oder Tschuwasche geschrieben hat, na, der mit dem schwierigen Namen?«

»Ja, das habe ich gelesen«, sagt Herr Mareczek. »›Das Geheimnis von Stalins Tod‹ oder so ähnlich.«
»Genau. Mit dem Untertitel ›Berijas Verschwörung‹. Das ist im Untergrund herausgekommen. Aus dem Buch geht hervor, daß Stalin wirklich ein Verbrecher war, der zusammen mit Berija in Tiflis und Baku Banken ausraubte. Und dieser größte Verbrecher des zwanzigsten Jahrhunderts bringt dann den größten Dichter des zwanzigsten Jahrhunderts um. Schade, daß sie ihn damals, als er nach Polen gebracht wurde, nicht sofort aufgehängt haben. Was werden die Menschen in fünfhundert oder tausend Jahren von uns sagen?«
»Wenn sie ihn damals aufgehängt hätten, dann hätte ein anderer regiert«, sagt Herr Mareczek. »Und dann hätte der mit uns genau dasselbe gemacht, was jener mit uns gemacht hat. Aber wissen Sie, aus allem austreten, das ist doch gar nicht möglich.«
»Außer, wenn man stirbt«, sagt der Professor. Als Herr Mareczek das hört, beginnt er darüber zu grübeln, ob man, wenn man stirbt, wenn man nicht mehr da ist, wirklich aus allem austritt, oder ob man überall gestrichen wird, und er kommt zu dem Schluß, daß dem wohl nicht so ist, denn aus der polnischen Problematik, aus den polnischen Angelegenheiten, mit einem Wort: aus Polen, kann man nicht austreten, und ein Pole, der stirbt, verwandelt sich ja nicht – das wäre doch eine zu grausame Strafe, schlimmer als alle Fegefeuer, alle Höllen zusammen – in einen Leichnam ohne Nationalität, in einen Geist ohne Vaterland, nein, er bleibt weiter Pole, ein polnischer Geist, eine polnische Leiche, und er nimmt weiterhin an der polnischen Geschichte teil, ist anwesend, ist ein Zeuge, der weiterhin geistig und vielleicht sogar auf eine geheimnisvolle Weise körperlich in den polnischen Angelegenheiten sein Zeugnis ablegt und mitwirkt, Polen hilft, Polens Polentum stärkt, und mit einem echten Vergnügen stellt sich Herr Mareczek jetzt sich selbst vor, aber bereits als toten, leicht verwesten Herrn Mareczek, der eben

gestorben ist, und er sieht, wie er, dieser gerade verstorbene Herr Mareczek, ungeachtet des Zerfalls des Körpers und vielleicht auch der Seele weiterhin anwesend ist und, ohne die geringste Absicht, sich aus der geistigen Anwesenheit in polnischen Angelegenheiten, aus der geistigen Zeugenschaft dieser Angelegenheiten zurückzuziehen, sich gerade – er, Herrn Mareczeks Seele oder sein Geist – mit dem Schnellautobus der Linie D zu dem Palais an dem Übergang des Krakowskie Przedmieście in den Nowy Świat begibt, denn es ist genau der Monatstag, an dem Herr Mareczek – und jetzt der Geist des Herrn Mareczek – in ebendiesem Palais den monatlichen Gewerkschaftsbeitrag ebenso wie die monatliche Abgabe für Gefangene und Verfolgte entrichten muß, und in Zusammenhang damit, doch ohne jeden Zusammenhang mit der letzten Feststellung des Professors – »außer wenn man stirbt« – erwidert Herr Mareczek:
»Solange wir Beitrag zahlen, lebt die ›Solidarität‹.«
»Ich bezahle immer«, sagt der Professor.
»Ich auch.«
Und sie beide, Herr Mareczek und der Professor, sind stolz darauf, daß sie bezahlen, und obwohl das so eine Kleinigkeit ist, dieses Zahlen des Beitrags, ist doch, wie Herr Mareczek denkt, ihr Stolz ganz und gar berechtigt, denn eigentlich sind wir ja nicht stolz darauf, daß wir jeden Monat zweihundert oder fünfhundert Zloty aus dem Portemonnaie ziehen und diese Fünfhunderter heimlich dem Kassenwart der Gewerkschaft zustecken, sondern darauf, daß wir unsere Gewerkschaft haben, daß wir dazugehören, daß wir nicht zugelassen haben, daß die Roten die »Solidarität« zerschlagen, daß sie lebt, die »Solidarität«, daß sie sich als stärker erwiesen hat als die Macht. Und sie wird weiterleben, denkt Herr Mareczek, solange Polen lebt, denn die »Solidarität« und Polen sind jetzt ein und dasselbe. Hundert Jahre, fünfhundert Jahre werden vergehen, der polnische Geist wird sich ändern, eine für uns, die wir hier und jetzt leben, ganz unerwartete Gestalt an-

nehmen, aber trotzdem, trotz aller Veränderungen des Geistes, wird ein Bruchstück, ein Splitter darin von uns, von unserer geistigen, unserer wahrhaft schweren geistigen Arbeit geprägt worden sein, ein Bruchstück, ein Splitter, den keiner – kein General und kein Schreiberling eines Generals – je wird zerstören können, denn der Geist ist unzerstörbar, und sie können ihm nichts antun, alle Raketen der Welt richten nichts gegen ihn aus, so viele SS 20 oder wie sie heißen auch da sein mögen. Die »Solidarität« ist ein Bruchstück des polnischen Geistes, denkt Herr Mareczek, und ich bin in gewissem, wenn auch sicher geringem Maße in diesem Bruchstück enthalten; mit meinen Gedanken, meinem Gerede, Geschreibe, meinen Fünfhundertern habe ich irgendwie zur Bildung dieses Bruchstücks beigetragen, und ich bin stolz darauf, ich habe das Recht, darauf stolz zu sein. Aber dieses ganze Gespräch zwischen dem Professor und Herrn Mareczek zum Thema Stalin, Miłosz und »Solidarität« fand gar nicht auf der Vorderveranda oder der Treppe statt, sondern ein oder zwei Tage früher, auf der Bank unter dem Vogelkirschbaum; diesen Vogelkirschbaum hatte übrigens Herr Mareczek, der von Botanik nicht das Geringste verstand, lange für irgendeinen exotischen chinesischen oder japanischen Busch gehalten, bis Herr Rysio, der sich mit Bäumen auskannte, weil er hier in den Wäldern groß geworden war, ihm erklärte, daß das Vogelkirsche sei, einfach ein gewöhnlicher polnischer Vogelkirschbaum – also dieses Gespräch fand gar nicht heute statt, denn als heute Herr Mareczek im weißen Drillichhut und gelben Gummistiefeln auf die Veranda heraustritt, während Herr Stefan schon seinen roten Polonez anläßt, bleibt der Professor vor Herrn Mareczek auf der Treppe stehen und reicht ihm die Zeitung mit den Worten:

»Bitte sehr, hier ist die ›Życie Warszawy‹, die ich ihnen versprochen habe.«

»Das ist sehr nett von Ihnen«, antwortet Herr Mareczek,

»und ich danke Ihnen, aber irgendwie habe ich keine Lust auf diese Lektüre. Mich verletzt, was da in den Zeitungen steht, ja ich muß gestehen, ich habe sogar etwas Angst davor. Wollten Sie sich einen Hund im Haus halten, der Sie schrecklich haßt und bei jeder Gelegenheit versucht, Sie zu beißen? Mit diesen Zeitungen ist das ähnlich. Während ich die Zeitung lese, spüre ich, daß sie mich haßt, daß der, der darin geschrieben hat, mich beißen will. Deshalb haben meine Frau und ich völlig aufgehört, ihre Zeitungen zu lesen. Wir sehen auch nicht mehr fern. Sollen sie sich doch selbst lesen, wenn sie Lust haben.«

»Sicher, Sie haben ja recht«, sagt der Professor. »Ich habe auch manchmal das Gefühl, daß sich in dieser Zeitung ein zähnebleckendes Maul auftut und ratz-ratz nach meiner Hand packt. Oder als beugte sich ein Gesicht aus dieser ›Życie‹ oder ›Trybuna‹ und grinste mich höhnisch und gräßlich an. Aber trotzdem muß man sie lesen, Herr Mareczek. Sie sind nicht nur grausam, sondern auch schrecklich listig und hintertrieben. Sie würden uns gerne betrügen, irreführen, und genau zu diesem Zweck drucken sie ihre Zeitungen. Wir müssen ihre Methoden kennen. Wenn wir nicht lernen, ihre elenden Schwindeleien, ihre Schliche zu entlarven, dann werden sie uns verschlingen. Deshalb lese ich sie und würde ihnen auch diese nette Lektüre empfehlen.«

»Na gut«, entschließt sich Herr Mareczek. »Ich lese diese ›Życie‹. Aber erst nach dem Mittagessen, wenn Sie gestatten, denn jetzt fahre ich mit Herrn Stefan Beeren sammeln.«

»Insbesondere zwei Nachrichten«, sagt der Professor, »möchte ich Ihrer geschätzten Aufmerksamkeit empfehlen. Die eine steht hier, auf Seite fünf. Der Fürst Ali Khan hat beschlossen, seine Sammlung afrikanischer Kunst zu verkaufen, weil sie ihm langweilig geworden ist, und er will jetzt nur noch islamische Kunst sammeln. So einer hat's gut, was?«

»Möchten Sie gerne so ein Ali Khan sein?« fragt Herr Mareczek.

»Wer möchte das nicht? Ich würde meine Landkarten verkaufen und würde anfangen, etwas ganz anderes zu sammeln. Was weiß ich. Vielleicht botanische Atlanten? Oder Pflanzenbestimmungsbücher?« Der Professor überlegt und fügt nach einer Weile hinzu: »Nein, meine Landkarten würde ich doch nicht verkaufen. Oh, das hier auf Seite vier müssen Sie auch noch lesen. Aus einer zu einem Laserlabor umfunktionierten amerikanischen Boeing 707 sind mit Hilfe eines Strahlenbündels fünf Luft-Luftraketen vom Typ Sidewinner zerstört worden, die aus einem A-7 Corsair Jagdbomber abgeschossen worden waren und mit einer Geschwindigkeit von 3500 Stundenkilometern flogen. Was sagen Sie dazu?«
»Reagan strengt sich an«, sagt Herr Mareczek. »Mir scheint, daß die Russen ihn nicht mehr einholen können.«
»Aber hören Sie«, sagt der Professor, »das ist doch eine umwerfende Nachricht. Das heißt doch, daß Reagans ganze Science-fiction, diese ganze unglaubliche Idee, die Roten nicht mit Langstreckenraketen, sondern mit Hilfe von Abwehrsystemen fertigzumachen, daß das alles langsam Wirklichkeit wird. Wissen Sie, das ist der größte Präsident, den die Vereinigten Staaten in der letzten Zeit gehabt haben. Wenn Sie ihn für eine zweite Amtszeit wählen, und davon bin ich persönlich überzeugt, dann wird die technologische Überlegenheit der Vereinigten Staaten so groß, daß den Roten nichts anderes mehr übrigbleibt, als zu verhandeln. Und wer weiß, was dann aus uns wird. Vielleicht wird er uns heraushandeln, und wir werden finnlandisiert?«
»Zögen Sie es denn nicht vor, Herr Professor«, fragt Herr Mareczek, »wenn wir geteilt würden, wie Vietnam oder Korea?«
»Gott bewahre!« sagt der Professor. »Das wäre ein schreckliches nationales Unglück. Auf der einen Seite der Weichsel russische Herrschaft, auf der anderen deutsche. Das würde doch in einem schrecklichen, womöglich in einem brudermörderischen Krieg enden.«

»Und ich«, sagt Herr Mareczek, »ich bin mir gar nicht sicher, daß das so schlecht wäre. Ich habe den Eindruck, daß es uns im neunzehnten Jahrhundert, als wir geteilt waren, besser ging als jetzt. Die Teilungen waren ein Unglück, ja. Aber es ist immer besser, von mehreren Mächten beherrscht zu werden als von einer, denn bei mehreren Mächten kann man zwischen ihnen hin- und herlavieren, man kann sie gegeneinander ausspielen, ist man aber nur einer einzigen Macht auf Gedeih und Verderb ausgeliefert, dann will diese Macht von nichts etwas wissen, sie bleibt unserem Flehen und Jammern gegenüber blind und taub, und zwar genau deshalb, weil sie die einzige ist, weil sie nicht mit einer anderen Macht, die uns ebenfalls in ihren Klauen hält, rivalisieren oder konkurrieren muß. Wer im Kongreßpolen wohnte und die Nase voll hatte, weil ihm der Zar zu arg zusetzte, der konnte immer, und sei es über die grüne Grenze, nach Krakau oder Posen ziehen. Und dieses Buch«, sagt Herr Mareczek nachdenklich, »dieses Buch, an dem ich gerade schreibe, könnte ich in Galizien bei Połoniecki herausbringen, wenn ich im neunzehnten Jahrhundert lebte. Dort war die Zensur wesentlich milder, und nach der Schlacht bei Sadowa konnte man eigentlich schreiben, was man wollte, sogar, daß die Österreicher Ekel sind.«
»Und hier wird es nicht veröffentlicht?« fragt der Professor.
»Nein, hier nicht.«
»Na, dann geben Sie es doch in Paris heraus, wo ist denn da der Unterschied?«
»Aber ich möchte gerne, daß man mich hier liest, vor allem hier.«
»Aber das hängt doch ausschließlich von Ihnen ab und nicht davon, wo und wann Ihr Buch veröffentlicht wird«, sagt der Professor, und Herr Mareczek kann nicht einen Funken Erbarmen aus seiner Stimme heraushören. Denn wer so schreibt – und das ist auch Herrn Mareczeks Meinung –, daß seine Landsleute überhaupt keinen geistigen Nutzen aus sei-

nem Schreiben ziehen können, der verdient auch kein Erbarmen.

»Fahren wir«, ruft Herr Stefan. »Seien Sie doch so gut, Herr Mareczek, und machen Sie das Tor auf.«

Herr Mareczek wirft seine Blechkanne und den Eimer für die Beeren in den roten Polonez und öffnet vor Herrn Stefan, der heftig am Steuerrad dreht, das verwitterte, aus Brettern gezimmerte Tor. Ich werde mich bemühen, denkt er, während er die beiden Torflügel mit Steinen abstützt, ich werde mich bemühen, denn da du mir nun schon diese Eitelkeit, diesen Hochmut, dieses Talent gegeben hast, Gott, soll daraus auch nicht nur für mich, sondern auch für andere ein geistiger Nutzen erwachsen. Er schlägt die Tür des roten Polonez zu, der schon losfährt, schon von der Landstraße auf den unasphaltierten Waldweg hüpft, schon über die Geleise der Waldeisenbahn holpert, die Holz vom Stapelplatz zur Sägemühle transportiert, und denkt: Aber wenn im polnisch-österreichischen Lemberg, wenn es da immer noch den Verlag Połoniecki gäbe und dort immer noch die Bände des Symposion erschienen, so wie sie damals in Staffs Übersetzung erschienen sind, das wäre wirklich sehr gut, und dann hätten wir Polen davon einen nicht unbeträchtlichen geistigen Nutzen, denn dann würden wir erfahren, was sich in der Welt ereignet, was sich weltweit im ethischen oder ästhetischen Denken tut, und dieses Denken würde unsere Erfahrung vertiefen, erweitern, denn so, wie es jetzt ist, ist es ja nur eine polnische, eine ausschließlich polnische Erfahrung, und dauernd haben wir nichts anderes im Kopf als unser polnisches Polentum, das polnische Polentum allgemein, und sonst interessiert uns nichts mehr, zumindest ich, Herr Mareczek, habe nichts anderes im Kopf, alles habe ich mir aus dem Kopf gefegt, alles ist mir aus dem Kopf gefegt, die Gegenwart ist aus mir herausgefegt, die Geschichte ist aus mir herausgefegt, und nichts mehr interessiert mich außer meinem polnischen Polentum, dem polnischen Polentum, einfach dem Polentum. Und der rote Polonez fährt quer durch den Wald, und oben in den Zweigen krächzt eine Krähe.

An dem Waldweg, der, wie manche behaupten, nach Walne oder, wie andere behaupten, nach Pijawne führt, nimmt Herr Stefan einen Weidenkorb, legt zwei metallene Halblitergefäße hinein und macht sich auf in den Wald. Herr Mareczek scheppert mit seiner Aluminiumkanne und einem Becher, der ebenfalls aus Aluminium, aber innen mit weißem und außen mit hellblauem Email überzogen ist, geht ein paar Schritte hinter ihm her, wobei er sich alle Augenblicke bückt, um ein paar Beeren zu pflücken, die in diesem Jahr 1983 – also schon vierundvierzig Jahre seit Einmarsch der Sowjets nach Polen, denkt Herr Mareczek, und diese unsere geheime nationale Zahl, was hatte die in diesem besonderen Fall schon zu bedeuten, wenn sie überhaupt etwas zu bedeuten hat? – außergewöhnlich gut geraten waren.
»Pflücken sie keine Beeren«, sagt Herr Stefan, »jetzt suchen wir Pilze. Und die Beeren holen wir nachher.«
»Aber wir sind doch zum Beerenpflücken gekommen«, wendet Herr Mareczek ein, der nicht gerne Pilze sammelt, weil er dabei kein Glück hat, die Pilze betrachten ihn offensichtlich nicht als ernsthaften Sammler, und es ist ihm noch nie im Leben gelungen, einen gesunden Steinpilz zu finden.
»Für die Beeren gehe ich mit Ihnen da an die Geleise. Aber das kommt später, in ein oder zwei Stunden. Und hier müssen Pilze sein. Zwei Tage hat es gegossen, also ist es Zeit, daß sich welche zeigen.«
»Ich glaube, für Pilze ist es noch zu früh, Herr Stefan«, versucht Herr Mareczek noch einmal zu protestieren. »Pilze kommen erst in ein oder zwei Wochen heraus.«
»Verzeihen Sie, mein lieber Herr Mareczek«, sagt der Cellist, »aber ich möchte mir erlauben zu bemerken, daß Sie von den Gepflogenheiten der Pilze nicht die geringste Ahnung

haben. Gehen wir dahin, am Weg entlang. Ich hier, Sie dort. In einem Abstand von mindestens zwanzig Schritt. Wenn Sie etwas finden, rufen Sie mich bitte.«

Also machen sie sich auf die Suche nach dem Steinpilz, der vielleicht nach zwei Regentagen schon den moosigen, feuchten Boden durchstoßen hat und seinen porigen, hellbraunen Deckel, an dem ein paar brüchige Fichtennadeln des letzten Jahres haften, aus dem dampfenden Nadelteppich herausschiebt, und dem, von einem untrüglichen Instinkt geleitet, jede Waldschnecke entgegenstrebt, wobei sie ihren schwarzen feuchten Schwanz hinter sich herzieht und ihre schleimige Spur auf dem Moos hinterläßt. Welch süßes Gefühl, den ersten Steinpilz der Saison zu finden! Wie angenehm, mit zitternden Fingern seine feste, weiße Wurzel aus der feuchten schwarzen Erde und dem grünen Moos zu graben! Gegenstand der allgemeinen Bewunderung, Fürst der Pilzesammler, König des Waldes ist, wer den ersten Steinpilz der Saison findet. Angetan mit hohen gelben Gummistiefeln und alten Nylonmänteln, ausgerüstet mit angespitzten Stöcken, mit denen sie Zweige und Moos auseinanderbiegen, ziehen sie los. Ein leichter Regen fällt, die Tropfen schimmern auf den Spinnennetzen, die zwischen den Bäumen gespannt sind. Große braune Spinnen mit weißen Kreuzen auf dem Rücken warten am Rand des Netzes auf ihre Opfer.

Vor hundert, vor zweihundert, vor tausend Jahren ist ein Mensch, so wie ich heute, denkt Herr Mareczk, wohlwissend, daß er sich solche Überlegungen erlauben kann, da er mit Sicherheit ohnehin keinen Steinpilz finden wird, vor zweitausend Jahren ist ein mir völlig unbekannter Mensch, der eine mir völlig unbekannte Sprache sprach, durch diesen Wald gegangen, genau da ist er hergegangen, genau hier ist er stehengeblieben, hat zum Himmel geschaut und mit einem angespitzten Stock die Zweige auseinandergebogen, hat mit der Spitze des Stocks die feuchten Spinnennetze zerrissen, die von den Kiefern hingen. Wer war dieser Mensch? Aus der Tiefe des Dickichts schauten ihn Augen eines schrekkensstarren Rehs an, des gleichen, das heute mich anschaut. Wer waren sie, diese Brüder der Prußen und Litauer, die Jadwinger? Hier, in diesem Wald, unter der Schicht Moos, unter der Schicht Humuserde liegt noch die Spitze ihres Pfeils, liegt noch ihr rostiges Schwert. Wenn es jetzt jemand finden und ausgraben würde, zerfiele dieses Schwert beim ersten Kontakt mit dem Tageslicht oder der Hand zu rötlichem Staub. Nichts, rein gar nichts ist von den Jadwingern geblieben. Denen, die sie ausgerottet haben, kann man wahrlich gratulieren. Sie waren unerhört erfolgreich, wie es im Laufe der Geschichte kaum jemandem zuteil geworden ist. Es war ihnen bedeutend besser gelungen als den Deutschen mit den Zigeunern und den Juden. Bedeutend besser als den Römern mit den Etruskern. Nicht ein Haus, nicht ein Mensch waren übriggeblieben. Die Jadwinger waren mitsamt ihren Gottheiten, Kämmen, Ringen, Töpfen und ihrer Sprache verschwunden. Alles, was von ihnen geblieben war, waren Hügelgräber an der Landstraße Nr. 11, da, wo sie hinter Suwałki, hinter Szwajcaria in Richtung Szypliszki abbog. Und geblieben waren diese Fetzen einer Sprache, die Fetzen ihrer Phonetik, die in unseren Ortsnamen stecken, all diese su, szy, szut, und auch wiż, ejsz, szesz, und dann noch żaj, lisz, ysz, die in Namen wie Karadyszki, Maszutkinie, Wiżajny, Bondiszki rascheln, zischeln und dazwischenpfeifen. Natürlich nur, falls all diese Ortsnamen jadwingisch sind und nicht prußisch oder litauisch. Und dessen ist sich Herr Mareczek eben nicht ganz sicher, da er die Geschichte der Jadwinger so gut wie nicht kennt. Hatten sie überhaupt eine Geschichte? Existiert eine schriftlich niedergelegte Geschichte der Jadwinger, die irgendeinem bekannt ist? Und wer hat sie eigentlich ausgerottet? Die Polen? Oder ihre Stammesbrüder, die Litauer und Prußen? Oder vielleicht die Polen in Gemeinschaft mit den Ordensrittern? Oder die Or-

densritter im Verband mit den litauischen Fürsten? Und wer liegt eigentlich in diesen Hügelgräbern an der Landstraße Nr. 11? Wenn überhaupt jemand da liegt. Und hat man jemals diese Hügelgräber aufgegraben, haben sich polnische oder deutsche Völkerkundler mit ihnen befaßt? Liegen dort die Könige der Jadwinger, ihre mächtigen Fürsten, die furchterregenden Priester ihres unbekannten Glaubens? Oder liegen dort Fürstinnen mit schmalen Händen und kleinen Füßen? Aber vielleicht waren ihre Fürstinnen untersetzt, dickbauchig, hängebrüstig, glubschäugig und kuhäugig? Selbst wenn sie so aussahen, haben sich doch ochsenäugige Fürsten voll Verlangen über sie gebeugt. Und sie zeugten in diesen Fürstinnen Kinder, die dann ausgerottet wurden, von den Ordensrittern an den Balken der verräucherten Hütten zerschmettert, von den litauischen Rittern in die Glut der abbrennenden Burgen geschleudert. Einen Stirnknochen mit einem Büschel Haare, der beim ersten Lichtstrahl, der darauf trifft, zerfällt, das ist es, was man unter einem solchen Hügel ausgraben könnte. Wenn überhaupt irgend etwas darunter ist. Bestimmt ist nichts da.
Herrn Mareczeks Gedanken ändern jetzt die Richtung, denn unter dem Einfluß des ihm so angenehmen Bildes von dem verfaulenden Stirnknochen, an dem noch ein letztes Büschel Haare haftet, beginnt er zu überlegen, ob das auch alles sein wird, was von ihm übrigbleibt: der Stirnknochen und dieses schon vermoderte Büschelchen? Aber nein. Von ihm wird doch das bleiben, was er schreibt: diese Beschreibung des Pilzesammelns, diese Überlegungen über die Jadwinger, diese Gespräche. Und ebenso alle seine Gedichte, die Zerfall, Fäulnis und Vermodern von Stirnknochen, Schienbeinen, Nieren, Leber, Lungen, Kehle und Ellbogen beschreiben. Sei nicht so hochmütig, Mareczek. Vielleicht bleibt von dir genau dasselbe übrig, was von den Jadwingern geblieben ist, nämlich nichts, nichts, nichts. Oder höchstens die kuhäugigen, ochsenäugigen Fetzen einer Phonetik, die keinem

verständlich, keinem nützlich sein wird: szcz, brzdż, grzdż. Irgendein unverständliches, taubes Gestammel, ein Stammelrest, den ein Spezialist für die Literaturgeschichte des zwanzigsten Jahrhunderts, der im dreiundzwanzigsten Jahrhundert arbeitet, mit Abscheu in einer Anmerkung auf Seite 729 erwähnt. Genausoviel wie von den Jadwingern übrig war. Ein ochsenäugiges Nichts.
»Haben Sie was gefunden?« Die Stimme des Cellisten drang an Herrn Mareczeks Ohr.
»Nein.«
»Ich auch nicht. Gehen wir weiter.«
»Gehen wir doch lieber Beeren suchen. Waldbeeren«, fleht Herr Mareczek, während er ins feuchte Unterholz sinkt.
»In einer Stunde gehen wir zu den Waldbeeren. Finden Sie erst mal Ihren Steinpilz. Ihre Frau wird sich freuen.«
»Meine Frau trocknet keine Pilze.«
»Wenn Sie einen finden, wird sie ihn auch trocknen. Und an Heiligabend macht sie Ihnen dann Pilzsuppe.«
Also gehen sie weiter und biegen mit den Stöcken die riesigen Farne auseinander. Da das Schicksal des Individuums immer mit dem Schicksal der Gemeinschaft verknüpft ist, und heute, in diesem Sommer 1983, infolge all dessen, was die Roten mit uns gemacht haben, besonders fest, ja so fest wie nie zuvor damit verknüpft ist, hat auch, wie es scheint, die Problematik der individuellen Existenz durch die Problematik der existentiellen Vorherbestimmtheit der ganzen Gesellschaft jede Berechtigung verloren – wiederum durch Zutun der Roten, wofür wir ihnen übrigens unseren aufrichtigen Dank schulden: deshalb möchte ich mich, ihr Roten, hier, an dieser Stelle tief vor euch verneigen und dafür bedanken, daß ihr es uns so gegeben habt, denn dank dieser Tatsache haben wir aufgehört, uns mit unseren privaten Kinkerlitzchen zu befassen, mit den schrecklich verzwickten Problemen unserer privaten Kinkerlitzchen, und haben wieder angefangen, die Dinge in Augenschein zu

nehmen, mit denen sich erwachsene Männer befassen sollen: mit der vaterländischen Geschichte und dem Schicksal der Gesellschaft, in der wir leben – im Hinblick auf all dies ändern Herrn Mareczeks Gedanken also wiederum ihre Richtung: fort von der Vision des eigenen Stirnknochens, der unter dem jadwingischen Hügelgrab an der Landstraße Nr. 11 zerfällt, hin zur Vision der Gesellschaft. Es wäre interessant zu wissen, denkt er, ob man heute, in der zweiten Hälfte des zwanzigsten Jahrhunderts, mit uns Polen das gleiche machen könnte, was wir – oder was unsere litauischen oder germanischen Stammesverwandten – vor etlichen Jahrhunderten mit den Jadwingern gemacht haben. Könnte man alle Polen vernichten und jedes Andenken an sie und an das, was sie geschaffen haben, aus der Geschichte tilgen? So daß nichts weiter in der Geschichte erhalten bliebe als eine in Ortsnamen enthaltene Erinnerung an das polnische szcz, brzdż, grzdż, wżdż? Ach was, tröstete sich Herr Mareczek, das ist nicht möglich. Erstens sind wir sechsunddreißig Millionen, bald werden wir vierzig Millionen sein, und ausrotten lassen wir uns nicht. Wir werden uns verteidigen, was die Russen auch zu recht befürchteten, als sie im Jahre 1981 überlegten, ob sie uns so wie die Tschechen und Slowaken fertigmachen sollten oder anders. Und selbst wenn wir uns ausrotten ließen, wenn es sich plötzlich und zu unserem Entsetzen herausstellen würde, daß wir uns nicht mehr verteidigen wollen, weil wir uns nach vierundvierzig Jahren der Unfreiheit unseren Nachbarn im Süden angeglichen hätten und bereit wären, uns demütig der Übermacht zu unterwerfen – es gibt ja gar nicht die technischen Mittel, um so etwas zu bewerkstelligen. So einfach ist es nicht, mehr als dreißig Millionen Menschen zu beseitigen, davon haben sich auch die Deutschen überzeugt, als sie uns in ihren Öfen verbrannt haben. Zweitens hatten die Jadwinger auch weder einen Kochanowski noch einen Mickiewicz, sie hatten keine in Büchern – oder sei es auch nur auf Eichenblättern – niedergeschriebene Geschichte, sie hatten keine Wissenschaft, keine Skulpturen und Dichtungen. Sie hatten sich nicht artikuliert, weder mündlich noch schriftlich ausgedrückt, sie haben sich in keinem Werk von Verstand und Phantasie festgehalten, und deshalb sind sie umgekommen. Deshalb ist nichts, aber auch gar nichts von ihnen übriggeblieben. Selbst wenn es einem anderen Volk gelingen würde, sechsunddreißig Millionen Polen auszurotten, dann würden doch immer noch die paar Polen übrigbleiben, die sich nicht ausrotten lassen: Mickiewicz, Słowacki, Chopin und Karłowicz sind gewiß unsterblich. Selbst wenn es also keine Polen geben würde, es wird immer noch Polen geben, denn sie, auch sie, vielleicht gerade sie sind Polen. Man kann uns nicht aus der Geschichte ausradieren, denn dann müßte man erst den »Pan Tadeusz«, den »Król-Duch« und die Lieder von Karłowicz vernichten, ein Ding der Unmöglichkeit. Drittens, und davon ist Herr Mareczek zutiefst überzeugt, gibt es so etwas wie eine historische Gerechtigkeit, wie eine Moral in der Geschichte. Schließlich existiert doch – obwohl sich Herr Mareczek da nicht mehr so sicher ist – Gott. Oder zumindest so etwas Ähnliches, irgendein Geist, der alles weiß und alles lenkt. Dieser Geist kann doch die Polen nicht umkommen lassen, er wird sie nicht umkommen lassen, er erlaubt nicht ihre Ausrottung, denn – und das beweist die bisherige Menschheitsgeschichte – er braucht sie dringend zu irgendeinem Zweck. Wozu? Das ist nicht ganz klar, aber ganz allgemein kann man sagen, daß die Polen für den Kampf mit dem Teufel nötig sind, nötig waren und deshalb wohl auch weiterhin nötig sein werden. Sie haben sich in diesem Kampf nicht schlecht geschlagen. Sie haben mannhaft standgehalten und nicht unbeträchtliche Erfolge davongetragen. Man kann sie weiterhin brauchen, und zwar in der Gewißheit, daß sie nicht vom Schlachtfeld fliehen werden. Der Geist – oder so etwas Ähnliches – kann sich also auf sie verlassen, wenn es soweit ist. Diese Berufung sichert

Polen offenbar eine gewisse Zukunft und bewahrt sie vor einer drohenden Ausrottung. Mehr noch, wenn die Geschichte moralisch ist, wenn es eine historische Gerechtigkeit gibt, dann kann den Polen – die auf der Seite des Geistes und wohl auch des Guten kämpfen – auch deshalb keine völlige Vernichtung drohen, weil letzten Endes das Gute, die Wahrheit und die Gerechtigkeit siegen werden. Oder das, was in der Geschichte immer gesiegt hat. Hitler und Napoleon, die Sklavenbesitzer aus den Südstaaten und die Türken auf dem Balkan mußten verlieren, und sie haben verloren, denn sie waren auf der Seite des Teufels, und der Teufel half ihnen. Sie waren Besetzer, Plünderer, Angreifer. Sie mordeten, vergewaltigten, folterten und brandschatzten, und eben deshalb haben sie verloren. Ja, das Gute siegt. Und wir sind auf der Seite des Guten, und das Gute ist auf unserer Seite. Wir siegen. Und Herr Mareczek hat Lust, den Kiefern, Farnen, Spinnen und Käfern seine zum »V« gespreizten Finger zu zeigen. Gebt ihr uns ruhig den Knüppel, wir werden doch siegen.

Augenblick mal, Herr Mareczek, denkt Herr Mareczek. Mir scheint, daß Sie etwas voreilig waren und nicht die Argumente der Gegenseite beziehungsweise des Teufels in Betracht gezogen haben. Die den Polen eigene Neigung zur Phantasterei, ja zu einer nachgerade wahnwitzigen Phantasterei oder, in anderen Worten, zu einem geistigen Wahnwitz – die die Roten mit einem zweideutigen Lächeln heutzutage als Mangel an politischem Realismus bezeichnen –, eine zweifellos schöne Neigung, die aus den Polen nichts anderes macht als eben Polen, muß von uns, falls wir, und zwar eben als Polen, die Zeiten überdauern sollen, sorgsam gepflegt und gehütet werden. Je wahnwitziger wir werden, desto mächtiger wird der Wahnwitz in unserem Geist, und desto leichter werden wir mit denen fertig, die uns unterjochen und unserer Nation berauben wollen. Das soll allerdings nicht heißen, daß wir nicht – in unserem Wahnwitz und unserer Phantasterei – gleichzeitig nüchtern darüber nachdenken sollen, was sich in der Geschichte ereignet hat und ereignet. Die Polen können nicht völlig vernichtet werden? Schauen wir uns doch einmal, mein naiver Herr Mareczek, Ihre naiven Argumente etwas genauer an. Erstens: sechsunddreißig Millionen kann man nicht ausrotten. Kann man das wirklich nicht? Und wie viele Millionen hat Josef Stalin ausgerottet? Wie viele Millionen, wie viele Völker hat er auf Viehwaggons verladen, wie vielen Millionen hat er Städte, Dörfer, Länder weggenommen? Was hat er mit den Krimtataren, mit den Litauern gemacht? Ja, das waren kleine Völker, und selbst solche kleinen Völker hat er letzten Endes nicht endgültig physisch ausrotten können, weil ihm die technischen Mittel zur Ausführung fehlten. Und was hat er mit den Ukrainern gemacht, was ist im Laufe der Geschichte mit ihnen gemacht worden? Das ist ein großes Volk, größer als wir, sie sind mehr als sechsunddreißig Millionen. Und wo sind sie jetzt, was sind sie jetzt? Wer wohnt heute in den ukrainischen Dörfern am Dnjepr, am Zbrucz? Welche Sprache sprechen die Menschen dort, was ist ihr Vaterland, was für ein Vaterland wollen sie? Und wer wohnt heute in Kiew, in Lemberg, in Odessa? Was ist das für ein Volk? Wollen sie, können sie noch ein Volk sein? Und selbst wenn sie es noch wollen, noch können, wie lange werden sie es noch wollen? Dieses Volk ist während des großen Hungers der dreißiger Jahre ausgehungert, bei den stalinistischen Säuberungen ermordet worden, und die Überlebenden wurden dann mit Neuankömmlingen aus dem Osten und dem Norden vermischt. Und vielleicht ist auch die Seele dieses Volkes zu Tode gehungert, in den Lagern und Gefängnissen gemordet worden? Vielleicht gibt es dieses Volk gar nicht mehr? Wer weiß? Es wird keine Ukraine mehr geben. Ach was, Herr Mareczek. Zweitens: woher wollen Sie wissen, daß die Jadwinger keinen Kochanowski und keinen Mickiewicz hatten? Aber gewiß hatten sie sie. Jedes Volk hat – nach seinem Maßstab – seinen Mickiewicz. Unser Mickiewicz ist vielleicht ein besonders großer Dichter, denn unser Maßstab ist ja auch nicht irgendein x-beliebiger. Aber dieser Mickiewicz, den die Jadwinger hatten, ihr oberster Wajdelot, ihr oberster Patriot war vielleicht auch nicht irgendein x-beliebiger. Sie hatten Dichter, sie hatten also auch Werke, die Verstand und Phantasie hervorgebracht hatten. Sie hatten ihre Geschichte, die aufgeschrieben war oder gesungen wurde. Sie hatten das, mußten das haben, was jedes Volk haben soll und muß, das sich ins Leben ruft oder ins Leben gerufen wird. Denn es sind die Werke, die ein Volk aus sich hervorbringt, durch die dieses Volk ins Leben gerufen wird, vereint wird, existiert. Und all das, all diese jadwingischen Werke, ihre Dichtungen, Skulpturen, Töpfe sind von den Barbaren aus dem Süden, Westen und Norden vernichtet worden. Es ist möglich, daß von einem Volk, selbst von einem großen Volk nichts, aber auch gar nichts übrigbleibt, und die Seele eines Volkes, das Wesen eines Volkes, sein geistiges Werk, das es der Geschichte hinterlassen wollte, kann ebenfalls vernichtet und ausgerottet werden. Wie viele Völker hat es nicht gegeben, von denen kein Topf, keine Strophe übriggeblieben ist? Hunderte. Die Sieger vernichten alles. Oder eignen sich alles an. Die von ihnen vergewaltigten Frauen gebären Kinder, aber es sind die Kinder der Sieger. Denn, drittens, Herr Mareczek, ist es gar nicht sicher, ob es eine historische Gerechtigkeit, eine Moral der Geschichte gibt. Vielleicht existiert so etwas, vielleicht auch nicht. Aber das ist nicht sicher, denn es ist nicht sicher, was das für ein Geist ist, wer dieser Geist ist, der angeblich alles weiß und alles lenkt. Vielleicht ist es zum Beispiel so, daß dieser Geist, selbst wenn er existiert, selbst wenn er alles lenkt, von uns Menschen nichts weiß und nichts wissen will? Oder umgekehrt, vielleicht weiß dieser Geist zwar alles, aber hat gar nicht die Absicht, gar nicht die Lust, sich in unsere menschliche Geschichte einzumischen, er will sie gar nicht lenken und will weder seinen Maßstab noch seine Verbesserungen hier anbringen? Wenn es aber so ist, dann geht daraus hervor, daß es keine historische Gerechtigkeit gibt, nur unsere menschliche, sehr ungerechte Gerechtigkeit und unsere menschliche, sehr unmoralische Moral, die sich die ganze Menschheitsgeschichte hindurch manifestiert hat. Woraus wiederum hervorgeht, daß wir, die Polen, niemandem zu irgend etwas nütze sind, und weder das Gute noch die Wahrheit rufen uns zu den Fahnen, denn die menschliche Geschichte ist gar nicht das Feld, auf dem Gut und Böse ihren Kampf austragen, einen solchen Kampf gibt es überhaupt nicht, hat es nie gegeben; wer alles beherrscht, immer beherrscht hat und für immer beherrschen wird, ist der Teufel, der rußische Fürst dieser Welt. Und wenn wir für das Wahre, Gute, Schöne nicht nötig sind, wenn wir nur uns selbst nötig sind – und auch das ist nicht sicher –, dann können wir doch jederzeit, ohne den geringsten Grund und auch ohne den geringsten Schaden für irgend jemanden, zunichte gemacht werden. Das hängt einzig von der Entscheidung des Teufels ab, der uns vielleicht zunichte macht, vielleicht – wenn wir ihm gehorsam sind – aber auch nicht. »Habt ihr das geglaubt?« fragt der Teufel mit einem zweideutigen Lächeln und streicht sich dabei über den langen schmalen Bart, so wie Tscherkassow einen hatte, als er in Eisensteins Film Iwan den Schrecklichen spielte. »Alles, aber das nicht«, antwortet Herr Mareczek dem Teufel. »An solchen Unfug, an solche heimtückischen Tücken und gemeinen Gemeinheiten habe ich nicht vor zu glauben, das werde ich nie glauben. Die Polen werden erhalten bleiben, denn sie sind das Bollwerk des Christentums, das sind sie gewesen und werden es weiter sein. Sie sind das Bollwerk des Wahren, Guten, Schönen. Begreif das endlich, du dummes Europa. Wenn wir nicht wären, hätte dich der Teufel schon längst in Besitz genommen und geschwängert. Und du, liederliches Frauenzimmer, würdest die Bankerte des Teufels gebären. Und nur wir, du abscheuliche Undankbare, können dich seinen Klauen wieder entreißen, nur wir können dich vor den Stößen des teuflischen Schwerts schützen. Und wir schützen dich, denn wir fangen diese Stöße selber auf. Und für diesen Gedanken, für dieses Bekenntnis zum Wahren, Guten, Schönen, erhält Herr Mareczek jetzt sogleich die Belohnung – und in Anbetracht der Tatsache, daß er überhaupt nicht sicher ist, welcher Natur dieser Geist ist, der in der Geschichte wirkt, und ob überhaupt ein Geist in der Geschichte wirkt, könnte man sogar sagen, daß es eine unverdiente Belohnung ist – denn da zu seinen Füßen, gleich hier unter dem Baum, hier, wo dieser Zweig liegt, da schiebt sich langsam aus dem feuchten Moos ein brauner, majestätischer, von keiner gedankenlosen Schnecke auch nur gestreifter, ja:

»Ein Steinpilz!

Herr Stefan, ein Steinpilz!

Schnell, schnell, hier, hier!

Was für ein schöner, großer!

Und ganz ohne Würmer!

Na? Den hab ich gefunden! Das ist der erste Steinpilz meines Lebens!«

»Aber vorsichtig, reißen Sie nicht so daran! Sie machen ihn mir noch kaputt! Und das hier habe ich gefunden!«

Herr Stefan nimmt den Steinpilz aus dem Moos, reibt mit dem Finger über den rosafarbenen Boden des Hutes und hält dann Herrn Mareczek den Finger unter die Nase.

»Lecken Sie mal«, sagt er.

»Warum denn?«

»Fragen Sie nicht! Lecken Sie.«

Herr Mareczek leckt daran und spuckt den säuerlich-bitteren Speichel aus.

»Bitter?« fragt Herr Stefan.

»Warum?« fragt Herr Mareczek, obwohl er schon weiß, schon begreift, schon alle Hoffnung verloren hat, o Pilz, du Undankbarer, o Pilz, du Betrüger! Und dann noch jämmerlicher:

»Aber warum denn?«
»Das ist ein Satanspilz, Herr Mareczek, ein Satanspilz und gar kein Steinpilz«, ruft Herr Stefan triumphierend und »patsch« schlägt er den betrügerischen Pilz an den Erlenstamm, und der Satanspilz bröckelt, bricht, zerfällt in braune und weiße und rosafarbene Krümel, die – wie es Herrn Mareczek einen Augenblick lang vorkommt – plötzlich in dem aufklaffenden Unterholz des Waldes, das Dampfschwaden ausstößt und feurige Flöckchen verstiebt, verschwindet. Aber nein. Das Weiß-rosa-braune liegt weiterhin im grünen Moos und spottet höhnisch dem Glauben und der Hoffnung.
»Wenn die Satanspilze herausgekommen sind«, sagt Herr Stefan in tröstendem Ton, »dann heißt das, daß die Steinpilze frühestens in ein oder zwei Wochen kommen. Jetzt gehen wir dorthin, hinter diese Schneise. Dahinter ist ein Himbeergebüsch, da hat jeder von uns in einer halben Stunde einen Liter gesammelt. Und unterwegs sammeln wir Waldbeeren. Haben Sie schon mal Preiselbeeren gesammelt?«
»Was sind denn Preiselbeeren?« fragt Herr Mareczek.
»Das sind diese kleinen roten Beeren«, sagt Herr Stefan. »Die mit diesen ganz grünen Blättchen. Man kann wunderbare Marmelade daraus machen, es muß nur viel Zucker dazu.« Und weil er bei Rot auch Rot assoziiert, fragt er gleich darauf: »Meinen Sie, es wird noch lange dauern?«
»Was?«
»Na, das alles. Ihr ganzes Imperium.«
»Wohl nicht mehr so lange«, antwortet Herr Mareczek. »Sie sehen doch schon, wie es auseinanderbricht. Vor unseren Augen. Noch ein, zwei Jahre, und es ist aus mit ihnen.«
»Wie Sie mich damit trösten«, sagt Herr Stefan. »Aber ich werde ihr Ende wohl nicht mehr erleben. Und ich würde so gerne sehen, wie sie von hier Reißaus nehmen. Dieser Dissident, Almaryk oder Amalryk, der, der auf der Fahrt nach Madrid im Auto umgekommen ist, wissen Sie noch, der hat behauptet, daß es mit ihnen schon 84 aus sein würde. Aber

mir kommt es jetzt so vor, als würde es noch an die hundert Jahre so weitergehen. Oder zweihundert. Hundert Jahre, das ist für so ein Imperium ein Klacks. Wie lange ist Rom auseinandergebrochen?«

»Ziemlich lange«, gesteht Herr Mareczek. »Wohl so fünfhundert Jahre. Aber ich möchte Sie darauf aufmerksam machen, daß die Reiche des neunzehnten und zwanzigsten Jahrhunderts von kürzerer Lebensdauer waren. Hitler hat nur zwölf Jahre in Deutschland geherrscht. Und Napoleon in Frankreich nicht viel länger. Wissen Sie, die Geschichte liebt Überraschungen. Mal hält sie auf, mal treibt sie an. Ehe wir uns versehen, sind sie schon nicht mehr da.«

»Von selbst wird das nicht platzen«, sagt Herr Stefan. »Es muß etwas passieren, damit ein solches Imperium zerbricht. Meinen Sie, es wird Krieg geben?«

»Daran, daß die Amerikaner zuerst zuschlagen«, sagt Herr Mareczek, »daran glaube ich nicht. Der Präsident muß zustimmen, und der Senat muß zustimmen. Das Volk muß einen solchen Krieg akzeptieren. Pearl Harbor war nötig, damit sie sich überhaupt in Bewegung setzen wollten. Und die Russkis, die haben ihnen doch eigentlich nichts Böses getan. Die Amerikaner haben deshalb keine Motivation. Nein, sie werden nicht zuerst zuschlagen, warum sollten sie. Der Russki wird auch nicht zuerst zuschlagen, denn die Amerikaner sind ja stärker, und wo man in der Geschichte auch hinsieht, Rußland hat nie die Hand gegen einen Stärkeren erhoben. Sie haben sich immer nur auf die Schwächeren gestürzt. Auf solche wie dieses Bergvolk in Afghanistan. Oder auf solche wie wir. Und auch nur dann, wenn wir kaum noch Luft bekamen.«

»Oder auf die Georgier«, sagt Herr Stefan. »Obwohl ich den Eindruck habe, daß die Georgier es ihnen auch ein paarmal ganz schön gezeigt haben. Und solange es keinen Krieg gibt, wird sich auch nichts ändern. Solche Kretins wie Churchill und Roosevelt, wie die uns in Jalta verkauft haben, das hat doch die Welt noch nicht gesehen. Kennen Sie noch diesen kleinen Reim aus den fünfziger Jahren? Ach nein, den können Sie nicht mehr kennen, dafür waren Sie zu jung. ›Lieber Truman, knall schon drauf, denn wir halten's nicht mehr aus.‹ In Schlesien haben sie das damals gesagt. Sicher, damals hätte man das machen müssen. Dann wäre jetzt alles vorbei, und wir hätten unsere Ruhe. Diese dummen Amerikaner.«

»Ich glaube, Herr Stefan«, sagt Herr Mareczek, »daß sie vielleicht auch ohne Krieg auseinanderbrechen. Es könnte doch zum Beispiel passieren, daß ein General durchdreht, ein junger, so um die vierzig. Er dreht durch und beschließt Erster Sekretär zu werden, und zwar sofort.«

»Ja und, was macht das, daß so ein General durchdreht und Erster Sekretär werden will?« fragt Herr Stefan. »Sie knallen ihn ab oder stecken ihn ins Irrenhaus, und damit hat's sich.«

»Aber wenn dieser General«, fragt Herr Mareczek, und wendet sich mit dieser Frage eher an die Geschichte als an Herrn Mareczek, »wenn er seine Division mobilisiert und sich entschließt, die Macht mit Gewalt zu ergreifen? Weil er vorher zu dem Schluß gekommen ist, daß er einen Putsch durchführen muß, weil es keinen anderen Weg gibt, an die Macht zu kommen? Eine einzige Explosion genügt. Und dieser General wäre so etwas wie ein Auslöser. Und dann würde alles anfangen einzustürzen. Die Litauer würden sich mobilisieren. Die Esten würden sich mobiliseren. Und vor allem die Moslems. Und nach zwei Wochen wäre es aus mit dem Imperium.«

»Ein nettes Drehbuch«, gibt Herr Stefan zu. »Aber völlig irreal.«

»Warum denn?« fragt Herr Mareczek.

»Weil die Armee dort angeblich gar keine scharfe Munition hat. Und die Waffenlager bewacht der KGB. Ich glaube, das habe ich in ›Nomenklatur‹ von Woslenski gelesen. Das ist im Untergrund herausgekommen. So ein General hätte also keine Chance. Aber was die Moslems angeht, da haben Sie recht. Sie werden immer mehr, und sie glauben an Gott; also die werden sich eines Tages in Bewegung setzen. Aber was wird dann aus uns? Denn wenn dieser Drachen anfängt zu bersten, dann reicht eine kurze Bewegung mit dem Schwanz, um uns von der Erdoberfläche zu fegen. Und die Zuckungen eines solchen Imperiums, wissen Sie, die können zwanzig, ja fünfzig Jahre dauern.«

»Wenn dieser Drache anfängt zu bersten«, sagt Herr Mareczek und scheppert mit seinem Aluminiumgeschirr und mit dem hellblau emaillierten Gefäß, während er sich nach den Beeren bückt, »dann wird man die Gelegenheit nutzen müssen. Dann werden wir jemanden wie Piłsudski brauchen. So jemanden, der es fertig bringt, im richtigen Augenblick in Wilna und Lemberg einzumarschieren. Und ich kann Ihnen versichern, daß genau dann auch so jemand auftauchen wird. Denn solche Menschen werden dem Volk gerade dann geschenkt, wenn das Volk sie braucht. Sie treten im letzten Augenblick auf die Bildfläche, aber genau dann, wenn sie auftreten müssen.«

»Sie sind ein ganz Schneller«, lacht Herr Stefan. »Sie marschieren schon mit ihrem neuen Piłsudski in Wilna und Lemberg ein, und im nächsten Moment strecken Sie die Hand nach Kiew aus. Vielleicht gelüstet es Ihnen auch nach Odessa? Und was, wenn dieser Drache niemals, aber auch niemals platzt? Wenn er die ganze Welt frißt und nicht platzt? Was wird dann aus uns?«

»Eine solche Möglichkeit ziehe ich gar nicht in Betracht«, sagt Herr Mareczek.

»Ich auch nicht«, sagt Herr Stefan. »Aber wollen wir sie trotzdem einmal erwägen. Sie sind ja schließlich wirklich mächtig. Und im Gegensatz zu den Amerikanern haben sie nie irgendwelche Skrupel moralischer Natur – daß sie vielleicht jemanden oder etwas verschonen wollten – gehabt und werden also auch keine bekommen, was ihre Chancen natürlich erhöht. Wenn sie sich also aufmachen und gewinnen, wenn sie ganz Europa erobern und danach den ganzen Erdball, was wird dann? Haben Sie jemals über eine solche Aussicht für die Menschheit nachgedacht?«

»Ja«, gibt Herr Mareczek unwillig zu. »Das habe ich. Dann wird man zu Gott beten müssen, daß er den Planeten zerstört. Denn dann wird sich zeigen, daß es die Menschheit nicht verdient, überhaupt zu existieren.«

»Und wenn sich dann herausstellt«, spinnt Herr Stefan seinen Gedanken weiter, »daß es Gott gar nicht gibt? Oder wenn es sich herausstellt, daß unser Planet ihn gar nichts angeht? Was fangen wir dann an, wie werden wir dann leben?«

»Quälen Sie mich nicht«, fleht Herr Mareczek. »Ich gebe Ihnen mein Ehrenwort, daß es Gott gibt. Sie können auch mein Ehrenwort darauf haben, daß der Drache nicht die ganze Welt auffrißt, weil er dann sehr bald platzen würde. Er ist ja schon dabei zu platzen. Riechen Sie nicht auch schon den Schwefel?«

»Ich rieche Himbeeren«, sagt Herr Stefan. »Da ist mein Himbeergebüsch. Dieser Planet, Herr Mareczek, ist zwar von dem Drachen schon etwas verstunken, aber er ist auch noch, Gott sei dank, ein Paradies. Gehen wir. Solche Himbeeren wie an diesen Himbeerbüschen, die haben Sie im Leben noch nicht gesehen und werden Sie auch nicht mehr sehen.«

Aus dem »Reiseführer durch das nordöstliche Polen«, der 1935 vom Verband der polnischen Fremdenverkehrsvereine in Warschau herausgegeben wurde, erfährt Herr Mareczek, daß man in Sejny im Hotel von Frau Fliegeltaub an der Piłsudskistraße Unterkunft finden kann, wo drei Zimmer zu Preisen zwischen 1 Zloty 50 Groschen und 2 Zloty pro Tag zur Verfügung stehen, daß man in Suwałki in der Konditorei Ciecerski an der Kościuszkostraße 88 Kaffee oder Tee trinken kann, und daß man sich nach Absprache mit der Kommandantur des »Schützen« problemlos ein Nachtlager in der Gegend in einem der vielen Vereinslokale des Schützenvereins sichern kann. Aus diesem Reiseführer läßt sich auch erfahren, daß Suwałki im 15. Jahrhundert gegründet wurde, als sich eine Reihe litauischer Vagabunden – die auf litauisch »suwilkai« heißen – in der Uhoł-Wildnis niederließen, während der Name des ebenfalls im 15. Jahrhundert gegründeten Sejny von dem litauischen Wort »seiniai« für »Älteste« abgeleitet ist, denn dieses Städtchen soll von drei greisen Rittern des Władysław Jagiełło gestiftet worden sein, die bei der Rückkehr von ihrem Ausflug ins Land der Kreuzritter beschlossen hatten, sich am Fluß Marycha anzusiedeln. Manche allerdings – zum Beispiel der Priester Jemiałkowski – wer war das denn? überlegt Herr Mareczek – leiten den Namen Sejny von dem ruthenischen Ausdruck »siena« für Heumonat ab. Schüler der Sejner Schule – auch solche Informationen lohnen, notiert zu werden – waren Szymon Konarski, ein Emissär, der auf ein Urteil des Zaren hin in Wilna hingerichtet wurde, und der in der Pariser Emigration aktive Philosoph Bukaty, während Suwałki der Geburtsort von Maria Konopnicka und der Marschallsgattin Aleksandra Piłsudska ist. »Einst Land der Jadwinger, später zu Litauen gehörend, wurde das heutige Suwalker Land«, schreibt Herr Mareczek weiter aus dem Reiseführer ab, »infolge der polnisch-litauischen Union Polen einverleibt und stellt das Gebiet der ehemaligen Wojewodschaft Troki dar. Nach der dritten Teilung Polens fällt es an Preußen, ab 1807 ist es Bestandteil des Herzogtums Warschau. Der Wiener Kongreß teilt es dem Königreich Polen zu. Ein Land der Seen und Wälder mit noch ursprünglichem Charakter, bietet es eine Fülle von Überraschungen und herrlichen Eindrücken. Wildwasserfahrten im Kajak und Ruderwettkämpfe ziehen große Scharen von Touristen an. Die Wälder des Suwalker Landes sind ein hervorragendes Jagdgebiet mit einem Reichtum an Tieren – Wölfe, Füchse, Rehböcke, Biber, Wildschweine, ja sogar Elche, Hasen, Auerhähne, Birkhähne. In der Gegend des Wigrysees, der einst von einem tiefem Dikkicht umgeben war, in dem Władysław Jagiełło gerne jagte, findet man auch Hermeline.« Herr Mareczek schließt den Führer, hebt den Kopf und sieht den See vor dem Fenster – »Die tiefste Stelle ist 73 m tief, die höchste registrierte Wassertemperatur liegt im Juli bei ca. 25° C an der Oberfläche, die Temperatur in der Tiefe erreicht im Sommer ca. 7° C«, – den See, dessen Mitte gerade drei Köpfe durchqueren, der eine in einer roten, der zweite in einer grünen, der dritte in einer weißen Haube. Sie schwimmen sportlich, ohne Hast, die Köpfe verschwinden für einen kurzen Augenblick im Wasser und tauchen dann wieder an der Oberfläche auf, ein hellgrünes Boot begleitet sie, in dem ein Junge oder ein Mädchen, das läßt sich aus dieser Entfernung nicht genau sagen, in einem roten Hemd sitzt. Wenn sie an der Anlegestelle ankommen, werden sie sich mit ausgefransten Handtüchern abtrocknen und dabei mit nackten Füßen auf die grauen, von Wasser und Zeit gebleichten Bretter des Stegs stapfen, und dann, am Abend, werden sie sich unter den knatternden Bahnen des Zeltes, unter dem weißen Mond lieben.

Wie süß, wie schön ist es zu leben, denkt Herr Mareczek. Gott, wenn du nichts dagegen hast, dann würde ich gerne noch etwas leben, wenn du für mich keine anderen Pläne hast und mich zur Zeit für nichts anderes brauchst, dann laß mich hier noch etwas bleiben und schauen, auf diese Erde, die du uns geschenkt hast und die ein Paradies ist, oder die ein Paradies wäre, wenn es nicht so wäre, daß alles hier abstirbt und leidet, bevor es stirbt, denn es muß sterben und vergehen. Die drei Köpfe, der weiße, der grüne und der rote, sind schon aus Herrn Mareczeks Blickfeld verschwunden, sie sind weiter geschwommen, sie werden von den Zweigen der Vogelkirsche verdeckt, die am Rand des Gartens wächst, und die weitere Geschichte dieser Schwimmer bleibt vor uns, vor mir verborgen, niemals werde ich erfahren, wer sie waren, wer sie sind und was später mit ihnen geschehen ist, ihr Schicksal wird mir unbekannt bleiben, es wird sich erfüllen, aber nicht für mich, sie, die jetzt glücklich sind, sich gewandt in dem halbdurchsichtigen grünlichen Wasser bewegen, poch-poch mit den nackten Füßen auf die sonnendurchwärmten Planken des Stegs stapfen, dieser gebräunte Körper, der sich im warmen Halbdunkel des Zeltes an einem anderen Körper reiben wird, eine plötzliche süße Schwäche, ein plötzlicher Stromstoß im Unterleib, ja, sie, die jetzt so glücklich sind, werden später in feuchten, durchschwitzten Laken liegen, sich vor Schmerzen, vor Hilflosigkeit, vor Ekel vor sich selbst winden, wenn sich bei ihnen ein Hautkrebs oder die Sklerose oder einfach ein dummer, gewöhnlicher Rheumatismus einnistet, aber wie sie gestorben sind, wie sie gelitten haben, wie sie sich voreinander geekelt haben, wie sie, fünf Minuten bevor es sie ereilte, in höchster Angst geschrien haben, das werde ich nie erfahren, sie sind nur für einen Augenblick in meinem Leben aufgetaucht, kurz genug, um sie gleich wieder zu vergessen, ausreichend lang, um sich an ihrem Glück zu freuen, mit ihrem Leiden mitzufühlen, und jetzt ist nur noch das hellgrüne Boot zu sehen, in dem irgend jemand, man kann nicht feststellen, ob Junge oder Mädchen, in einem roten Hemd die Ruder bewegt, ohne Hast, aber es dauert nicht lange, und dieses Boot – wie schön es ist! so hellgrün! wie gut ist es zu leben! welch ein Paradies hast du für uns geschaffen, Gott! – dieses Boot also wird gleich hinter den Zweigen der Vogelkirsche verschwinden, und danach kommt der Tod.

Wo sind sie, denkt Herr Mareczek, all unsere Toten? Wo ist der Ort, an dem du sie untergebracht hast, Gott? Wo sind diese Provinzen, diese Bezirke, diese Städte und Städtchen, wo Du ihnen Wohnung gewährst, wo sind sie, ihre, Deine Paläste? Es sind doch Millionen, Milliarden, diese Toten, und von Tag zu Tag vermehrt sich ihre Zahl sprunghaft. Und zu diesen Millionen muß man noch die Billionen und Trillionen Elche, Füchse, Wölfe, Auerhähne und anderen Tiere

rechnen sowie die Trillionen und Abertrillionen Mücken, Bienen, Fliegen, und alles Gewürm, denn das alles ist ja, wie ich, Herr Mareczek, zutiefst glaube, nicht für die Vernichtung bestimmt, du, Gott, hast sie ja nicht vernichtet, nicht ausgelöscht, denn wenn du sie vernichtet hättest, dann wärest du nicht Gott. Wo also ist das alles, wo ist all dieses Leben, das nicht mehr ist, das aufgehört hat, Leben zu sein? Wohin ist es verschwunden, wo bewahrst du es auf? Ich weiß, daß es kein Ort ist, das muß es ja auch nicht sein, es muß auch nicht in der Zeit sein, denn das, was Geist ist, muß nicht einmal räumlich, ihm muß auch keine chronologische Existenz gegeben sein. Es kann irgendein Zustand sein oder was weiß ich, irgend etwas, das ich nicht in der Lage bin zu begreifen, weil ich ein Mensch und am Leben bin und also in Zeit und Raum und nur Zeit und Raum kenne und nur sie begreifen kann, während ich dieses andere, diesen geistigen Zustand, der außerhalb von Zeit und Raum ist, nicht kenne und also nicht begreifen kann. Aber ich kann es mir – eben weil ich als raum-zeitliches Geschöpf nur Zeit und Raum kenne – auch nur als etwas Raum-Zeitliches vorstellen. Also als Provinz, Bezirk, Region. Oder als Schloß, als Haus und Hof, als Burg.
Da plaudert die Marschallsgattin Aleksandra Piłsudska, während sie den halbtoten Hermelin auf ihren Knien streichelt, mit Władysław Jagiełłos drei greisen Rittern, Herr Ciecierski, der Inhaber der Konditorei an der Kościuszkostraße 88, schenkt den in lederne Kapuzen und Fellstiefel gekleideten litauischen Vagabunden – den Suwilkai – Tee ein. Und wer kommt da? Das ist Frau Fliegeltaub, die ihre gelbweiße Perücke zurechtrückt, die ihr die SS-Männer vom Kopf geschlagen haben, als sie sie mit ihren Gewehrkolben die Treppe hinunterstießen, ja sie ist es, die anständige Frau Fliegeltaub, die für ein Zimmer weniger nimmt als in Suwałki, 1 Zloty für ein zusätzliches Bett mit Bettzeug, und wenn der gnädige Herr es wünscht, dann kann auch ein Mädchen

kommen, sauber und gesund ist sie, wenn Sie wünschen, auch eine Christin – ja, sie kommt am Arm von Priester Jemiałkowski, aber wer war das? Und gleich hinter ihnen kommt Maria Konopnicka, und von der anderen Seite Fräulein Zielonkówna, die an der Kościuszkostraße 84, also gar nicht weit von der Konditorei Ciecierski, eine Buchhandlung hat – zwei Schwestern Zielonkówna hat es gegeben, beide sehr hübsch, die zweite, die nicht so forsch ist, kommt dahinter – und sie führen Szymon Konarski am Arm, der fünf rot umrandete, ausgefaserte Löcher in der Brust hat, falls er durch eine Schußsalve des Exekutionskommandos hingerichtet wurde, oder einen blauen Striemen um den Hals, falls er gehängt wurde, denn Herr Mareczek weiß nicht mehr genau, welchen Todes der heldenhafte Emissär gestorben ist. Und drei Ruderer vom Warschauer AZS (Studentischer Sportverein) kommen herbeigelaufen, sie tragen schwarze enge Hosen, die bis zu den Knien reichen, und Hemden mit dem weiß-grünen Klubabzeichen auf der Brust, die roten Ruder haben sie an die Wand gelehnt, und sie laden die beiden Schwestern Zielonkówna – und auch Szymon Konarski, wenn er nichts dagegen hat –zu einer Kajakpartie auf dem Wigry ein.

»Wir fahren bis zur Mündung der Schwarzen Hańcza und zeigen ihnen die Biberbauten, und dann weiter zum Kamedulenkloster auf der Halbinsel, da essen wir zu Mittag, und danach fahren wir mit dem Autobus von der Haltestelle am Inlandsreisebüro aus zurück in die Stadt.«

»Und dann«, sagt Szymon Konarski, »dann lade ich Sie alle, meine lieben Herrschaften, zum Kuchen in die Konditorei Ciecierski ein. Sie auch«, fügt er hinzu und wendet sich dabei an Aleksandra Piłsudska und Frau Fliegeltaub.

»Nach dem Tod gibt es den Kuchen umsonst«, sagt Herr Ciecierski darauf. »Keiner braucht zu zahlen, jeder kann fünf Stück essen.«

»Das sind gute Nachrichten, da kommen wir auch«, freuen

sich die drei litauischen Vagabunden, die Suwalkai, in ihren ledernen Kapuzen.
»Sind die Kuchen auch mit Krem?« fragt der älteste der Jagiełłoritter.
»Mit Krem und mit Himbeeren«, versichert Herr Ciecierski. »Und die Himbeeren haben unsere lieben, verehrten Damen Zielonkówna heute im Morgengrauen in dem Wäldchen bei Płociczno gepflückt, da wo die Landstraße von Gawrychruda nach links zur Kiesgrube in Sobolew abbiegt.«
»Und die Krem«, fragt der Ritter, »was ist das für eine Krem? So eine mit rosa Glasur, wie vor dem Krieg?«
»Jeder kann die Krem haben, die er will«, antwortet Herr Ciecierski. »Wir haben hier alle Sorten Krem, die es auf der Welt gibt.«
»Auf, gehen wir, gehen wir!« rufen die Fräulein, die Ritter, die Vagabunden, und auch Maria Konopnicka schließt sich an.
»Aber erst zu den Kajaks«, rufen die Ruderer. »In einer Stunde legen wir von dem Steg in Gawrychruda ab, wir warten dann auf Sie, Herr Szymon, wissen Sie, da an den Pfosten, an dem hellblauen Geländer.«
An den drei Pfosten, denkt Herr Mareczek, und ein Zittern überläuft ihn. An den Pfosten, von denen die lebhaften Jungen gerade platschend in der Hocke in das grüne, kalte Wasser springen und sich dabei die Nase mit zwei Fingern zuhalten.
Der größte der Ruderer, der mit dem hellen Schnurrbärtchen, ist offensichtlich hinter der jüngeren Schwester Zielonkówna, der weniger forschen, her, und sie in ihren dünnen Seidenstrümpfen, dem dunkelblauen Plisseerock und den weißen Pumps mit Riemchen, die mit einem Knopf verschlossen werden, ist, wie mir scheint, dem auch nicht abgeneigt, und obwohl sie errötet, wenn er sie ansieht, werden sie nach der Kajakfahrt im Wald spazieren gehen, und daraus wird dann eine Ehe, und aus der Ehe entstehen Kin-

der. Wo sind sie alle? Es kann doch nicht sein, denkt Herr Mareczek, daß es sie nicht mehr gibt, nirgendwo, daß nur eine Erinnerung, und zwar eine vage, flüchtige, übriggebliebeben ist. Es kann doch nicht sein, daß sie sich in Luft aufgelöst haben, daß sie in der Erde verschwunden sind und zu Moder, zu nichts geworden sind. Nichtssein, Nichtssein, Nichtssein. Moder, Moder, Moder. Nichtssein, Nichts. Loch, Loch, Loch. Aber wenn es so ist, dann bist du nicht Gott, sondern nur eine schreckliche, wilde Macht, natürlich eine sogenannte geistige Macht, aber was habe ich davon? Eine Kraft, die irgend etwas gebiert, ausstößt, keiner weiß, was, und keiner weiß, warum. Und so geht es Tag für Tag, Jahrhundert für Jahrhundert, Millionen, Milliarden Jahre lang. Und es gibt schon Millionen, Billionen, und wie Ameisen wimmeln sie durcheinander, was ist das für ein Ameisenbau, ein Haufen bis zum Himmel, höher als Venus und Saturn, ein Haufen bis zur Milchstraße, Trillionen von unseren Toten sind darin und auch Trillionen und Abertrillionen von verstorbenen, verendeten, verreckten Elchen, Wölfen, Wildschweinen, Hermelinen und auch von Auerhähnen, Adlern, Eulen und auch von Bienen, Hummeln und Mücken, Kiefern und Erlen, Grashalmen, von allem je Existierenden. Und das alles für nichts und wieder nichts? So viele Hoffnungen, Träume, so viel Glauben, so viel schopenhauerischer und schopenhauerisch leidender Existenzhunger – und das alles für nichts? O nein, das glaube ich nicht, daß das alles zu Moder wird. Ich habe eine Ahnung, seit Jahren schon habe ich die, von früher Jugend an, und ich kann sie nicht abschütteln, ich spüre intuitiv, daß sie irgendwo sind. Sie müssen irgendwo sein, diese Trillionen Elche, Menschen, Eulen und Mücken, was ist das für eine spirituelle Macht, was für eine unermeßliche Kraft – unmöglich, ihr Wirken nicht zu spüren, die Signale, die sie an uns sendet, nicht zu empfangen, ihr Rufen nicht zu hören, wenn sie nach uns rufen, schreien, mit den Armen winken: Hört uns, wir sind, wir sind, wir sind. Gewaltig ist ihre Stimme, welch eine Macht! Aber auch meine Intuition ist stark und meine Ahnung, mein Fühlen mächtig, meine Stimme kräftig; wenn ich ihr Rufen höre, rufe ich ihnen zurück, seit Jahren schon rufe ich so: Hört, ich bin, ich bin, ich komme zu euch, immer näher sind wir einander, ich komme näher, hier bin ich, aber sagt mir, wo seid ihr, jenseits welcher ruthenischen, litauischen Grenze. Nichts, nichts, nichts. Moder, Moder, Moder. Die Macht, die nicht denkt, nicht liebt, nicht mitfühlt. Ein schopenhauerisches Wollen. Existierendes Sein. Objekt ohne Subjekt. Mein Mitgefühl mit euch also, mein Erbarmen mit euch, meine lieben Verstorbenen, meine Elche, Wildschweine, Hermeline und Birkhühner, mein Erbarmen, das so riesig ist, daß es, was allerdings gewiß übertrieben ist, die ganze Existenz umfaßt, selbst die Wanzen in Frau Fliegeltaubs Hotel in Sejny, selbst diese Pferde, die, ihre Mäuler tief in die Futtersäcke versenkt, auf dem Hotelhof Hafer kauen, während der gnädige Herr, der sie vor seinen Wagen gespannt hat, oben im ersten Stock auf quietschenden Bettfedern und einem schmutzigen Strohsack eine saubere, gesunde Rifka oder Józia durchorgelt – von denen die eine stöhnt »mein Gott« und die andere »Ach Gott, ach Gott, was machen Sie denn mit mir« – also dieses, wie ich betonen muß, übertriebene Mitgefühl, das ich für alles habe, was sterben muß, alles, was war, ist und sein wird, für jeden Grashalm, jede Existenz, rührt denn dieses mein Erbarmen euch nicht? Und bewegt es euch nicht, mir deutlich zu sagen, wo ihr seid? Liebe Frau Aleksandra Piłsudska, ich bitte Sie herzlich, kommen Sie aus diesem Vogelkirschenbusch heraus, in dem Sie sich – das weiß ich doch genau – vor mir verstecken, gehen Sie über unseren Playground, von den Bänken bis zu dem Schuppen, wo die Holzscheite sind, und während Sie hinübergehen, geben Sie mir bitte – ich werde aus dem Fenster schauen – ein Zeichen mit dem Taschentuch, mit dem Sie mir bedeuten, daß ich Ihnen folgen soll.

Sie wissen ja, wohin, ja genau dahin, wo ihr alle seid. Es kann auch Frau Fliegeltaub sein, die zum Zeichen ihre Perücke abnehmen und dann wieder aufsetzen kann. Oder es kann ein Władysław–Jagiełło–Ritter sein, und er soll zum Zeichen in der Mitte des Playgrounds das rote Ruder des Ruderers mit dem blonden Schnurrbart, des Verlobten von Fräulein Zielonkówna, hochheben. Hier unterbricht Herr Mareczek seine Aufzeichnungen und starrt aus dem Fenster in Erwartung des Zeichens, das er – wie er zutiefst glaubt – früher oder später erhalten wird.

Wie soll ich es schreiben? Du mein Gott, denkt Herr Mareczek auf der Bank unter dem Heckenrosenbusch, den die Hummeln und Bremsen umkreisen, du mein Gott, wenn du überhaupt existierst, oder wenn du noch existierst, was in Anbetracht der Schrecken und Grausamkeiten, die uns umgeben, der grundlos gefolterten und gemordeten Kinder, der schwangeren Frauen, die ohne irgendeinen Grund mit dem Knüppel geprügelt werden, gar nicht so sicher ist, wenn du, Gott, also noch existierst, dann sag mir, wie ich es schreiben soll. Wie soll ich ausdrücken, was in mir ist, was ich denke und fühle, meine schreckliche Verachtung und meinen schrecklichen Haß, aber auch mein schreckliches Erbarmen mit denen, die uns der Freiheit beraubt haben, die uns unsere Liebe, unsere Hoffnung genommen haben. Und wie soll ich ausdrücken, was in ihnen ist, in denen, die zusammen mit mir beraubt worden sind, und wie das, was in jenen ist, die uns beraubt haben, wie soll ich ausdrücken, was sie denken und fühlen, die einen wie die anderen, das, was sie durchgemacht haben, ihr Leiden, ihren gegenseitigen Haß, ihre Verzweiflung, ihre Entschlossenheit. Wie viele Münder wollen sich öffnen, wie viele Stimmen wollen mit meinem Mund sprechen? Hilf mir Gott. Gib mir einen Entwurf, gib mir die Worte, sag, wie ich schreiben soll. Ich bin dazu nicht in der Lage, ich kann es nicht, ich weiß nicht, wie. Seit

Jahren quäle ich mich, und immer noch wird es nicht so, wie ich es will. Im Angesicht der Dinge, die mich umgeben, bin ich ein hilfloser Kretin, angesichts dessen, was ausgedrückt werden will, ein unglückseliger Idiot. Aber auch wenn ich ein Idiot und Kretin bin, gewähre mir deine Hilfe, denn alle, die sich bemühen wie ich, sind doch angesichts dessen, was sie sich vorgenommen haben, ebensolche Idioten wie ich. Und da du geruhtest, andere vor mir an der Hand zu führen, so führe auch mich. Du weißt, daß ich nicht allzu gierig und nicht allzu hochmütig bin. Ich bin gerade hochmütig genug, die Feder in die Hand zu nehmen und mich zu bemühen, so wie es sich für den geziemt, der sich ein würdiges Ziel gesetzt hat. Du siehst doch, daß ich mich bemühe. Und ich kenne das Maß, denn ich weiß, daß es auch andere gibt, die würdiger sind als ich und sich würdigere Ziele als ich gesetzt haben. Also hilf denen zuerst und dann mir. Du weißt doch auch, daß es mir überhaupt nicht – na ja, ehrlich gesagt, fast gar nicht – um Ruhm oder um Geld geht. Bitte sehr, mein Name kann ruhig vergessen werden. Wenn du willst, hauch, und ich werde nicht mehr sein. Und bitte sehr, laß mich bis zu meinem Tod nichts mehr davon haben. Du weißt doch, daß ich weder Lob noch Preise brauche. Und bitte sehr, sollen sie mich gar nicht drucken, ich weiß doch, was Ossip Mandelstam zu diesen jungen Dichtern gesagt hat, die ihm Anfang der dreißiger Jahre in Moskau – kurz bevor er ins Lager nach Kolyma mußte – klagten, daß Stalin ihre Gedichte nicht drucken wollte. »Haben sie Sappho denn gedruckt?« fragte Ossip. »Und haben sie Jesus Christus gedruckt?« Und er schickte diese Dichter die Treppe hinunter, für ihren Hochmut warf er sie hinaus. Also bitte sehr, sollen sie mich nicht drucken. Aber tu irgend etwas, mein Gott, damit das, was ich schreibe, für immer ein getreues Abbild dessen ist, worüber ich schreibe. Und nur das will ich, nichts weiter: daß das überdauert, was ich beschrieben habe. Die Jahrhunderte soll es überdauern und für immer das bleiben, was es war, als ich es zum ersten Mal erblickt habe. Mach also, daß es überdauert. Hilf mir, die Bewegungslosigkeit und die Bewegung, die Dauer und die Vergänglichkeit, das Chaos und die Ruhe zu beschreiben. Ich würde gerne mein ganzes Leben, unser Leben hier beschreiben. Aber hilf mir auch, diese Hummel, genau diese und keine andere, zu beschreiben, die hier über den fallenden Blütenblättern der Heckenrose kreist. Und auch dieses Boot mit dem roten Segel, das – schau nur! – genau jetzt auf dem See, in dem Nebel, der sich jetzt nah über dem Wasser ausbreitet, steht. Aber wie soll ich schreiben, mein Gott, wie soll ich schreiben?

Gott, der vielleicht, denn Herr Mareczek ist sich dessen ja überhaupt nicht sicher, existiert, hält einen Augenblick lang die tief über den See ziehenden Schwaden an, und auch die wogenden Wipfel der sechzehn – oder vielleicht achtzehn – Pappeln, und er hält auch einen Augenblick lang die Hummel, genau diese, und keine andere, die über der Heckenrose kreiste, und die lange hellblaue Libelle an, die eben noch über der Wasseroberfläche zitterte und jetzt – schaut nur! – unbeweglich in der Luft steht; und nachdem er – von Gott ist hier die Rede – diese einen Augenblick lang unbeweglichen Schwaden verteilt hat, sagt er zu Herrn Mareczek: »Schreib die Wahrheit, Mareczek. Und pack viel Konkretes rein, denn, wie ich sehr wohl weiß, lieben alle Nachkommen das Konkrete.« Die lange hellblaue Libelle regt jetzt ihre vier durchsichtigen Flügelchen, aber Gott neigt sich noch einmal, als sei ihm noch etwas eingefallen, aus den Schwaden und fügt hinzu: »Dieses Boot mit dem roten Segel, Mareczek, das taugt, wie mir scheint, nicht als Konkretes, denn ein Boot mit rotem Segel, das ist etwas Ewiges. Das findest du, mein lieber Mareczek, zum Beispiel bei Poussin, und genau solche Boote haben, soweit ich mich erinnere, auch die französischen Impressionisten gemalt.«

»Aber dieses Boot«, versucht Herr Mareczek Gott zu wider-

sprechen, »das ist doch das Allerkonkreteste, denn es ist doch genau da, es fährt, und jetzt hat es einen Bogen gemacht, nach links, und gleich legt es da an, am Steg.«
Aber Gott hat die Schwaden wieder vorgeschoben und geballt, und alles ist in Bewegung, alles lebt, vergeht, ist und ist nicht, und alle Hummeln, wie sie da sind, surren und brummen und alle hellblauen vier- oder sechsflügeligen Libellen, wie sie da sind, sirren und schwirren über unseren See, und wie soll ich das hier schreiben, ach Gott, wie soll ich schreiben. Und die Verzweiflung und den Zorn muß man auch noch beschreiben.

Kurze, vom Nordostwind getriebene Wellen schwemmen den Sand unter dem abgestorbenen Baumstumpf fort, der ganz nah am Ufer aus dem Wasser ragt, und klatschen an die angefaulten, von hellgrünen Flechten überwucherten Pfähle, auf denen der Steg ruht, der in den See hinausführt. Hier in der Bucht, an der Frau Anielas Haus steht, sind die Wellen seicht und furchen nur die silbrig schimmernde Oberfläche. Aber etwas weiter hinaus, bei Ordów und Ostrów und noch weiter, da wo Krowa, die dritte Insel, liegt, in der Mitte des Sees, da können die Wellen ein Segelboot umstürzen, und ganz bestimmt werden sie das Brett mit dem bunten Segel umstürzen, auf dem der Segler, den Blick auf das ausgeschnittene Fensterchen in dem Segel geheftet, steht, der sich so unvorsichtig weit vom Ufer entfernt hat. Es ist ja bekannt, denkt Herr Mareczek, der auf dem Steg liegt, woher diese Wellen kommen. Vor dreihundert Jahren, so erzählt es eine Legende aus der Gegend um den Wigry, wollte der Koch aus dem Kamedulenkloster, das auf der Landzunge am See steht und wo im Sommer irgendwelche Prominenten oder eher Halbprominenten wohnen, die allerletzten Prominenten, die vom Kulturministerium hierhergeschickt werden – denn welche Prominenten würden schon im Sommer an den Wigry fahren, die fahren nach Saint-Tropez oder schlimm-

stenfalls nach Gagra oder Dubrovnik –, dieser Koch also, der mit Vornamen Barnabas oder so ähnlich hieß, wollte seinen Brüdern eine Renke auftischen, einen außerordentlich wohlschmeckenden Fisch, der von hier, aus dem Wigry, später sogar bis an den Tisch des Zaren geliefert wurde. Aber Renken gab es damals in Polen überhaupt nicht, deshalb schloß der Koch folgenden Pakt mit dem Teufel: er würde ihm seine Seele verkaufen, die dann für alle Ewigkeit in einer Pfanne in der Hölle schmoren würde, aber der Teufel würde ihm dafür eine lebende Renke aus Italien beschaffen.
»Aber bitte sehr, eine Kleinigkeit für mich, ich bin schon unterwegs. Und da ich als Teufel nicht nur in Zeit und Raum existiere, sondern, wenn ich es nur will, auch im ewigen Jetzt, außerhalb von Zeit und Raum, deshalb wirst du diesen Fisch nicht morgen, nicht in einer Stunde und nicht in fünf Minuten bekommen, sondern jetzt in diesem Augenblick, gleich bin ich zurück, arrivederci, mein lieber Barnabas, du dummes Opfer teuflischer Tücken.« Und der Teufel kommt zurück, fliegt über den Wigry mit der Renke im Maul, schlägt mit den Flügeln und steuert mit dem Schwanz. Aber der listige Koch hatte überhaupt nicht vor, in der Pfanne zu schmoren. Er kletterte rasch auf den Kirchturm, packte die Glockenschnur, und bomm-bomm gingen die Glocken, bim-bim-bam-bom scholl es über den See bis nach Gawrychruda. Erschrocken über dieses bim-bam ließ der Teufel die Renke aus dem Maul fallen und flüchtete ins ewige Jetzt, um nur nicht hören zu müssen, wie schön das geweihte Metall klang. Und seit dieser Zeit nun gibt es im See Renken, und der Koch kam für seinen Betrug geradewegs in den Himmel. Der Teufel aber ist wütend und rächt sich jetzt an den Menschen – von Zeit zu Zeit schlägt er am Grund des Sees Purzelbäume, trübt das Wasser und wühlt es auf, wirft Segelboote um, bringt Schulausflügler und Kajakfahrer zum Ertrinken, den Mund voll Wasser, versinken sie, ohne zu wissen, wofür sie bestraft werden. Aber der Koch ist im Himmel, alles ist in Ordnung.

Herr Mareczek dreht sich auf den Rücken, die Planken des Stegs, von der Sonne erwärmt, brennen leicht und angenehm auf seinen Schulterblättern. Ich glaube, gleich gehe ich schwimmen, denkt er, und ihm fällt ein anderes Ereignis aus der Gegend des Wigry ein, das ihm jemand vor einigen Tagen erzählt hat. Als die russischen Soldaten 44 an den Wigry kamen – zum wievielten Mal sind sie da gekommen? überlegt Herr Mareczek, aber natürlich gelingt es ihm nicht, das festzustellen, denn diese Erde, diese heiligen Orte der Jadwinger sind andauernd beschritten worden, hin und her, von Osten nach Westen, von Süden nach Norden, jahrhundertelang sind die Litauer, Schweden, Deutschen und Polen hierhergelaufen, sind über dieses Stück Erde getrampelt, und die Russen sind bestimmt weit über zehn Mal hierhergekommen –, als die Rotarmisten also das letzte Mal im Jahre 44 hier auftauchten, da wurden die Fische fast völlig ausgerottet, denn die Soldaten machten sich einen Spaß daraus, entsicherte Granaten ins Wasser zu werfen. Wenn die krepierten Fische zu Hunderten und Tausenden an die Oberfläche stiegen, suchten sich die Soldaten ein paar von den dicksten aus, und der Rest, das ganze silberbauchige Kleinvieh, blieb im Wasser zurück, wo es verfaulte und den See mit Gestank erfüllte. Genau das, denkt Herr Mareczek, ist ja metaphorisch betrachtet das Wesen aller teuflischen Herrschaft, und zwar der Herrschaft über die Gemeinschaft ebenso wie über das Individuum, über die menschliche Person: vernichten, aber nicht zu einem Zweck vernichten, sondern nur um des Vernichtens willen, damit das, was ist, aufhört zu sein, damit jeder, der dieser Herrschaft unterworfen ist, weiß, daß er jederzeit ohne Grund vernichtet werden kann, einfach so, aus teuflischer Laune heraus, oder nicht einmal aus einer Laune heraus, sondern einfach aus Zufall, um andere zu erschrecken, oder nicht einmal, um zu erschrecken, ja aus gar keinem Grund, nur damit jeder weiß, daß alles, was ihm gehört, alles, was er liebt, alles, an dem er hängt, vernichtet werden kann, und zwar ohne jeden Grund. Wie hat Miłosz in einem Gedicht über Osteuropa geschrieben: »Es war einmal der Mensch, und bald gibt es ihn nicht mehr«, was sich bei ihm, wie sich Herr Mareczek jetzt erinnert, auf »und das ist gar nicht angenehm« reimt. Gewiß ist das nicht angenehm, schnipp, und schon gibt es dich nicht mehr, und zwar ganz ohne Konsequenz, du bist für nichts und wider nichts gewesen und bist für nichts und wieder nichts verschwunden, schnipp, die Bevölkerung – das Lieblingswort der Roten, das immer häufiger in ihrer Presse auftaucht, wenn sie noch dreister werden, werden sie uns sicher bald die Urbevölkerung nennen –, also die Bevölkerung weiß nichts davon, daß du verschwunden bist, sie wird nicht wissen, daß es dich gegeben hat und daß es dich jetzt nicht mehr gibt, schnipp. Nichts, nichts, nichts. Loch, Loch, Loch. Bevölkerung. Moder, Moder, Moder. Schnipp. Der Teufel. Der Große Versucher, Höllenfürst, was hat er nicht erbaut, errichtet, gegründet? Wo sind denn seine Bauten, seine Werke, die die Jahrhunderte überdauern, seine Denkmäler? Das Führerquartier, diese eingestürzten Betonbauten, die langsam in die Erde absinken und die nach starken Eindrücken gierende Touristen nicht weit von hier, irgendwo in der Nähe von Kętrzyn, besichtigen können, die sind sein Werk.

»Zeig mir deine Werke«, ruft Herr Mareczek, der in der Julisonne da auf den durchwärmten Planken des Stegs, über dem halbdurchsichtigen grünlichen Wasser mit dem Großen Versucher in sich ringt und kämpft, »zeig mir deine Poeme, deine Symphonien, deine Paläste, wenn sie auch nur etwas wert sind, zeig mir, was du geschaffen hast, und ich werde an dich glauben.«

»Komisch bist du«, mein lieber Mareczek«, sagt der Höllenfürst darauf und prüft dabei mit der großen Zehe des linken Fußes die Wärme des Wassers. »Warum sollte ich dir meine Bauwerke zeigen? Sie sind, das will ich gerne zugeben, aus

Rauch und Dunst. Und ich will auch gar nicht bestreiten, daß das Innere dieser dunstigen Konstrukte in gewisser Weise, nicht selten sogar schrecklich, stinkt. Ich selbst liebe diesen Gestank nicht, also denke ich nicht daran, sie dir zu zeigen. Das ist nicht meine Art, dich von meiner Allmacht zu überzeugen. Wie alt bist du?«

»Achtundvierzig«, antwortet Herr Mareczek.

»Das ist gut«, freut sich der Verderber. »Das heißt, daß du ganz allmählich anfängst zu altern und etwas ungeduldig wirst. Weil du das Gefühl hast, daß dir immer weniger Zeit bleibt. Hast du dieses Gefühl?«

»Ja, das habe ich«, bekennt Herr Mareczek.

»Na dann schau dir doch mal diese Zwanzigjährige an, die süße Mieze drüben im Kajak. Wenn du willst, dann sorge ich dafür, daß sie mit ihrem Kajak gleich hier anlegt und dich fragt, ob man hier in der Nähe zelten kann. Und dieser Kraftprotz in der Badehose, dieser Kopfsprung- und Kraullehrer, der hinter ihr sitzt, der wird gleich verschwinden, denn ich, der Verderber, werde ihn auf der Stelle in eine stinkende Wolke verwandeln. Und dann hilfst du ihr, das Zelt aufzuschlagen, und sie wird dir zu verstehen geben, daß sie auch mit dir schlafen würde. Na, was ist, willst du?«

»Ich weiß nicht«, überlegt Herr Mareczek.

»Das wird dir Spaß machen«, versucht ihn der Pfuscher zu überreden. »Sie hat so ein reizendes Muttermal, ich sag dir nicht, wo. Los, sei ein Mann, zeig, was du kannst. Geh rein in sie, und sowie du in ihr bist, fängst du an, alles um dich herum zu vernichten, dein Haus und dein Schreiben und deine Würde, alles, um nur noch einmal mit ihr schlafen zu können, damit sie dich nur noch einmal in ihr Bett läßt.«

»Jetzt ist Schluß«, ruft Herr Mareczek. »Bis hierher und nicht weiter«, und damit deutet er auf seinen Ellenbogen, wo der Arm einen Knick macht. »Ich werde mit ihr schlafen, sicherlich, wer tut das nicht gern, das wäre doch ein Perverser, der nicht gerne alle schönen Frauen dieser Welt haben wollte, einzeln und zusammen, alle Frauen, die gelebt haben und jetzt leben, und ich habe das Gefühl, daß ich sogar Frau Calergis und Natalja Puschkin und Josephine Bonaparte begehre, und mir wird ganz schwach bei dem Gedanken, wie gut ihre Männer es mit ihnen hatten, was für ein Vergnügen der Zar Nikolaus mit dieser entzückenden, zerbrechlichen und so schamlosen und ungezügelten Nathalie hatte, so daß mir fast der Atem wegbleibt und ich es dem Schicksal übelnehme, daß es mich nicht in so eine Situation gebracht hat, in der ich all diese entzückenden Damen bezaubern, verführen, besitzen kann, ja, natürlich würde ich gern mit dieser Zwanzigjährigen schlafen, aber ich habe dabei nicht vor, irgend etwas zu vernichten, weder sie noch mich, noch irgend etwas ringsum, nur so werde ich mit ihr schlafen, so en passant.«

»Nun, dann wird sie eben nicht mit dir schlafen, und damit Schluß«, sagt der Beelzebub und nun zeigt er Herrn Mareczek, bis wohin er gehen kann, und der Kopfsprunglehrer legt sich heftiger in die Ruder, und das Kajak fährt davon, in Richtung Seemitte, um sich dort samt Lehrer und entzükkender Mieze in einem einzigen Blitz in Rauch, in einen stinkenden Dunst zu verwandeln, natürlich auf Geheiß vom Höllenfürst. Aber der gibt noch nicht auf, und Herr Mareczek weiß sehr wohl, daß er es mit dem Versucher nicht so leicht haben wird, denn das hier ist erst der Anfang ihres Ringens.

»Und wie gefällt dir die da?« fragt der Beelzebub jetzt, und wenn Herr Mareczek jetzt stünde, dann würden ihm die Knie ganz weich, und er müßte sich hinsetzen, weil ihn eine solche Schwäche erfaßt, aber zum Glück liegt er schon auf dem Rücken. Dieses reizende Etwas, das da gerade den Steg betreten hat, trägt einen roten Badeanzug, nur ist dieser Badeanzug entweder etwas zu klein oder dieses reizende Etwas hat sich vorher in einem etwas größeren Badeanzug gesonnt, denn so entzückend sonnengebräunt dieses reizende Etwas

auch ist, so sehr die Haut auch golden und braun glänzt, an den Rändern des Badeanzugs, über der Brust, am Bauch und an den Schenkeln sind doch schmale Streifen hellrosiger Haut zu sehen, und bei dem Gedanken daran, daß das, was der Badeanzug verdeckt, ebenso, nämlich so hellrosig ist – o Hellrosiges! o köstliches Gesetz der Fortpflanzung! o wunderbarer Trieb! o wie recht hatte Darwin doch! o wie süß ist es, vom Affen abzustammen! –, bei diesem Gedanken also überkommt Herrn Mareczek wieder eine solche Schwäche, und man möchte meinen, daß er sich im nächsten Moment auf dieses Braun-Goldene, auf dieses schimmernd Hellrosige stürzen wird, na und dann werden sie ihn natürlich als Verrückten und Perversen ins Irrenhaus stecken.
»Versucher, ich fordere dich heraus«, ruft Herr Mareczek in seinem Innern. »Mächtiger Fürst, stell dich dem Kampf.«
»Was wünschst du, mein lieber Mareczek?« fragt der Beelzebub und tut so, als wisse er nicht, um was es geht.
»Gib sie mir, Beelzebub«, fleht Herr Mareczek. »Mach irgend etwas, daß alles auf der Stelle verschwindet, aber auch alles: der See, die Bäume, der blaue Himmel, dieser ganze Planet, und nur dieser Steg noch bleibt, und darauf ich und sie, und daß wir auf diesem Steg ins All fliegen, daß wir zur Milchstraße, zwischen die Sterne emporsteigen, jagen, wirbeln. Gib sie mir, ich flehe dich an, Beelzebub« – Herr Mareczek windet sich zu den Füßen des Höllenfürsten und küßt die fürstlichen Füße, atmet den fürstlichen Gestank ein – »und ich verkaufe dir dafür meine unsterbliche Seele, nach meinem Tod kannst du sie nehmen, du kannst sie quälen so lange du willst, sei es auch die ganze Ewigkeit lang.«
»Bis hierher und nicht weiter«, antwortet der Verderber. »Ich werde von deiner Seele, dummer Mareczek, nach deinem Tod überhaupt keinen Nutzen haben. Oder zumindest einen sehr geringen, von dem weder ich noch du zur Zeit etwas wissen. Gut, ich gebe dir das Mädchen, und noch viele andere, alle, die du willst, aber ich will deine Seele jetzt schon

haben, jetzt sofort, in dieser Welt, denn hier ist es und nirgendwo anders, wo es mir nach Gottes Urteil gestattet ist zu herrschen, hier bin ich der Höllenfürst und nirgendwo sonst. Also besudele dich sofort, mach irgendeine echte Schweinerei, schweinigele herum, Mareczek, und sie wird dir gehören, das schwöre ich dir.« Hierauf kleidet sich der Höllenfürst in einen Anzug aus Bielsker Wolle und ein bügelfreies Hemd, um den Hals bindet er sich eine Krawatte, die er in Paris gekauft hat, Schweißperlen treten auf die Oberlippe seines vom Wodka aufgedunsenen Gesichts, und er verkündet: »Wir haben folgenden Vorschlag für Sie: Schreiben Sie, daß Adam Michnik unter dem Einfluß der deutschen Revanchisten steht und Geld vom CIA« – diese Abkürzung spricht der Beelzebub polnisch aus, so wie es sich gehört, nicht Si-ei-äi, sondern Tscha – »und von einem gewissen Hupka aus der BRD bekommt, der sich beruflich mit antipolnischer Agitation und Politisierung befaßt. Hast du ein Auto?« fragt der Höllenfürst in seinem bügelfreien Hemd und den krokodilledernen Halbschuhen mit einer goldenen Schnalle, solche wie sie Gierek in den Siebzigern, zu seinen Glanzzeiten, getragen hat, nur daß sie diese Halbschuhe nie im Fernsehen gezeigt haben, Gierek wurde immer in der Taille abgeschnitten oder bis zu den Knien gezeigt, denn die Kameraleute wußten, was zu viel ist, ist zu viel und ungesund, es war, als schämten sie sich selbst ein bißchen dieser grellgoldenen Schnallen.

»Ein Auto besitze ich nicht und habe ich nie besessen«, antwortet Herr Mareczek und verschweigt damit pfiffig die Existenz des gelben Renault, der auf Frau Mareczek zugelassen ist.

»Das muß ein Mißverständnis sein«, sagt der Höllenfürst in Giereks unerhört elegantem grauem Anzug. »Wenn du von hier wegfährst, schau bei meiner Sekretärin vorbei, da bekommst du einen Gutschein für einen Fiat 125 mit Exportaustattung.«

»Könnte es auch ein weißer Mercedes sein?« fragt Herr Mareczek, und dann fällt ihm ein, daß es ihm ja gar nicht um einen Fiat oder einen weißen Mercedes ging, sondern um dieses hellrosa Etwas im Badeanzug , und er macht sich auch klar, daß es nur noch einen Moment dauern wird bis der listige Verderber ihn überwunden hat und in die Hölle hinabfahren läßt, und um sich dieser Höllengefahr zu entziehen, ruft er: »Ach, du listiger Verderber« – und hier macht Herr Mareczek eine entsprechende Geste – »bis hierher und nicht weiter. Das ist nicht der Mühe wert, wenn ich schreibe, daß Adaś Michnik Geld vom CIA genommen hat« – Herr Mareczek spricht es auch polnisch »tscha« aus, wie es sich gehört – »wenn ich so eine erzdumme Lüge von mir gebe, dann wird kein einziges ordentliches polnisches Mädchen mit mir schlafen wollen. Ganz zu schweigen von Frau Mareczek, die mich für so etwas nicht nur aus dem Bett, sondern bestimmt auch aus dem Haus werfen würde.«

»Wenn nicht, dann nicht«, sagt der Versucher. »Wenn du so ein Ultramoralischer bist, dann hast du auch keine Belohnung von mir verdient, und ein Romänzchen wird es auch nicht geben, mach es gut mit deiner Moral.« Und das braungebrannt-hellrosige Etwas im roten Badeanzug, das eben seine Fußspitze ins Wasser getaucht und Herrn Mareczek gefragt hat: »Warm?«, das geht jetzt vom Steg hinunter, steigt mit seinen klappernden Holzschuhabsätzen die Steintreppe hinauf und verschwindet hinter den Brennesseln, ach süßer Trieb. Aber der Beelzebub läßt noch nicht von seinen Versuchen ab, Herrn Mareczek zu umgarnen.

»Du wolltest mit diesem reizenden Geschöpf nicht schlafen«, sagt er. »Das ist deine Sache, und Gott wird dich dafür strafen, nicht ich. Reden wir also von etwas anderem. Hättest du vielleicht gerne einen Paß, um ins Ausland zu reisen? Ich könnte dich nach Spanien schicken, da würdest du doch gerne hin. Du könntest die Kathedrale in Barcelona besichtigen, darauf bist du doch immer so scharf gewesen. Und du

könntest dir eine Ortega-y-Gasset-Gesamtausgabe auf spanisch kaufen. Und außerdem noch alle Bildbände mit Reproduktionen von Velázquez, die es nur gibt. Ihn hältst du doch für den größten Maler aller Zeiten. Na, was ist, kommen wir ins Geschäft? Der Preis ist nicht hoch. Du mußt nur schreiben, daß dein Freund Kazik an Polen Verrat begangen hat, weil er in Paris bei Giedroyc sein Buch herausgegeben hat. Den Paß kannst du dir morgen an der Krakowskie Przedmieście Straße abholen. Fährst du? Es ist wirklich absurd, daß du für jede Ausreise einen Antrag stellen mußt. Wir werden deinen Paß in unserem Safe aufbewahren, und am Vortag der Abreise holst du ihn dann jedesmal ganz einfach und ohne alle Formalitäten da ab.«
Da sich Herr Mareczek noch nicht einmal zu einer Antwort auf diesen Vorschlag herabläßt, senkt der Verderber, der inzwischen Giereks Anzug und Halbschuhe abgelegt und wieder seine normale, also weder besonders ausgeprägte noch besonders schöne Gestalt angenommen hat, die Stimme und sagt:
»Mit diesem Verrat bin ich natürlich etwas zu weit gegangen. So etwas kann man seinem Freund nicht antun, dann würde selbst ich dich verdammen und als Schwein bezeichnen. Aber dann hätten wir da noch London, der Preis ist wesentlich niedriger. Du fährst für zwei Wochen, und alles, was du tun muß, ist schreiben, daß dein Kazik ein ganz schlechter Erzähler ist. Also, sei vernünftig, so etwas wird dir doch keiner vorwerfen können. Und in London könntest du dir den ganzen Schubert auf Schallplatte kaufen. Denk doch nur – den ganzen Schubert!«
Obwohl Herr Mareczek natürlich gerne den ganzen Schubert hätte – wer nicht? –, hat er nicht die Absicht, mit dem Versucher auf diesem Niveau zu diskutieren, aber er kommt schließlich zu der Einsicht, daß dieser ihn mit seinen dummen Vorschlägen nicht in Ruhe lassen wird, solange er ihm nicht einmal deutlich etwas sagt, also:

»Kennst du diesen Reim, Beelzebub: ›Lieber ein Feld mit polnischer Scheiße/als in Neapel mit duftenden Veilchen.‹«? Daraufhin verzieht der Höllenfürst verächtlich seine Hundeschnauze und erwidert:
»Wenn du verblödeter Mareczek dich mit deinem Polentum so großtust, dann wirst du in ein, zwei Jahren nur noch Stroh im Kopf haben. Und vergiß bitte nicht, daß ich dich gewarnt habe. Wer nicht ins Ausland fährt, wer nicht auf spanisch und englisch liest – und dein Spanisch hast du ja schon fast vergessen, Mareczek –, wer nicht weiß, womit sich zur Zeit die Sprachwissenschaftler in Harvard und die Philosophen in Cambridge befassen, wer nicht die Entwicklung der zeitgenössischen Dichtung in Frankreich und Amerika verfolgt, der hat doch gar keine Chancen. Dein Polentum hat dir völlig den Kopf verdreht, dich verdummt. Hast du den letzten Buñuel-Film gesehen? Natürlich hast du ihn nicht gesehen. Komm zu Verstand, die polnische Scheiße riecht wirklich nicht so herrlich. Und die Veilchen in den Ruinen von Paestum, weißt du, wie die duften? Also, wie ist es, fährst du nach Italien?«
»Ach, scher dich weg!« Herr Mareczek wird wütend. »Du Oberversucher, du westlicher Verfall. Was geht mich dein Buñuel an, was soll ich in Paestum, wenn hier Polen unter meinen Füßen brennt!« Als er sich wieder etwas beruhigt hat, seufzt Herr Mareczek. »Buñuel, das war so ein Regisseur, dem ich die Füße geküßt hätte, so wie unser Flötenprofessor sie Mandelstam geküßt hätte«, fügt er dann doch noch hinzu. »Das war ein wunderbarer, ja der wunderbarste Lästerer überhaupt. Mit was für einer Wut er gelästert hat. So als wollte er Gott mit seinen Lästerungen zwingen zu existieren. Oder, etwas vorsichtiger ausgedrückt, als wollte er Ihn zu einer intensiveren, in gewissem Sinne logischeren Existenz zwingen. Und wie hat er diesen Gott verehrt, an den er doch anscheinend gar nicht glaubte. Wie bewunderte er ihn, wenn er uns unser Leben, unsere Erde als ein verschlafenes Paradies offenbarte. Für das, was er getan hat,

müßte er von Gott eine Belohnung bekommen, na, sagen wir mal noch fünfzig Jahre Leben. Aber Buñuel ist schon tot, mein lieber Beelzebub. Er war einer der wenigen von drüben, deren Problematik etwas Dauerhaftes hatte. Denn Tatsache ist ja, daß sie alle, diese französischen und amerikanischen, ja überhaupt alle westlichen Künstler, Schriftsteller, Denker, eigentlich gar keine dauerhafte Problematik haben und sich ständig verlieren, sich ständig selbst suchen müssen, sich ständig wieder neu finden müssen, und meistens sind sie zuerst hervorragend und dann, wenn sie sich neu gefunden haben, schlechter. Wir aber brauchen nicht zu suchen, denn wir werden gesucht: von Polen. Und immer, sei's auch zu unserem Unglück, findet es uns. Jetzt scher dich aber weg, Verderber, ich hab dich satt.«
Der Höllenfürst, erschrocken über Herrn Mareczeks plötzlichen Ausbruch sowie die Aussicht auf Beseitigung – denn von Herrn Mareczek verjagt zu werden hieße für ihn, überhaupt nicht mehr zu existieren –, beschließt, das Thema zu wechseln, und da ihm nichts Sinnvolles mehr in seinen beelzebubischen Kopf kommt, kehrt er zum Thema Frauen zurück:
»Ich sorge dafür, daß deine Frau zwanzig Jahre jünger wird«, schlägt er Herrn Mareczek vor. »Wie ist es, willst du, Mareczek? Soll ich sie für dich jünger machen?«
»Sie ist doch schön, so wie sie ist«, sagt Herr Mareczek.
»Aber du kannst doch nicht leugnen«, erwidert der Versucher, »daß sie mit achtzehn Jahren viel schöner war. Das war doch sehr angenehm, als dich alle um sie beneideten, und es keinen gab, der sie nicht begehrt hätte. Na, was ist? Willst du, daß sie jung ist, ganz jung, blutjung?«
»Ich liebe sie doch so, wie sie jetzt ist«, sagt Herr Mareczek. »Auch deshalb, weil sie mit mir« – er will schon sagen »gealtert ist«, aber dann sagt er: – »an Jahren fortgeschritten ist.«
Frau Mareczek ist ohnehin noch nicht alt, aber für Herrn Mareczek ist sie immer noch ganz jung, blutjung.

»Sie soll so sein, wie sie ist«, sagt Herr Mareczek deshalb. »Und du scher dich jetzt weg, Versucher.«
»Aber«, lockt der Versucher weiter, »ich kann dich auch wieder zu einem Siebzehnjährigen machen. Ich zeig dir wieder das Fußballspiel Polonia gegen LKS, weißt du noch? Polonia hat in Lodz vier zu zwei gewonnen. Und es wird so sein, als sähest du das Spiel zum erstenmal. Und danach gehst du zum erstenmal im Leben mit einem Mädchen ins Kino, in diese amerikanische Komödie, die hieß ›Flitterwochen‹, weißt du noch? Ich kauf dir eine Karte, ohne daß du anstehen mußt«, probiert es der Versucher noch einmal, als er sieht, daß Herr Mareczek anfängt sich zu langweilen, »und zwar für ›Robert und Bertrand, die beiden Diebe‹. Du liest noch einmal zum erstenmal ›Die Welt‹ von Miłosz. Und am Strand in Sarbinów erfährst du zum erstenmal, wozu Frauen da sind. Und zum ersten Mal hörst du das C-Dur Quintett für zwei Celli aus Schuberts Nachlaß.«
»Reden wir mal ernsthaft, Beelzebub«, sagt Herr Mareczek darauf. »Was du mir vorschlägst, ist nicht zu verachten, aber ich bin gespannt, wie du das fertigbringen willst. Wenn du der Große Versucher Aller Dinge bist, und das bist du ja, dann ist dein Vorschlag wohl nichts als ein gewöhnlicher Betrug. Denn als Versucher mußt du das, was schön und jung, blutjung ist, unentwegt in Altes, Runzliges und Häßliches verwandeln. Aber daß du, Versucher, etwas umgekehrt bewirken könntest, daß du aus alt jung und aus häßlich schön machen kannst, das kann ich kaum glauben, denn das ginge gegen deine versucherische, unflätige, häßlichkeitsliebende und häßliche Natur. Das Bild, das Goethe hatte, paßt ganz und gar nicht zu dir, du allversuchender Versucher. Mir scheint, der deutsche Denker hat sich geirrt, als er meinte, du seist imstande, ihn zu verjüngen, und daß Faust zum zweitenmal erleben könne, was er schon einmal erlebt hatte. Das war natürlich nicht so sehr oder nicht nur ein Irrtum Goethes, sondern eher ein Irrtum dieser ganzen Epoche, die –

wie wir ja auch im dritten Teil der ›Ahnenfeier‹ bei unserem Mickiewicz sehen – der Versuchung eine gewisse schöpferische Kraft zuschrieben, eine bestimmte kreative Macht, die ihrem Wesen nach dieser Versuchung natürlich genau entgegengesetzt und nicht mit ihr zu versöhnen ist. Aber vielleicht rühren wir hier an den Unterschied zwischen dem Teufelsbild des 19. Jahrhunderts und unserem jetzt im späten 20. und vielleicht sogar frühen 21. Jahrhundert. Für jene Dichter und Denker, für Goethe und Mickiewicz, war der Teufel eine Kraft, die schöpferisch oder zumindest auch schöpferisch war und deshalb Faszination, Bewunderung, ja sogar Liebe auslösen konnte. Uns indessen, den Menschen des 20. Jahrhunderts, hat der Teufel sein widerwärtigstes, sein gräßlichstes Antlitz gezeigt, mehr noch, ein Antlitz, wie es der Menschheit bisher vollkommen unbekannt war – und das ist vielleicht der wesentlichste Unterschied zwischen unserer gleichermaßen kollektiven wie individuellen, existentiellen Erfahrung und der kollektiven wie existentiellen Erfahrung aller vorangegangenen Epochen: das Gesicht von Eichmann, das Gesicht von Ežov, das Gesicht des anonymen Beamten, der auf der Rechenmaschine, die inzwischen schon elektronisch ist, die Zahlen seiner anonymen Opfer abliest, und deshalb haben wir diesen Teufel entsprechend unserer Erfahrung als etwas unvorstellbar Niedriges, Niederträchtiges erkannt, das in keinem Fall der Gegenstand unserer Faszination sein kann, sondern nur unsere Verachtung verdient. Und es verdirbt, vernichtet nur, für nichts und wieder nichts, anonym und auf anonymen Befehl. Loch, Loch, Loch. Bevölkerung. Moder.«

»Man kann also auch sagen«, fährt Herr Mareczek mit der Erläuterung seiner Vorstellung vom Teufel fort: »Der Teufel, den die Romantiker hatten oder den sie sich ausgedacht hatten und mit dem es dann die Menschen des 19. Jahrhunderts und auch noch die des ersten Viertels des 20. Jahrhunderts zu tun hatten, der hatte ihnen viel, ja unerhört viel anzubieten.

Ebenso der Teufel, mit dem Iwan Karamasow in Dostojewskijs Roman spricht, und derjenige, der in Thomas Manns »Doktor Faustus« vorkommt – war Thomas Mann nicht tatsächlich der letzte große Schriftsteller des 19. Jahrhunderts, das letzte herrliche Produkt dieses Jahrhunderts, und kumulierte nicht in ihm die ganze Erfahrung dieses Jahrhunderts, hörte nicht mit ihm erst dieses Jahrhundert auf? –, diese beiden Teufel also erinnerten zwar schon an unseren Teufel, grau, schmuddelig, fad und gewöhnlich wie sie waren, doch hatten sie den Menschen, der Menschheit noch etwas Interessantes zu bieten, etwas, wofür es sich lohnte, seine Seele zu verkaufen. Es waren unterschiedliche Vorschläge und Angebote, die diese Teufel des 19. Jahrhunderts machten, die im übrigen, wie das üblicherweise so ist, ein und derselbe Teufel waren. Allgemein betrachtet kann man sagen, daß dieser Teufel den Menschen, der Menschheit eine Zukunft eröffnete, in der sie etwas erwartete, eine irgendwie glücklichere, interessantere, weisere Zukunft. Und obwohl dieses Glück und diese Weisheit gleich verdächtig waren, wie das mit den Gaben des Teufels so ist, erschienen sie doch immer noch wert, betrachtet und gekostet zu werden. Unser Teufel, der aus der zweiten Hälfte des 20. Jahrhunderts, dieser Teufel, der uns gegeben, uns gesandt oder von uns geschaffen wurde (wer weiß denn schon, was der wahre existentielle Zustand des Teufels ist?), der hat nichts anzubieten. Er steht ganz und gar auf der Seite von Schmutz, Gemeinheit, Alter, Schmerz und Lüge. Und ohne uns irgendwelche zweideutigen Angebote zu machen, ohne uns betrügerisch irgendeine Zukunft vorzugaukeln, die uns faszinieren könnte und die wir zumindest in Augenschein würden nehmen wollen, verkündet er uns geradeheraus: Ihr werdet geschlagen, ausgehungert, gefoltert, eingekerkert, und dann werdet ihr sterben, und danach kommt das Nichts. Und wenn es euch gelingt, Hunger und Folter zu entgehen, dann werdet ihr altern, ihr werdet an Krebs erkranken und dann werdet ihr sterben, und dann kommt das Nichts. Und weil ihr so oder so sterben werdet, weil euch so oder so das Nichts erwartet, überlegt euch gut, ob es sich nicht lohnt, auf meine Seite zu wechseln, bevor ihr sterbt. Ich werde euch nichts versprechen, aber weil ohnehin alles nur Moder ist und weil euch ohnehin nur Moder erwartet, überlegt euch, ob es sich nicht lohnt, direkt auf die Seite des Moders überzuwechseln, sich zum Moder zu bekennen, den Moder zu lieben. Merkwürdig zynisch, merkwürdig wahrheitsgetreu ist dieser unser Teufel. Wahrheitsgetreu in dem Sinne, daß er nichts vor uns verbirgt, nicht versucht, sich uns als ehrlich, gutmütig und uns im Stillen gewogen darzustellen. Denn er ist natürlich ein ebenso großer Lügner – zumindest für diejenigen, die glauben, daß es außer Moder noch etwas anderes gibt – wie jener im 19. Jahrhundert. Welcher dieser beiden Teufel angenehmer, sympathischer ist, das unterliegt wohl keinem Zweifel. Der aus dem 19. Jahrhundert war für die Menschen irgendwie vorteilhafter. Aber dafür hat er sie verschlagener betrogen. Er war zweifellos farbiger, aber ihm standen auch verschiedene Unterteufel: Geister, Vampire, Gespenster, Hexen und andere Ableger der teuflischen Brut, zur Verfügung. Einige davon hat uns Goethe in der Szene auf dem Brocken vorgestellt. Unser Teufel braucht und benutzt diesen ganzen Hexenzauber und Rauchschleier nicht. Sein Sabbat findet in unserem Kopf statt, sein Brockenberg ist unser Gewissen. Jeder von uns ist mit ihm auf du und du, und jeder muß ihm in diesem Gespräch unter vier Augen auf die Frage antworten, ob er für oder gegen den Moder stimmt. Wer gegen den Moder ist, der wird in Versuchung geführt und dann gefoltert, aber vielleicht hält er durch. Wer für den Moder ist, der wird dem Teufel dienen, und dann wird es ihm entsprechend seinen Überzeugungen und seinem Glauben ergehen: er wird selbst zu Moder. Der Teufel, ein Beamter mit fahler, ungesunder Haut, nimmt seine Karteikarte und gibt sie zum Reißwolf, auf daß seine Taten und sein Name vergessen werden. In der Tat, da war es doch besser, im 19. Jahrhundert zu leben und es mit dem Teufel zu tun zu haben, der Faust in Versuchung führte, oder sogar mit dem, der in Konrad gefahren ist und aus seinem Mund die Große Improvisation gesprochen hat, also mit dieser Erbärmlichkeit des 20. Jahrhunderts, dieser Fäulnis, die alles in Moder verwandelt. Und deshalb, mein Beelzebub«, schließt Herr Mareczek seine Ausführungen, voller Bewunderung für sich selbst, daß er den Beelzebub mit der Darstellung seiner widerwärtigen Natur so geschickt festgenagelt hat, »deshalb, mein lieber Beelzebub, mach keine Versprechungen, denn auch wenn ich dich anflehe, auch wenn ich mich vor dir winde und deine stinkenden Füße lecke, du bist doch nur der Versucher und kannst deshalb weder mich noch meine Frau verjüngen, und wir werden beide genau an dem Tag sterben, an dem es uns bestimmt ist zu sterben, genau dann, wenn dein übler Schabernack triumphiert, du böser Verderber.«

Wenngleich der Versucher fast schon von Herrn Mareczek überwunden ist, windet er sich doch noch, dreht sich in Zuckungen auf dem Holzsteg über dem grünen Wasser – wenn man sich bäuchlings auf die Planken legt und ins Wasser schaut, kann man den Grund nicht sehen, denn die Uferböschung fällt steil ab, und wenige Schritte vom Ufer beginnt sofort eine schreckliche, dunkelgrüne, schwarze Tiefe von zehn, zwanzig, vierzig Metern, über eine solche Tiefe zu schwimmen bereitet wirklich ein großes Vergnügen, man hat einen vielstöckigen Abgrund unter sich, gleich unter dem Bauch, aber man sackt nicht ab, eine unsichtbare Hand hält gütig den Schwimmer, und der Taucher, der sich zu tollkühn in die Tiefe geworfen hat, vier oder sechs Meter tief in die bodenlose Dunkelheit, wird von dieser Hand gleich wieder an die Oberfläche getragen, so daß der Schwimmer gleichzeitig schon im Abgrund ist und gleichzeitig auch nicht, und das macht dieses Schwimmen so angenehm, ja köstlich –, der Versucher also, der sich über

dem Abgrund windet, verdreht sich häßlich vor Herrn Mareczek und greift nach dem letzten Mittel, das zugegebenermaßen nicht so ohne ist:
»Ich gebe dir«, sagt er, »einen solchen Zugriff auf die Wirklichkeit, eine solche Beobachtungsgabe, ein solches Gefühl und Vorgefühl für ihre Geheimnisse, kurz, ich gebe dir eine solche Intuition, daß du deinen eigenen ›Pan Tadeusz‹ schreiben kannst. Ich gebe dir ein solches Empfindungsvermögen, daß du, wenn du dich seiner bedienst, in Furcht erstarrst, weil du nie vermutet hättest, daß so etwas einem Menschen je gegeben sein könnte. Ich verspreche dir nicht, daß du sofort so berühmt sein wirst wie Mickiewicz, denn ich weiß ja, daß dir daran gar nicht so gelegen ist. Aber natürlich wirst du berühmt, und du wirst dich damit abfinden müssen, denn alles, was du schreibst, wird genauso gut sein wie das, was er geschrieben hat. Naja, fast genauso. Die Polen werden weinen, wenn sie deine Gedichte lesen, deinen Roman, was immer du willst, denn die Gattung wirst du dir selbst aussuchen, und das wird selbstverständlich eine völlig neue und der Welt noch nicht bekannte Gattung sein, die du, du allein mit meiner Hilfe schaffen wirst.« Und nun schaut der Versucher, der auf die Knie gefallen ist, voller Bewunderung auf Herrn Mareczeks Gesicht und ruft: »Oh, wie groß bist du, mein Mareczek, wie weise bist du, wie viel kannst du, wenn du nur wüßtest, wie viele Menschen auf jedes deiner Worte warten, auf jedes deiner Gedichte, ach was, nicht einfach Menschen, wie viele Polen lieben und bewundern dich.« Und mit Entsetzen erkennt Mareczek, als er den Versucher betrachtet, daß dieser ihm, Mareczek, merkwürdig ähnlich wird, daß er schon die gleichen grauen Augen hat wie er, genau die gleiche aufgestülpte Nase, und er hat sogar in seinen Vorderzähnen an der gleichen Stelle wie er ein sehr unschönes schwarzes Loch.
»Ach, du häßlicher Versucher«, ruft Herr Mareczek. »Intuition und Talent und die Fähigkeit, Worte zu wählen, die sind

von Gott gegeben, nicht von dir, Versucher. Was er mir gegeben hat, was er mir zu geben geruht hat, das brauche ich zu Seinem Lob. Und wenn ich mehr erbitten will, dann von Ihm und nicht von dir. Von hinnen, Apage, Versucher.«
»Na dann Servus«, sagt der Höllenfürst. »Wir haben uns nicht verstanden. Ich bitte nur darum, meinen Namen in Zukunft nicht grundlos auszusprechen. Aber denk nicht, daß hiermit unser Kontakt zu Ende ist. Dich mach ich noch fertig.«
Nachdem er Mareczek dies schreckliche Wort entgegengeschleudert hat, will der Versucher schon aus seiner Vorstellung verschwinden, aber Herr Mareczek packt ihn noch am Ärmel: »Halt, Fürst, so geht man nicht davon.« Er packt ihn, weil dieser letzte Satz, diese häßliche Drohung in ihm eine vage, unangenehme Angst hervorgerufen hat. Herr Mareczek ist sich natürlich darüber im klaren, daß er selbst den Versucher in sich heraufbeschworen hat und zwar mit einer ihm nur allzu bekannten Absicht, nämlich um sich und anderen Rechenschaft über sein Bewußtsein abzulegen. Aber diese vernichtende Drohung hat den Versucher auf seltsame Weise verselbständigt. Und Herr Mareczek spürt jetzt, daß er sich vor diesem von ihm selbst erdachten Versucher ganz einfach fürchtet. Denn wenn sich so ein Versucher einmal einen Menschen vornimmt, dann kann er wirklich zuschlagen, diesem die Fresse polieren und ihn, auf gut polnisch gesagt, in den Arsch treten. Um nun diese Angst vor dem bedrohlichen Versucher zu verjagen, verwandelt Herr Mareczek jetzt ganz schnell, so schnell wie möglich, sein Innenleben in das Innenleben eines gerissenen Trinkers, so eines wie er an der Noniewiczstraße in Suwałki vor dem Kiosk mit der Aufschrift: Rostbratwurst. Bier. Gekühlte Getränke, steht und seine Kumpels, deren Mütter mitsamt unserem ganzen Planeten, mitsamt dem ganzen Universum schmäht, und nachdem er seine Persönlichkeit so umgekrempelt hat, sagt er und torkelt dabei etwas auf den Versucher zu: »Das werden wir noch sehen, du Ratte, du

Hundesohn, du dahergelaufener Versucher, wer wem in den Arsch tritt. Und nun weg mit dir, du Pack, ab jetzt.« Daraufhin setzt der Höllenfürst eine unerhört würdige und tiefbeleidigte Miene auf – wer hätte erwartet, daß sich so ein feinsinniger Mensch wie der Herr Mareczek zu so abstoßenden Ausdrücken versteigen kann –, um dann in der Luft ein paar Purzelbäume zu schießen – Salto vorwärts, Salto rückwärts –, wobei er mit seinem haarigen Schwanz wedelt, Mädchenschenkel aufblitzen läßt und mit grünen Dollars und graubraunen Sparkassengutscheinen um sich wirft, für die man in den Pewex-Läden Whisky, gefriergetrockneten Nescafé und Masumi-Parfums kaufen kann, die Frau Mareczek so liebt, und sich schließlich von den durchwärmten Stegplanken abstößt und in die dunkelgrüne Tiefe taucht, fünf, zehn Meter tief, schon ist er nicht mehr zu sehen, er ist auf dem Boden des Sees und wirbelt, peitscht und trübt das Wasser dort. Und gleich hinterher, allerdings nicht so elegant, weil er einen Salto rückwärts in der Luft – und ehrlich gesagt auch einen Salto vorwärts – nicht kann, jagt Herr Mareczek, sich von der letzten Planke abstoßend, wobei er sich mit zwei Fingern die Nase zuhält, mit den Beinen zuerst, also mit einem Platscher, ins Wasser.

Frau Mareczek und der klein-große Mareczek schlafen schon, und in Frau Anielas Haus brennt nur noch eine Lampe. Ihr Licht fällt durch das Fenster auf den Maulbeerbaum am Zaun und läßt aus dem Dunkel die weißen, feuchten Früchte hervortreten, um die tagsüber ihrer Süße wegen die Fliegen, Bienen und Wespen kreisen und summen. Beim Schein der Nachttischlampe breitet Herr Mareczek auf seinem Bett die Landkarten und Pläne aus, die er dem »Reiseführer durch das nordöstliche Polen« entnommen hat. Die Landkarten erzählen von der Vergangenheit, die nie mehr wiederkehrt, die niemals Gegenwart oder Zukunft wird, von einer Vergangenheit, die nicht weit zurückliegt, aber für uns ebenso fern ist wie die Geschichte des Piastenkönigs oder des Königs Popiel, denn auf diesen Karten fallen ein polnisches Szczara und ein polnisches Świsłocz zu einer polnischen Memel hin ab, eine polnische Mereczanka fließt gleich hinter der litauischen Grenze mit der Memel zusammen, und ein polnisches Lida liegt zwischen einem polnischen Nowogrodek und einem polnischen Wilna. Weiter läßt sich diesen Landkarten entnehmen, daß Olita auch Alytus heißt, Kiejdany auch Kedařniai ist, Poniewież auch Panevežys und Połąga an der Ostsee auch Palanga ist. Diese doppelten Namen, denkt Herr Mareczek, trugen einst und tragen auch weiterhin, wenngleich sich die Geschichte nicht wiederholt, den Stempel der gemeinsamen Vergangenheit der beiden Völker. Sie legen Zeugnis ab davon, daß wir, die Aggressoren des Geistes, vor vielen Jahrhunderten nicht nur die Kultur, nicht nur die Mythen, nicht nur die Gebräuche der Litauer angegriffen haben, sondern auch ihre Sprache, ihr Wortgut, daß wir versucht haben, ihnen ihre Wörter wegzunehmen und sie zu unseren, zu polnischen Wörtern zu machen. Aber diese Doppelnamigkeit – die bis auf den heutigen Tag anhält, denn wir sagen weiterhin Kiejdany und sie weiterhin Kedařniai – zeugt auch davon, daß sich die Litauer uns niemals ergeben, daß sie der Aggression unseres Geistes erfolgreich Widerstand geleistet haben und weiterhin leisten und daß sich ihr Panavežys in unserem Poniewież erhalten hat. Die historischen Tatsachen beider Kulturen zeugen davon, daß diese Aggression und dieser Widerstand, dieser Zusammenstoß des polnisches Geistes mit dem litauischen Geist auf schönste Weise Früchte getragen hat. Wenngleich, wie Herr Mareczek sogleich zugeben muß, denn die Gründe der litauischen Nachbarn scheinen ihm nicht abweisbar zu sein, wenngleich dieser Zusammenstoß für den litauischen Geist nicht angenehm war. Aber Früchte hat er dennoch getragen. Und deshalb sollten wir, o ihr litauischen Brüder, anstatt weiterhin einen gegenseitigen Ärger zu nähren, anstatt uns weiterhin gegenseitig Städte und Dörfer zu entreißen und die Dichter und Maler an uns zu raffen, das tun, was wesentlich vernünftiger und mit dem Geist unserer und eurer Kultur wesentlich besser vereinbar wäre, nämlich uns daran freuen, was wir gemeinschaftlich erreicht, gemeinsam erarbeitet haben, was wir uns gegenseitig geschenkt hatten, ihr uns und wir euch. Lassen wir uns einander dankbar sein, denn wir haben Grund dazu. Gewiß, wir haben uns, jeder sich selber und gegenseitig, gequält. Aber während wir uns quälten, haben wir in diesen Ländern Kirchen errichtet, die nicht übel sind, haben Gedichte geschrieben, die nicht übel sind, und die Kultur, die wir hier geschaffen haben, ist auch nicht übel. Und ebenfalls nicht übel ist hier der Geist, dieser polnisch-litauische Grenzlandgeist, der Jagellonen- und Mickiewiczgeist. Und wenn man so, eingedenk der Geschichte dieses Geistes, seiner Früchte und seiner Triumphe, der vergangenen sowie der zukünftigen Triumphe, wenn man aus dieser Perspektive eben das polnisch-litauische Problem betrachtet, ein Problem, mit dem wir nur scheinbar heute nicht konfrontiert sind, denn wir werden gewiß und vielleicht sehr bald ihm wieder gegenüberstehen, dann, denkt Herr Mareczek, ist die Frage, wozu Wilna in Zukunft gehören sollte oder gehören könnte und wem Nowogródek gehört oder gehören könnte, nicht mehr schwer zu lösen. Soll Olita ruhig weiter Alytus heißen und Panevežys ruhig weiter Poniewież. Sollen diese beiden Kulturen, diese beiden Geistesformen weiterhin zusammenprallen, sich aneinander reiben und sich natürlich auch weiterhin quälen. Wenn es nur auch weiterhin so fruchtbar ist wie in der unfernen fernen Vergangenheit, der wir, der viele von uns etwas sehr Wichtiges verdanken: nämlich daß wir, die wir uns als Polen fühlen, uns ebenfalls und immer noch als Litauer fühlen. Und Gott sei dank sind es noch viele von uns – aber wie viele von uns sind es? –, die ihr geistiges Schicksal genau so empfinden, sich zweifach, im polnisch-litauischen Sinne, definieren. Und es kann wohl auch nicht anders sein, da doch alles, was in unserem Geist, in unserer Kultur am besten, schönsten und würdigsten ist – von Mickiewicz angefangen bis hin zu Miłosz und Konwicki –, von hier, aus Litauen, stammt. Und es ist ja doch die Kultur, die uns definiert, und ihr haben wir es zu verdanken, daß wir uns selbst so und nicht anders empfinden, daß wir so und nicht anders sind. Und es kann auch gar nicht anders sein, und wir werden auf alle Zeiten – oder zumindest solange in Warschau Mickiewicz und Konwicki gelesen werden – so bleiben, und auch wenn wir alle meinetwegen masurische Kartoffelnasen und masurische Kartoffelhirne hätten, dann blieben wir doch – noch einmal sei Dir Gott Dank dafür! – Litauer. Und ihr, litauische Brüder, fühlt ihr euch noch als Polen? Oder ist euch euer Polentum vielleicht herausgeprügelt worden? Habt ihr euer Polentum vielleicht verleugnet?

Nun, da Herr Mareczek sich so vom polnisch-litauischen Geist durchdrungen fühlt, sucht er auf der Stadtkarte von Wilna nach der Kreuzung der Zamkowa- und der Świętojańskastraße. Er ist jetzt dort, an diesem Ort, den er nicht kennt, an dem er nie gewesen ist und an dem er vielleicht – mit Entsetzen denkt er an diese Möglichkeit – auch nie sein wird. Er steht auf der Kreuzung, dort, wo einst Mickiewicz stand, er überquert die Fahrbahn an der, genau an derselben Stelle, wo Miłosz sie einst überquert hat, und er bleibt vor einer Auslage stehen, vor der einst einmal Konwicki stehengeblieben ist. Welch ein Gedränge auf der Straße, wie viele Bekannte! Julo Słowacki hat von weitem Ludka Śniadecka erblickt und läuft zu ihr, er rempelt Miłosz an, aber hat ihn nicht erkannt, er läuft weiter. Domeyko hat Konwicki getroffen, er hakt sich bei ihm ein, und sie gehen in die Buchhandlung Zawadzki. Drüben an der Ecke unterhält

sich Ćiurlonis mit Towiański, und gerade grüßen sie beide jemanden, der in einem offenen Wagen an ihnen vorbeifährt, aber da erst, da ist die Frau Puttkamer aus Bołcienik zum Treffen mit ihrem Geliebten aus Kowno gekommen. Tomasz Zan und Tomas Venclova, ein begabter Dichter, beide noch ganz jung, kommen gerade aus dem Pensionat der Deybels, wo sie – die Schlingel – bestimmt mit den jungen Damen aus der Provinz geflirtet haben. Jan Śniadecki kommt an ihnen vorbei, sie machen eine höfliche Verbeugung, aber er nimmt sie nicht wahr, weil er gerade etwas – das ist vielleicht ein Hitzkopf! – mit Pigoń diskutiert, und die beiden eilen zum Mittagessen beim Fürsten Witold.
Herr Mareczek biegt jetzt aus der Zamkowastraße in die Bernardinergasse ein und steigt unter heftigem Schnaufen auf den Dreikreuzeberg. Wie nur, denkt er, wie er von oben auf die kupferne Kuppel der Kathedrale, auf ihr dorisches Gesims und ihre weißen Säulen blickt, wie kann man sich darüber streiten, wem diese Stadt gehört, wessen Eigentum sie ist, wenn sie ihrem tiefsten Wesen nach doch gemeinsam litauisch, polnisch, jüdisch, weißrussisch ist, wenn sie doch als Ergebnis der Anstrengungen so vieler so verschiedener und einander so verwandter Geistesrichtungen entstanden ist und besteht und wenn so viele Geister sie noch besuchen. Ein gemeinsamer heiliger Ort, ihr litauischen, ihr jüdischen Brüder. Jerusalem des nordöstlichen Europas. Vom Dreikreuzeberg aus wechselt Herr Mareczek für einen Augenblick nach Grodno – im Flug besichtigt er die Ruinen des Schlosses von Gedymin, auf denen jetzt die rote Fahne flattert –, denn in dem fünfzig Jahre alten Reiseführer befindet sich auch ein Plan von Grodno. Er bleibt an der Ecke der Witoldowa- und Bonifraterskastraße stehen, dann überquert er den Heumarkt mit der Kirche, die die Bernardiner hinterlassen haben, und die Plebańskastraße entlang geht er ans Ufer der Memel hinab. Aber gleich kehrt er wieder nach Wilna zurück, vielleicht, weil er in Grodno außer dem Kö-

nig Stanisław August und dem Fräulein Maria Rodziewiczówna keine Bekannten hat. So kehrt er also nach Wilna zurück, von der Zamkowastraße geht er in die Ostrobramskastraße und wendet sich gleich hinter der Ostra Brama nach links und strebt in Richtung Popławy und Pacowskie Góry. Indem er so über den Plan wandert und dabei derer gedenkt, die vor ihm durch diese Straßen gegangen sind, hat Herr Mareczek die Hoffnung, daß er endlich für seine langjährige Ausdauer und treue Liebe zu der bekannt-unbekannten Stadt belohnt wird und daß er, wenn er die Lampe löscht und einschläft, von dem ganz wahrhaftigen Antokol oder dem Friedhof auf der Rosa oder sogar die Jaszunastraße mit dem Śniadeckihaus träumt. Stadt, erscheine mir im Traum, bittet Herr Mareczek im Einschlafen, ich will deine Steine berühren, ich will das Schlagen deiner Glocken hören. Erhört mich, mächtige Fürsten, erhöre mich, starker Gedymin, und du, Olgierd, und auch du Kiejstut, und schickt mir doch wenigstens einen Splitter, ein kleines Teilchen eures ewigen Traums.

Aber irgendwie will weder Wilna noch Grodno, noch Nowogródek Herrn Mareczek im Traum erscheinen. Er hat einen völlig anderen Traum, der darüber hinaus noch sehr unangenehm ist. In seinem Traum erscheint ihm Frau Fliegeltaub, die Besitzerin des Hotels in Sejny – sie ist ganz kahl, ohne Perücke, und ihr Schädel, der violett und zuweilen gelb zu sein scheint, verbreitet ein merkwürdiges, mondartiges Licht –, und beklagt sich mit der Stimme einer alten Frau aus Smolnik oder Raczek bei Herrn Mareczek: »Sie haben mich umgebracht, Söhnchen, die deutschen Übermenschen haben mich vergast.« Dann verschwindet Frau Fliegeltaub, und die Deutschen – gekleidet in lange, dunkelgrüne Mäntel und Helme, auf denen große schwarze Brillen blitzen, so wie sie während des Krieges von Motorradfahrern getragen wurden, und mit automatischen Pistolen bewaffnet – fangen an,

Herrn Mareczek zu verfolgen, der durch einen langen Betonkorridor flüchtet, der mal nach links, mal nach rechts abbiegt und, wie aus dem Traum hervorgeht, Teil eines riesigen Labyrinths ist, aus dem es keinen Ausweg gibt. Herr Mareczek selbst sieht die Deutschen eigentlich gar nicht, er weiß nur, daß sie ihn verfolgen und daß sie in diese dunkelgrünen Mäntel und Helme gekleidet sind, er sieht nur diesen Korridor, der abwechselnd enger und weiter wird. Die Betonwände sind entsetzlich hoch, sie sind vielleicht fünf, vielleicht aber auch fünfzehn Meter hoch, man kann nicht daran hochklettern, man kann immer nur weiter nach vorn flüchten. Herr Mareczek weiß, daß am Ende des Korridors eine Betonwand stehen und er an dieser Wand erschossen wird. Die Deutschen kommen immer näher, er hört – er meint, er hört – ihre heiseren Schreie und das Stampfen ihrer Stiefel. Es lohnt sich nicht, weiter zu fliehen, denkt Herr Mareczek, wenn man im Traum überhaupt denkt, sollen sie mich so schnell wie möglich, am besten jetzt gleich ermorden, denn wenn ich es bis zu dieser Betonwand schaffe und sie mich dort erwischen, dann werden sie mich zuerst foltern und danach erst erschießen. Aber da sieht er schon die Betonwand, die den Betonkorridor abschließt, Pfoten in riesigen ledernen Handschuhen packen Herrn Mareczek, jetzt werden sie ihn foltern, und er wacht mit einem Schrei auf. Dieser Schrei weckt auch Frau Mareczek.

»Mußt du so brüllen?« fragt sie. »Was ist los mit dir?«

»Ich habe von den Deutschen geträumt«, sagt Herr Mareczek. »Sie wollten mich erschießen.«

»Schlaf«, sagt Frau Mareczek. »Und brüll nicht, du weckst sonst noch das Kind. Jeder träumt mal von den Deutschen. Schlaf jetzt.«

Und dann schläft Frau Mareczek wieder ein, Herr Mareczek aber liegt mit offenen Augen in der Dunkelheit und versucht, die Augen nicht zu schließen, denn er weiß, daß er sofort einschläft, wenn er sie schließt, und wenn er einschläft, dann kommen die Deutschen zurück, und dann wird er wieder durch diesen Betonkorridor vor ihnen flüchten müssen. Er ist etwas ärgerlich auf Frau Mareczek, weil sie, obwohl er sie über seinen Traum informiert hat, überhaupt kein Mitleid gezeigt hat. Aber nach einiger Zeit leuchtet ihm ein, daß Frau Mareczek natürlich Recht hatte, wenn sie seinen Erlebnissen im Schlaf keine so große Bedeutung beimaß. Jeder hier träumt von den Deutschen, also müßten alle allen unentwegt Mitleid bezeigen, was doch etwas lächerlich wäre. Und bis ans Ende meines Lebens werde ich von ihnen träumen, denkt Herr Mareczek. Und wer weiß, vielleicht werde ich nicht einmal nach meinem Tod von diesem Traum befreit sein. Aber es ist dennoch schwer, sich daran zu gewöhnen, daß man andauernd gefoltert und erschossen wird. Mehr noch, je mehr ich an Jahren zunehme und je mehr ich mich von den Erlebnissen meiner Kindheit entferne, desto deutlicher und schrecklicher werden meine Träume, die mit der Okkupationszeit verbunden sind. Diese geträumten Deutschen sind immer bedrohlicher, immer grausamer. Warum eigentlich? Aber darüber nachzudenken gelingt Herrn Mareczek nicht mehr, denn kurz darauf schläft er doch ein, und bis zum Morgen träumt er von nichts, aber auch gar nichts mehr.

Ich wüßte gern, denkt Herr Mareczek, als er am Morgen nach dem Frühstück auf der Bank unter dem Vogelkirschenbusch sitzt, welchen Grad von Realität diese Gestalten haben, von denen man träumt, die man erträumt. Sind diese Deutschen, die verschwunden sind, als ich aufwachte und nicht mehr in meinem Traum erschienen sind, als ich wieder einschlief, während meines Wachens ganz und endgültig vernichtet worden, oder sind sie woanders hingegangen, in einen anderen Traum eingedrungen und haben da jemand anderen verfolgt, der von ihnen träumte? Und Frau Fliegeltaub mit dem violetten Schädel? Ist das nur mein Traum, der nur von mir und nur einmal geträumt und der von der Lektüre des »Reiseführers durch das nordöstliche Polen« hervorgerufen wurde? Oder hat schon jemand anderer von dieser Frau Fliegeltaub geträumt? Und wird vielleicht noch jemand von ihr träumen? Oder, anders betrachtet, gehören solche Traumerscheinungen wie diese Deutschen nur zu dem, der sie träumt, existieren sie nur im individuellen Traum und können sie nur dort existieren, nur einen Augenblick oder ein paar Augenblicke lang, oder sind sie ganz im Gegenteil Geschöpfe irgendeines kollektiven Bewußtseins, Wesen, die eben in diesem etwas längerlebigen Unterbewußtsein – aber wie lange hält es an? – existieren und deshalb vielen Schlafenden, vielleicht sogar gleichzeitig, im Traum erscheinen können, die gehen und kommen, von einem Traum in den anderen, von Gehirn zu Gehirn übergehen können und die sogar, ohne einem im Traum zu erscheinen, nur als eine Möglichkeit unserer Träume überdauern können, wie in einem Ozean, in einem Sammelbecken, in das alle unsere Träume hineinfließen und aus dem sie wieder herausfließen? Aber das ist ein ewiges Problem, ruft Herr Mareczek sich in Erinnerung, schon die Griechen kannten es, wenn sie von den Pforten sprachen, durch die die Träume hinein- und hinausgehen. Interessant wäre auch zu wissen, wie vielen Polen – und das ist nun kein ewiges Problem mehr, sondern ein hiesiges, unseres – heute Deutsche im Traum erscheinen? Wie viele Polen verfolgen sie noch im Schlaf, erschießen, foltern sie? Und träumen nur die Polen von ihnen, die sich noch, ganz gleich wie undeutlich, an jenen Krieg erinnern und die also zum Beispiel irgendwann vor 1939 oder 1940 geboren sind? Es gibt nicht mehr so viele von uns Polen, die vor dem Krieg oder am Anfang des Krieges geboren sind. Aber wir sind noch einige, vielleicht sogar etliche Millionen. Und diese etlichen, diese Dutzend Millionen haben immer den gleichen Traum: ihnen erscheinen die Mörder in deutschen Uniformen. Aber vielleicht erscheinen diese Mörder auch den Polen im Traum, die sich nicht mehr an sie erinnern, sich nicht mehr an sie erinnern können, weil sie in den fünfziger oder sechziger Jahren geboren sind? Hat nicht mein eigenes Kind, der klein-große Mareczek, noch vor kurzem Besatzung und Polen gegen Deutsche gespielt? Das heißt, daß diese Erinnerung immer noch in uns lebt. Dann wäre dieser unser kollektiver Traum – denn es ist ja der Traum einer ganzen Gruppe – der Traum von fast vierzig Millionen Menschen. Und wenn dieser schreckliche polnisch-deutsche Traum tatsächlich der Traum eines ganzen Volkes wäre, dann müßte man auch diese wahrhaft entsetzliche Möglichkeit einräumen: daß sich diese Erscheinungen niemals mehr zerstreuen, daß nichts sie vernichten kann, daß dieser Traum nie mehr aus dem polnischen Leben verschwindet, daß sich das polnische Unterbewußtsein nie mehr dieser traumatischen Erfahrung entledigen kann, die die deutsche Besatzung darstellte.

»Sollen wir Badminton spielen?« fragt Witek-Janek und setzt sich auf die Bank, von der aus man den besten Blick auf den See hat.

»Aber erst trinken wir Kaffee«, sagt Herr Mareczek. »Wann bist du eigentlich geboren?«

Witek-Janek wohnt nicht bei Frau Aniela in der Pension, aber er kommt fast täglich hierher, eben um mit Herrn Mareczek Badminton zu spielen. Er hat zwei Vornamen, weil er am dreizehnten Dezember, als der Kriegszustand ausgerufen wurde, in den Untergrund gegangen ist und sich auch weiterhin, obwohl das schon eineinhalb Jahre her ist, vor den Roten versteckt. Einer seiner Vornamen ist der für draußen, der andere der für den Untergrund. Der eine ist fiktiv und für die, die ihn vor dem dreizehnten Dezember nicht kannten, der andere der echte, für alte Freunde. Herr Mareczek nennt ihn deshalb entweder Witek oder Janek oder Witek-Janek. Weil Witek-Janek ein echter Verschwörer ist und nicht einer von denen, die allen der Reihe nach von ihren verschwörerischen Aktivitäten erzählen, kennt Herr Mareczek zwar seine beiden Namen, aber mehr weiß er eigentlich kaum über ihn und sein Leben im Untergrund. Witek-Janek ist der Meinung, daß jemand, der im Untergrund arbeitet – aus Sicherheitsgründen – gerade so viel wissen sollte, wie er wissen muß, und nicht mehr. Herr Mareczek akzeptiert diese Einstellung, und wenn von den Untergrundaktivitäten die Rede ist, will er nicht mehr wissen, als er wissen darf.

»Also wann bist du geboren, Witek-Janek?«

»Achtundvierzig«, antwortet Witek-Janek.

»Dann bist du ja ein Kind dieses Regimes«, sagt Herr Mareczek. »Es hat dich erzogen, ausgebildet, ernährt. Und du fügst ihm jetzt solch einen Schaden zu, bereitest ihm solches Leiden. Ach, das ist nicht nett. Und träumst du auch von den Deutschen?«

»Nein«, sagt Witek-Janek und mehr als dieses »nein« gibt er nicht von sich, so als wundere er sich gar nicht über die merkwürdige Frage von Herrn Mareczek, was sich natürlich mit seinen Untergrundgepflogenheiten erklären läßt, denn es liegt in der Natur der Sache, daß jemand, der im Untergrund tätig ist, verschwiegen sein muß.

»Und träumst du von den Russen?« fragt Herr Mareczek weiter.

»Nein. Warum sollte ich von ihnen träumen?«

»Und keiner verfolgt dich im Schlaf, will dich erschießen, foltern?«

»Nein.«

»Und du träumst auch nicht von Konzentrationslagern, Arbeitslagern oder Todeszellen?«

»Nein.«

»Und du träumst auch nie vom Krieg?«

»Welchem?« fragt Witek-Janek.

»Irgendeinem. Von dem Krieg damals oder dem jüngsten jetzt, dem polnisch-polnischen.«

»Nein«, antwortet Witek-Janek. »Ich habe noch nie von einem Krieg geträumt.«

»Na, das ist ja ganz klar«, sagt Herr Mareczek. »Wir gehören verschiedenen Generationen an, und nur meiner Generation sind diese schrecklichen Träume beschert, in denen wir erschossen und gefoltert werden. Bestimmt deshalb, weil wir damals, während dieses Krieges, erst wenige Jahre alt waren, so daß die Deutschen in unserem kindlichen Bewußtsein oder Unterbewußtsein den Platz des schwarzen Mannes oder der bösen Hexe eingenommen haben. Und alle späteren Generationen träumen Gott sei dank nur von den verschiedenen bösen Hexen. Und wenn es so ist, dann heißt das, daß mit unserem Tod, mit dem Tod all derer, die zu meiner Generation gehören, und vielleicht noch derjenigen, die zur folgenden Generation gehören, dieser Traum endlich zu Ende ist und die Deutschen aufhören, den Polen im Traum zu erscheinen. Das polnische Unterbewußtsein wird dann endlich geheilt, der Krebs, der es vergiftet, wird eintrocknen und verschwinden, die Wunden werden vernarben und keiner wird mehr im Traum verfolgt und erschossen.«
»Wenn nicht«, sagt Witek-Janek, »jemand anderer etwas Schreckliches mit uns macht. Denn wenn das geschieht, dann werden Generationen wieder davon träumen.«
»Erklär mir«, sagt Herr Mareczek, »warum uns dauernd jemand etwas Schreckliches antut? Warum gibt es Völker, die andere Völker überhaupt nicht quälen, gar nicht quälen wollen, die jahrhundertelang vor sich hinleben, in Freuden leben dürfen, und warum solche wie wir und die Litauer, an denen ständig einer etwas Entsetzliches verübt? Abwechselnd teilen sie uns in drei Teile, nehmen uns unsere heiligen Städte weg, in denen unsere größten Dichter geboren sind, bringen uns die halbe Intelligenz um, versuchen uns unserer Nationalität zu berauben und unsere Religion zu vernichten, nehmen uns ein Drittel unseres Landes weg und siedeln die Hälfte des Volkes vom Osten in den Westen um. Weshalb stößt uns dauernd so etwas zu? Denk an unsere Brüder, die Litauer. Weshalb sitzt ihnen dauernd jemand im Nak-

ken, weshalb will sie dauernd jemand ermorden, ausrotten, von der Erdoberfläche tilgen? Das kann man doch nicht mit der geographischen Lage erklären. Die Spanier haben zum Beispiel eine geographische Lage, die ideal erscheint, aber sie trifft auch dauernd etwas Schreckliches. Mal haben sie die Mauren, dann die Inquisition, dann die Franzosen und die Polen, dann den Bürgerkrieg und eine faschistische Regierung. Eine messianische Erklärung – daß Gott uns so quält, weil Er will, daß wir uns im Leiden vergeistigen und veredeln, um dann zu Seinen uns hier verborgenen Zielen gebraucht zu werden – will mir auch nicht recht einleuchten. Weshalb quält Gott denn nicht die Schweden, die sich, so sanft und blond wie sie sind, doch vorzüglich zum Quälen eignen und die, wenn sie nur ein bißchen gequält würden, sich gewiß vergeistigen würden? Er könnte sich ihrer für seine historischen Ziele, für die Errichtung eines Gottesstaates auf dieser Erde doch ebensogut bedienen wie unserer. Warum also sind es gerade wir, die Litauer, die Armenier und auch die Iren, auch die Kubaner – noch ein Beispiel für eine geradezu ideale geopolitische Lage –, warum also sind gerade diese Völker und keine anderen zu einem solchen historischen Leiden verurteilt? Hat uns einer ausgewählt? Hat uns etwas so geformt, daß wir zur Beute, zur Trophäe wurden, um die sich andere Völker prügeln? Und wer und was ist das? Aber gibt es auf diese Frage überhaupt eine Antwort?«

»Nein«, sagt Witek-Janek. »Auf diese Frage gibt es keine Antwort. Das heißt, es gibt eine, denn ich nehme nicht an, daß der Zufall über das Schicksal der Völker entscheidet und daß sich dieses Schicksal nicht irgendwie erklären ließe. Aber diese Antwort ist vor uns so gut verborgen, daß wir sie sicher nie herausfinden werden.«

»Aber vielleicht«, überlegt Herr Mareczek, »vielleicht sondern wir einen besonderen Geruch ab, der die Geschichte anlockt, sie dazu bringt, uns Wunden zu schlagen, der ihr sagt: reiß, zerfleisch, trink das Blut, denn es schmeckt? Vielleicht liegt es an unserem Volkscharakter? Vielleicht sind diese schrecklichen historischen Abenteuer die Folge dessen, daß wir so sind und nicht anders? Vielleicht locken wir mit unserer Sanftmut, unserem unbezweifelbaren Edelmut, mit dieser Trägheit, die uns eignet, unsere nicht gerade sanftmütigen Nachbarn an? Seht, wie sanft, wie träge wir sind, sagen wir, los, kommt und quält uns ein bißchen, das wird euch wohltun, denn es ist doch angenehm, so einen sanften Faulpelz zu quälen.«

»Nein«, sagt Witek-Janek. »Mit einem Volkscharakter lassen sich solche Abenteuer der Geschichte nicht erklären. Du redest von den Litauern. Die sind und waren weder sanft noch träge. Und was für eine Geschichte hatten und haben die noch bis heute?«

»Also werden wir nie erfahren«, fragt Herr Mareczek, »warum uns dauernd etwas Schreckliches trifft?«

»Nein«, sagt Witek-Janek. »Und es ist vielleicht auch besser so. Denn es ist besser, wenn man die Antwort auf diese Frage nicht kennt.«

»Na, dann können wir ja mit dem Schlimmsten rechnen«, sagt Herr Mareczek. »Und die Leute hier werden weiter von den verschiedenen Gräßlichkeiten träumen.«

»Aber vielleicht ist es ja auch so«, sagt Witek-Janek, »daß sich auf einmal alles ändert, und die nächsten Jahrhunderte stößt uns nichts Schreckliches mehr zu. Und dann wissen wir auch nicht, warum.«

»Aber wenn du nicht von den Deutschen träumst«, fragt Herr Mareczek, »wovon träumst du denn dann?«

»Ich träume von der Maschine«, antwortete Witek-Janek und bewegt dabei seinen prachtvollen Verschwörerschnurrbart.

»Was für eine Maschine?« fragt Herr Mareczek.

»Die, auf der wir die Zeitung setzen«, sagt Witek-Janek. »Ich träume, daß sie mir wieder kaputtgegangen ist und ich sie

nicht reparieren kann. Oder ich träume, daß sie eine Durchsuchung machen und die Maschine wegnehmen und daß ich dann nichts mehr habe, um die Zeitung zu setzen.«
»Ein schrecklicher Traum«, sagt Herr Mareczek. »Mögest du nur solche Träume haben, du Verschwörer!«
»Kommt doch rein und trinkt einen Kaffee«, ruft Frau Mareczek, die am Fenster zum Playground erschienen ist. »Das Wasser kocht schon.«
»Hast du Sahne zum Kaffee?« fragt Witek-Janek.
»Mareczek soll Herrn Ludwik fragen«, sagt Frau Mareczek. »Er sollte uns heute morgen Sahne in der Genossenschaft kaufen. Ich weiß aber nicht, ob er welche bekommen hat. Wollt ihr Brombeeren zum Kaffee?«
»Und wir trinken auch ein Gläschen dazu«, sagt Herr Mareczek zu Witek-Janek, während sie unter den beiden Maulbeerbäumen hergehen. »Was hältst du davon?«
Und als sie dann später an dem Tisch mit der rotweißkarierten Wachstuchdecke mit ihren Gläsern anstoßen, sagen sie alle drei – plötzlich von einem wilden Haß erfaßt, obwohl sie doch alle drei so sanftmütig und zartbesaitet sind – fast gleichzeitig: »Zum Teufel mit denen. Daß sie nur bald abkratzen.«

Der vier Kilogramm schwere grausilbrige Hecht liegt in dem weißen Bottich, der mitten auf dem Playground steht, und starrt mit seinem schwarzen Auge auf Herrn Mareczek, der direkt daneben auf einer roten Luftmatratze liegt. Der Hecht hat trübrosafarbene Flossen und goldene Sprenkel auf dem Bauch, und sein Auge, wiewohl erloschen, betrachtet Herrn Mareczek, den silbernen Toyota unter dem Ahorn und die weißen Wolken, die über das Haus ziehen – kurz alles, was diesem Hecht fremd ist, was ihm unbegreiflich ist, weil es nicht zu seiner Welt gehört – abwechselnd mit verächtlicher Gleichgültigkeit und mit kaltem Haß.
»Ich habe den Eindruck, Herr Gienio, daß dieser Hecht uns haßt«, sagt Herr Mareczek.

»Warum sollte er uns auch mögen?« fragt Herr Gienio über die Schüssel gebeugt. »Aber ein Mörder ist er. Wenn Sie ihn aufschneiden, wird sich herausstellen, daß er einen kiloschweren Verwandten im Bauch hat, auch einen Hecht. Ach, die Natur. Kein Erbarmen, keine Achtung vor der Tatsache, daß Gott existiert.«

»Wenn Gott existiert«, sagt Herr Mareczek, »dann ist es nur unser menschlicher Gott und nicht ein Gott der Hechte oder irgendwelcher Eichhörnchen und Waldbeeren. Fragen Sie den Pfarrer. Ein Hecht hat keine Seele.«

»Woher wissen Sie das?« fragt Herr Gienio.

»Vom heiligen Thomas von Aquin.«

»Es wäre sehr gut, verehrter Herr Mareczek«, sagt Herr Gienio mit ausgesuchter Höflichkeit, »wenn Sie und Ihr heiliger Thomas so gut wären, sich nicht zum Thema der Existenz Gottes zu äußern. Denn entweder Er existiert, und dann sollten wir schweigen und Seine Werke bewundern, oder er existiert nicht, und dann gibt es nichts darüber zu reden. Fahren Sie mit Krebse fangen?«

»Nein, du fährst nicht Krebse fangen«, sagt Frau Mareczek, die auf dem Liegestuhl direkt neben dem Brunnen sitzt – denn am Brunnen herrscht sogar am Mittag ein angenehmer, kühler Schatten – und »Shosha« von Isaak Singer liest. »Weißt du was, als Singer eines Tages, Anfang der dreißiger Jahre in Warschau war das, zu seinem Vater kam und ihm sagte, er wolle jetzt Polnisch lernen, da gab ihm sein Vater, der ein großer chassidischer Rabbiner war, zur Antwort: Isaak, bist du verrückt geworden? Morgen kann der Messias kommen, und du willst Polnisch lernen?«

»Wenn Gott nach all diesen Leiden den Juden den Singer gegeben hat«, sagt Herr Mareczek, »dann bedeutet das, daß sie wirklich das auserwählte Volk sind.«

»Wenn eine Zivilisation, eine Kultur vernichtet wird«, sagt Frau Mareczek, »dann tritt immer so einer auf wie Singer, der aufschreibt, was vernichtet worden ist.«

»Oder es tritt keiner auf«, sagt Herr Mareczek, »und eine Zivilisation verschwindet spurlos. Wenn sie uns eines Tages vernichten und wir verschwinden, dann ist es überhaupt nicht gesagt, daß ausgerechnet dann ein Singer oder Mickiewicz auftritt und unser ganzes Leben vor dem Verschwinden beschreibt.«

»Meinen Sie, die Roten werden uns vernichten?« fragt Herr Gienio.

»Das ist sehr wahrscheinlich«, sagt Herr Mareczek. »Na, wann fahren wir denn jetzt Krebse fangen?«

»Ich will nicht, daß du Krebse fangen fährst«, antwortet Frau Mareczek.

»Und warum nicht?« fragt Herr Mareczek.

»Weil du mir dabei ertrinken kannst«, antwortet Frau Mareczek. »Denk dran, daß du ein Kind hast. Heute bist du wieder mitten im See geschwommen.«

»Ich versichere Ihnen, liebe Frau Eva, daß Herr Mareczek nicht ertrinken wird«, sagt Herr Gienio. »Wir fangen sie im Kanal zwischen Muliczny und Długi, und da geht das Wasser nur bis zu den Knien.«

»Um wieviel Uhr denn?«

»Wir fahren los, wenn es dunkel wird«, sagt Herr Gienio. »Aber ziehen Sie Gummistiefel an, denn das Boot hat ein Leck.« Dabei geht er zum Ufer, um zu prüfen, wieviel Wasser sich in dem Boot angesammelt hat, das mit einer rostigen Kette an dem Baumstumpf befestigt ist, der aus dem Wasser ragt, und ob man es am Abend wird verwenden können.

»Verstehst du, worauf diese Stärke beruht, die Singer hat?« fragt Herr Mareczek. »Ich nämlich nicht.«

»Wenn die Juden nach allem, was ihnen in unserem Jahrhundert zugestoßen ist«, sagt Frau Mareczek, »der Welt nicht einen großen Schriftsteller gegeben hätten, dann wäre das wahrhaftig sehr merkwürdig. Aber jetzt erzähl mir nichts mehr, denn das ist ein schrecklich interessantes Buch, diese ›Shosha‹.«

»Wenn die Juden nach allem, was sie erlebt haben, der Welt keinen einzigen großen Schriftsteller gegeben hätten«, sagt Herr Mareczek, während er das erloschene, wütende Auge des großen Hechts anstarrt, »dann wäre überhaupt nichts Merkwürdiges dabei. Ein so schrecklich gequältes, ein so dezimiertes Volk könnte auch, ja müßte sogar seine ganze geistige Kraft ausschließlich darauf richten auszuhalten, zu überleben. Und zu mehr könnte es dann gar keine Kraft mehr übrig haben. Und wenn es trotz allem in diesem schrecklichen Jahrhundert, in dieser furchtbaren Situation, der es ausgesetzt war, noch geschafft hat, große Schriftsteller, große Künstler, große Denker hervorzubringen, wenn es noch solche geistigen Reserven hatte, die ihm das möglich machten, dann ist dies ein Zeugnis dafür, daß die Kraft unseres älteren Bruders Israel wirklich unermeßlich ist und daß wir weiterhin von ihm außergewöhnliche Taten, außergewöhnliche Leistungen erwarten können. Singers Stärke, Singers Größe« – und Herr Mareczek hält Singer für den größten, ja vielleicht für den einzigen lesenswerten Prosaschriftsteller der zweiten Hälfte des Jahrhunderts –, »Singers Größe also beruht selbstverständlich darauf, daß er Zeugnis abgelegt hat. Aber nicht nur und nicht vorwiegend darauf. Es genügt nicht, einfach nur Zeugnis abzulegen; wer Zeuge ist, muß auch noch andere Bedingungen erfüllen, damit seine Zeitgenossen Gebrauch von ihm machen können. Zeugen hat es in unserem Jahrhundert viele gegeben, auch polnische Schriftsteller jüdischer Herkunft haben Zeugnis abgelegt, aber keinem von ihnen ist es gelungen, das zu erreichen, was Singer erreicht hat, es hat nicht einmal einer versucht, so etwas zu erreichen. Singers Stärke liegt auch nicht – oder nicht allein – darin, daß er sich ein für unser Jahrhundert sehr ungewöhnliches Ziel gesetzt hat, er hatte ein erzählerisches Programm und hat beschlossen, eine bestimmte geschlossene Ganzheit darzustellen, nämlich die Geschichte der polnischen und amerikanischen Juden, ihre

Bräuche, ihre Mythen, ihre Glaubensweisen. Die Geschichte, die Bräuche sind wichtig in dieser Prosa, sie sind ihre wesentlichen Elemente, aber ihre Stärke liegt nicht in der Beschreibung der Bräuche. Wenn Singer ein Schriftsteller vergangener Bräuche wäre, ein Epiker, der darstellt, was verschwunden ist, dann würden ihn vermutlich nur die lesen, die sich für die jüdische Vergangenheit, für jüdische Bräuche interessieren.« Man hat den Eindruck, denkt Herr Mareczek, daß sich heute, wo fast alle polnischen Juden im Scheol, in Israel oder in Amerika sind, sehr viele Polen, und das ist nicht verwunderlich, ungewöhnlich stark dafür interessieren, wie das Leben in Janów, Radzymin oder Frampol früher, im 17. oder 19. Jahrhundert, ausgesehen hat. Aber Singer liest man ja nicht bloß, um etwas über das jüdische Leben in den Schtetl in Galizien oder dem östlichen Grenzland zu erfahren. Warum also wird er gelesen, worin liegt seine sonderbare Stärke? Singer schreibt, als habe es keinen Proust, Joyce, Faulkner und Beckett vor ihm gegeben. Als hätte es keinen einzigen avantgardistischen Prosaisten im 20. Jahrhundert gegeben. Als hätte er von den Problemen, die sie mit dem Erzähler, der Fabel, der Zeit und der Sprache haben, nie etwas gehört und gewußt. Als hätte er nie etwas vom Ende, vom Tod des Romans gehört, als hätte ihn die Kunde davon nie ereilt. Denn er schreibt so, wie man im 19. Jahrhundert schrieb, so wie in Polen damals Eliza Orzeszkowa und Bolesław Prus schrieben. Er erzählt eine Fabel und ist bestrebt, daß man ihm glaubt, daß das, was er erzählt, sich wirklich zugetragen hat und daß es interessant erzählt ist. Prus' Name wird in einem seiner Bücher erwähnt – in »Shosha« glaube ich –, und es scheint, daß dieser Schriftsteller, der uns so teuer ist, einer von Singers Vorbildern war. Aber wenn Singer so wie Prus und nur so wie Prus geschrieben hätte, dann wäre er bloß ein jüdischer Prus geworden, ein Sittenmaler des 19. Jahrhunderts, vielleicht ähnlich wie Prus mit einer Neigung zu metaphysischen Überlegungen, der für die Leser in der zweiten Hälfte des 20. Jahrhunderts nicht besonders interessant wäre. Singer kehrte zwar zu einem Romanvorbild des neunzehnten Jahrhunderts zurück und erneuerte die Methoden der Fabelgestaltung und die Art und Weise der Sittendarstellung dieses Jahrhunderts, aber er füllte diese Form nicht – oder eher gesagt: nur zum Teil – mit einer aus dem neunzehnten Jahrhundert übernommenen Problematik des menschlichen Schicksals. Diese Problematik ist in den Fragen enthalten, die Singer seinen Gestalten stellt, in den Fragen, die sich diese Gestalten selbst stellen, in den Fragen, die ihnen – und uns auch – das Leben stellt. Indem er zu einer bereits verworfenen Schreibweise zurückgekehrt ist, ist Singer auch zu diesen Fragen, die er stellt, gleichsam zurückgekehrt: fragt er doch nach Dingen, nach denen die Literatur schon früher einmal gefragt und dann aufgehört hat zu fragen. Und aufgehört hat sie, weil sie sich dieser Fragen schämte, weil sie zu irgendeinem Zeitpunkt plötzlich zu naiv, zu einfach, ja vielleicht sogar sinnlos erschienen. Indem er alle Erfahrungen der Prosa des zwanzigsten Jahrhunderts als null und nichtig betrachtete – obwohl diese Behauptung wohl nicht ganz der Wahrheit entspricht, denkt Herr Mareczek, denn er hat zweifellos bei Thomas Mann gelernt –, verwarf Singer dann auch die Erfahrung, der zufolge man die Fragen nicht mehr stellen darf, die schon einmal gestellt worden sind und auf die man keine Antwort bekommen hat, weil es keine Antworten dafür gibt und geben kann. Wonach fragt Singer, welche Fragen quälen seine Helden, was möchten sie gerne wissen, diese Händler und Bettler von der Gęsia- oder der Żelaznastraße, die Jeschiweschüler aus Radzyn oder Zamość, diese von Dämonen besessenen polnischen Gutsbesitzer und die jüdischen Intellektuellen aus der Cafeteria am East Broadway? Sie wüßten gern, ob Gott existiert, ob Gott den Menschen für etwas braucht, ob die Erde dem Satan untertan ist, ob das Leben hier auf der Erde Strafe oder Belohnung ist, ob es überhaupt irgendeinen Sinn hat. Große Fragen. Und gleichzeitig auch irgendwie naiv, kindlich oder eher jugendlich, eben Fragen, die zu stellen sich die Schriftsteller des 20. Jahrhunderts genieren. Aber das sind die Fragen, die die Menschen sich selbst stellen, sagt Singer. Daß es keine Antwort darauf gibt? Was macht das schon, denkt Herr Mareczek, heißt das denn, daß wir sie uns nicht mehr stellen dürfen, daß wir nicht mehr darüber nachdenken dürfen, warum wir hier sind und was danach aus uns wird, wenn wir uns entweder in der jüdischen Scheol oder in der christlichen Hölle wiederfinden? Wer Singer liest, hat also einen doppelten Nutzen: Erstens erfährt er etwas über das Leben anderer Menschen, und das ist – wenn es im Stil des neunzehnten Jahrhunderts erzählt wird – sehr interessant. Zweitens erfährt er – er wird daran erinnert –, daß es ein metaphysisches Sein gibt und daß er auf die Fragen, die daraus entstehen, selbst seine eigene Antwort finden muß, was natürlich unmöglich ist, aber man muß sich dennoch darum bemühen. Ist es das, ausgerechnet das – also die Fähigkeit, interessant zu erzählen, und die Fähigkeit, aus der Fabel solche metaphysischen Fragen abzuleiten –, worin Singers Stärke besteht? Sicher noch in etwas anderem, beschließt Herr Mareczek, in etwas, was man schwer benennen kann, was es eben auch bei Prus gibt, aber sich bei Singer anders äußert und was sich als Gefühl oder Mitgefühl definieren ließe, denn ich fühle, wie er uns alle, die Jeschiweschüler, die besessenen polnischen Grafen, die jüdischen Schuster, Pächter und Totengräber und auch mich, Herrn Mareczek, alle mit seinem großen Mitgefühl umgibt, ich fühle, daß ihn mein Schicksal, meine menschliche Bedingtheit, meine geistige Unzulänglichkeit rührt und entsetzt, und ich bin ihm dafür dankbar, ich weiß, daß Sie schon sehr alt sind und sich wohl nicht mehr besonders für das interessieren, was auf polnisch geschrieben wird, deshalb erreichen meine Worte Sie sicher nicht, aber ich würde trotzdem gerne meine Dankbarkeit irgendwie zum Ausdruck bringen, ich möchte gerne, daß Sie wissen oder auch nur fühlen – ich glaube, daß es mit Hilfe der Bündelung und Konzentration aller geistigen Kräfte möglich sein wird, Ihnen diese meine Botschaft nach New York zu übermitteln – ich hätte also gerne, daß Sie spüren, daß ich Ihnen, Herr Isaak, für das, was Sie für uns geschrieben haben, dankbar bin.

»Sieh mal, wie gut er auf diesem Bild aussieht«, sagt Frau Mareczek und zeigt Herrn Mareczek das Foto von Isaak Bashevis Singer auf dem Umschlag von »Shosha«. Singer, sehr elegant in einen dunklen Anzug gekleidet, mit dunkler Krawatte und weißem Hemd, die Manschetten mit großen Manschettenknöpfen aus Metall, vielleicht aus Silber, zusammengehalten, schreibt auf diesem Foto mit einem Füllfederhalter, der – wie Frau Mareczek meint – bestimmt eine Goldfeder hat, etwas auf ein Stück Papier, und das alles, dieser Anzug, diese Manschettenknöpfe, die Feder legen Zeugnis ab von seiner sonderbaren Verbundenheit mit dem neunzehnten Jahrhundert, denn welcher Schriftsteller in der zweiten Hälfte unseres Jahrhunderts ließe sich denn in einem dunklen Anzug und Krawatte fotografieren, und wer schreibt heute mit einem Füllfederhalter mit Goldfeder?

»Findest du nicht auch«, fragt Frau Mareczek, »daß er Antoni Słonimski etwas ähnlich sieht?«

»Ach was«, sagt Herr Mareczek. »Antoni hatte etwas Ironisches im Gesicht. Als wäre etwas in ihm, das unaufhörlich, aber ganz leise kicherte. Und er hier ist so sorgenvoll. Und wohl etwas traurig.«

»Er ist bestimmt sehr nett«, sagt Frau Mareczkowa. »Aber uns mag er bestimmt nicht.«

»Warum soll er uns nicht mögen?« fragt Herr Mareczek.

»Weil er uns für Antisemiten hält.«

»Und warum sollte er uns für Antisemiten halten?«

»Alle halten uns doch für Antisemiten.«

»Kommt dir dieses dauernde Gerede von unserem Antisemitismus nicht verdächtig vor?« fragt Herr Mareczek. »Achtundsechzig hat das doch wohl endgültig alles aufgeklärt. Und wenn einer das immer noch nicht versteht oder nicht verstehen will, dann ist er entweder ein Idiot oder böswillig. Sicher, früher hat es hier eine Menge Antisemiten gegeben. Aber wo nicht? Und wenn es in einem Land, in dem es fast gar keine Juden mehr gibt, in dem man ebensooft einen Juden auf der Straße sieht wie einen Inder oder Schwarzen, wenn es trotzdem in einem solchen Land weiterhin das Problem des Antisemitismus gibt und wenn weiterhin in ganz Europa darüber geredet wird, daß hier ein solches Problem existiert, dann dürfte doch wohl klar sein, daß das künstlich angefacht und künstlich am Leben erhalten wird, in einem Wort: daß es manipuliert wird. Irgendwem ist daran gelegen, daß wir Antisemiten sind, und da wir, selbst wenn wir es wollten, keine Antisemiten mehr sein können, ist dieser jemand darum bemüht, daß wir mindestens als Antisemiten gelten, daß die ganze Welt uns für ein Volk widerwärtiger Antisemiten hält. Irgendwer will uns ein Problem bereiten und will auch, daß dieses Problem, das wir haben – unser großes Problem eben –, der Welt wohlbekannt ist. Vielleicht zu dem Zweck, daß uns, da wir nun einmal ein Problem mit dem Antisemitismus haben, keine Zeit mehr bleibt, uns mit unseren wahren Problemen zu beschäftigen, und die Welt, die uns für Antisemiten hält, nichts von unseren wahren Problemen wissen will? Antisemitismus ist etwas Abscheuliches. Aber diese Manipulation eines Antisemitismusproblems, die ihrerseits auch wieder antisemitisch ist, ist noch abscheulicher.«

»Wenn es tatsächlich manipuliert ist«, sagt Frau Mareczek, »dann muß man zugeben, daß es äußerst geschickt gemacht ist, denn es zeitigt ja seine Wirkung, und wir gelten als ein Volk von Antisemiten.«

»Sollen sich diese verdammten Europäer, die uns für Antisemiten halten, lieber mit ihren eigenen verdammten Antisemiten beschäftigen«, sagt Herr Mareczek. »Das ist natürlich nicht angenehm, daß sie eine solche Meinung von uns haben«, setzt er nach einer Weile hinzu, »aber was soll man machen. Wir können ja nicht gut in die ganze Welt hinaus schreien: Hört her, wir sind keine Antisemiten mehr, denn das wäre ebenso dumm wie unwürdig. Aber daß so ein alter weiser Jude wie Singer, wenn er auch nur ein bißchen über unsere Lage weiß, uns für Antisemiten halten sollte, das kann ich nicht glauben. Ein alter weiser Jude, das ist jemand, der so weise ist, daß ich gerne Jude wäre, um so weise sein zu können.«

»Das hast du gesagt wie ein alter weiser Jude«, sagt Frau Mareczek.

»Du weißt, daß ich die Juden manchmal beneide«, sagt Herr Mareczek. »Ihnen sind in diesem Jahrhundert unbeschreiblich entsetzliche Dinge geschehen, aber es ist ihnen auch etwas absolut Wunderbares widerfahren: sie haben ihr Land wiederbekommen, nach Jahrhunderten der Vertreibung sind sie ins gelobte Land zurückgekehrt und sind jetzt wieder wie zur Zeit der Propheten in ihrer Heimat, in ihrem Jerusalem. So etwas ist wohl noch nie einem Volk widerfahren. Stell dir vor, du wärest eine Jüdin und kehrtest in die Stadt zurück, in der vor zwei Jahrtausenden deine Vorfahren gelebt haben. Aber es gibt keine Möglichkeit, sich das vorzustellen, wie man so etwas erlebt, ein solches Wunder. Und dieser Gedanke: ein ganzes Volk kehrt zurück, einem ganzen Volk ist es gegeben, diese Erfahrung zu machen. Ich wüßte gern, wie sie damit zurechtkommen, die Juden dort. Ich würde das gerne sehen. Kann man denn in der Atmosphäre des Wundersamen normal leben, unter der Last des Wunders essen, trinken, handeln und miteinander schlafen? Und doch essen, trinken, handeln sie und schlafen miteinander. Es ist gut, Jude zu sein. Und vor allem ist es schrecklich interessant, Jude zu sein. Aber es ist auch schrecklich, Jude zu sein, denn sie sind Gott sehr nah, bestimmt näher als wir, vielleicht zu nah.

Jeder, der dort drüben, in Haifa oder Tel Aviv, etwas tut, sei es, daß er ein Buch schreibt, sei es, daß er auf dem Markt Fische verkauft, muß doch den Blick Gottes auf sich spüren, der aus nicht allzugroßer Höhe die Hand betrachtet, die den Geldschein oder den Füller hält. Daher kommt bestimmt diese Stärke Singers, daß er so schreibt und fühlt, als ob Gott, dessen Existenz er ja übrigens bezweifelt, dauernd und mit großer Neugier auf sein Blatt Papier und auf diesen Füllfederhalter mit der Goldfeder schaute.«
»Dann schreib du doch auch so, als schaute er auf deinen Kugelschreiber. Denn wenn er existiert, dann schaut er doch auch hin.«
»Hier geht es nicht darum, ob Er schaut oder nicht«, sagt Herr Mareczek, »sondern um unser, um mein Empfinden. Sie sind das auserwählte Volk, also müssen sie fühlen und fühlen bestimmt auch, daß sie sehr nah, wir dagegen fern sind, vielleicht immer ferner.«

Nach Sonnenuntergang, als es schon langsam anfängt, dunkel zu werden, und der erste Stern über den Kiefern am anderen Ufer des Sees erscheint, fahren sie hinaus. Sie sind zu dritt, Herr Gienio, Herr Mareczek und Herr Rysio, der am besten weiß, wo man Krebse finden kann, weil er seine Kindheit und Jugend an diesem See verbracht hat. Sie haben dicke Pullover und Öljacken an, denn die Nächte sind schon kalt, und sie wollen bis zum Morgen Krebse fangen. Das Boot hat ein Leck, und Herr Mareczek schöpft mit einem gelben Plastikeimer das Wasser hinaus. Als sie die Mitte des Sees erreichen, wird es vollständig dunkel, in diesem Dunkel sieht man kein Ufer mehr, und die Richtung zeigen ihnen nur die Feuer an, die die Touristen auf den Landzungen angezündet haben.
Wie schön, so in der Dunkelheit unter den Sternen dahinzutreiben, denkt Herr Mareczek. Wenn die Lichter in den Fenstern der Behausungen am See schon erloschen sind und

nur noch die verglimmenden Feuer am Ufer leuchten, da, wo die Flößstelle ist, ja und dort, wo die Stegbrücke ist. Wer in einer solchen Dunkelheit, in diesen Nachtnebel treibt, der über dem See steht, der treibt gleichsam hinaus aus seiner Zeit, ja aus jeglicher Zeit, und rudert, indem er die unsichtbare Grenze überquert, die vielleicht in ihm, vielleicht aber auch irgendwo auf dem See ist, durch den ewigen Augenblick, das ewige Jetzt, und kann sich, während er so rudert, vorstellen, daß er ein anderer ist, einer, der vor hundert, vor zweihundert, ja vor tausend Jahren in dieser Dunkelheit gefahren ist, ein litauischer Fischer, der sich zum nächtlichen Fang aufmacht, oder ein jadwingischer Krieger, der am See patrouilliert, an dessen Ufer, wie unserem Fürst zu Ohren gekommen ist, Reiter eines fremden Stammes mit eisernen Schwertern und in eisernen Rüstungen aufgetaucht sind. Das Plätschern des Wassers, wenn die Ruderblätter hineintauchen, klingt so wie vor tausend Jahren, und die Ruder quietschen in den Dollen wie vor tausend Jahren, immer der gleiche Klang, und Herr Mareczek, der jadwingische Krieger in ledernen Fußlappen und einer Fellkapuze, versucht mit den Augen die Dunkelheit über dem Ufer zu durchdringen, versucht, zwischen den schwarzen Kiefern und Fichten diese fremden Reiter in eisernen Panzern zu erspähen, deren plötzliches Erscheinen – wie gut er das weiß! – eine tödliche Bedrohung für seinen Stamm, für sein Kind und seine Frau bedeuten, die ruhig in ihrer Hütte an der Schwarzen Hancza schlafen und nicht wissen, daß der Tod so nah ist. Die Jadwinger – Herr Mareczek ruft sich in Erinnerung, was er in dem Reiseführer »Das Augustower Dickicht«, 1980 in Warschau erschienen, gelesen hat – wurden gegen Ende des 13. Jahrhunderts endgültig ausgerottet, und das Gebiet, das sie bewohnt hatten, wurde allmählich von Dickicht überwuchert. Im Jahre 1422 wurde das Land der Jadwinger zwischen den Litauern und den Kreuzrittern aufgeteilt, aber weder die einen noch die anderen hatten vor, sich dort niederzulassen, und sie machten aus dem Dickicht ein unbewohntes Niemandsland, einen strategischen Gürtel, der das Großfürstentum Litauen von den Gebieten trennen sollte, die der Orden beherrschte. Die ersten menschlichen Ansiedlungen entstanden erst wieder gegen Ende des 16. Jahrhunderts im Przełomsk- und Perstunskdickicht – denn so hieß damals das Augustower Dikicht – an den Ufern der Schwarzen Hancza, Marycha und Rospuda, dreihundert Jahre lang also hatte niemand dieses Land bewohnt, über den Wald herrschte König Bär, über den See König Biber. Herr Mareczek ist jetzt der letzte Jadwinger, dem es gelungen ist, den Ansturm der fremden Reiter zu überleben, und der sich, nachdem die Hütten und das Fürstenschloß aus Eichenbalken abgebrannt und seine Stammesbrüder in Eisenketten gelegt und ans Ufer der Ostsee getrieben worden sind, in die Tiefe des Dickichts verzogen und in einem vom Blitz gespaltenen hundertjährigen Ahorn Unterschlupf gefunden hat. Er lebt jetzt – in diesem ewigen Augenblick, der nicht vergeht – an diesem See, ernährt sich von Walderdbeeren und Pilzen, hat seit Jahren keinen Menschen mehr gesehen, und seine Freunde sind der Bär und der Fuchs. Aber kann man sich, kann ich mir denn – denkt der letzte Jadwinger, während er mit dem gelben Plastikeimer das Wasser vom Boden des Boots schöpft – die Verzweiflung dieses letzten Jadwingers vorstellen, als er begriffen hat, daß er allein ist, daß er nirgendwo sonst hingehen kann, daß nie mehr ein Mensch in der Sprache seines Stammes zu ihm sprechen wird, daß er den Rest seines Lebens unter Füchsen, Auerhähnen und Bären verbringen und schließlich in einer mit Moos ausgelegten Baumhöhle sterben wird? Ein schreckliches Gefühl von Fremdheit muß dieser letzte Jadwinger empfunden haben, von Fremdheit seines Lebens in diesem Dickicht, ein schreckliches Gefühl von Alleinsein, von Verlassenheit. Das Schicksal der letzten Jadwinger, die geheimnisvolle und eigentlich völlig grundlose Ahnung, daß dieses Schicksal auch sein Schicksal ist oder, wenn es auch nicht damit identisch ist, so doch ein Schicksal ist, das dem seinen ähnelt, wenngleich niemand weiß, warum, und das aus dieser erahnten Gemeinsamkeit der Schicksale erwachsende Gefühl von Verpflichtung, das er dem ausgerotteten Stamm gegenüber empfindet, das alles fügt sich bei Herrn Mareczek zu einem Gedicht, das er am folgenden Tag schreibt:

Gedicht für den Stamm der Jadwinger,
verfaßt an ihrem See.

O jadwingische Fürsten, was ist es, das blieb:
Zwei bronzene Spangen, das ist nicht viel.

Zu wenig sagt uns dieser brüchige Topf,
Wo blieb eure Stärke, wo blieb euer Stolz?

Die Krone aus Holz ließ der König im Hain,
Das Szepter wird aus Eiche gewesen sein.

Im spiegelnden See die Königin schwamm,
Als die heilige Schlange sich um sie wand.

Der Königssohn saß am Ufer betrübt,
Litauer oder Bären haben ihn entführt.

Eure Geschichte, in Birkenrinde geritzt,
Ist die der Muschel, die tief im Wasser sitzt.

Die der Krebse unter der Wurzel im See,
Wie leicht ist ein Volk vergessen, verweht!

Jadwingische Fürsten, was fangt ihr jetzt an,
Polnisch spricht man im Sejner Land.

Litauisch spricht man in Kalwaria,
Wo der Traktor brummt um das Hügelgrab.

Ich denke an euch, also seid ihr noch,
Doch wo suche ich euch, an welch heiligem Ort?

Im Winter, vielleicht im Flockengewirr,
Klopft ihr nachts an des polnischen Nachbarn Tür.

Vielleicht habt ihr tief unter Islands Meer
In heimlichen Häfen die Anker gelegt.

Was ist eure Geschichte, was ist ihr Sinn,
Unterm Moos gehn tief wirre Wurzeln hin,

Überm See liegt Dunst, steht der Mond so weiß,
Wir schlummern im Hain, von Geschichte gestreift.

Eine Stunde später erreichen sie die Stegbrücke, dort ist das Wasser seicht, und sie müssen aus dem Boot steigen, um es über den steinigen Grund zu schieben. Nicht weit von der Stegbrücke stehen Zelte, und Herr Mareczek fragt sich, ob die darin Schlafenden die gleichen Träume haben wie die letzten Jadwinger. Vermutlich nicht. Dann fahren sie in den Kanal zwischen dem Długi und dem Muliczny, und Herr Gienio zieht die Ruder ein. Sie treiben jetzt direkt am Ufer entlang und stoßen sich mit den Händen an den trockenen oder morschen Baumstümpfen ab, die aus dem Wasser ragen, und leuchten mit ihren drei Taschenlampen auf den schlammigen Grund des Kanals.
»Meinen Sie, hier gibt es Krebse?« fragt Herr Mareczek.
» Es sollten welche da sein«, antwortet Herr Gienio. »Früher hat man sie hier zu Hunderten gefangen. Dann sind sie ausgerottet worden, aber jetzt kommen sie langsam wieder.«
»Und wie fangen wir die Krebse?«

»Mit der Hand«, sagt Herr Gienio. »Früher hat man sie mit solchen kleinen Spießchen gefangen, die aus einer Zweiggabel geschnitzt wurden. Aber mit den Händen geht es auch. Ziehen Sie nur Handschuhe an, damit Sie der Krebs nicht mit seinen Scheren kneift. Und denken Sie daran, daß sie sich gern in den Sand wühlen. Sie kriechen rückwärts in den Sand, man muß sie also von hinten packen.«
Die Nacht ist dunkel, und wenn sie die Lampen ausknipsen, sieht man nicht einmal mehr die Erlen, die am Kanal wachsen. Irgendwo in der Nähe, am anderen Ufer des Mulicznysees, wo die Touristen ihre Zelte aufschlagen, spielt jemand Flöte.
»Wozu spielt er mitten in der Nacht?« überlegt Herr Gienio.
»Oh, da war gerade eine Sternschnuppe«, sagt Herr Rysio.
»In dem Augenblick muß man sich etwas wünschen, und das erfüllt sich dann«, sagt Herr Gienio. »Haben Sie sich etwas gewünscht?«
»Ja«, sagte Herr Mareczek.
»Was?«
»Daß es die ›Solidarität‹ wieder gibt.«
»Die ›Solidarität‹, die wird es nie wieder geben«, sagt Herr Gienio. »Der Rote hat eine solche Begabung zu zerstören; wenn er sich einmal vorgenommen hat, etwas zu zerstören, bleibt nichts mehr davon übrig. Und außerdem war unsere ›Solidarität‹ ehrlich gesagt ziemlich entsetzlich.«
»Wieso entsetzlich?« fragt Herr Rysio.
»Einfach entsetzlich. All die Klugscheißer, die da beigetreten sind, all diese Karrierehengste. Es war ja nicht so, daß nur die besten und die edelsten beigetreten sind. Ja, und diese Klugscheißer und Karrierehengste, die haben alles an sich gerissen. Wissen Sie noch, wie die echten Polen in der Gebietsvertretung Masowien mit Kurońs oder Bujaks Leuten gekämpft haben? Sie müssen doch zugeben, daß das kein angenehmer Anblick war.«
»Vielleicht war es nicht angenehm«, sagt Herr Rysio. »Aber

ich sehe nichts Nachteiliges darin, daß in solch einer Organisation um die Plätze in der Leitung, um die Macht gekämpft wird. Wissen Sie noch, wie das in der Halle von Oliva beim ersten Kongreß war? Die einen wollten, daß Wałęsa die Leitung übernahm, die anderen wollten lieber Gwiazda. Und was war denn Schlimmes daran? Das waren demokratische Wahlen, wie wir sie in diesem Land seit Jahren nicht mehr gehabt haben.«

»Aber es haben sich trotzdem schrecklich viele Karrieristen hereingedrängt«, beharrt Herr Gienio.

»Es wäre ja auch sonderbar, wenn sich in eine so große Bewegung wie die ›Solidarität‹ nicht auch einzelne verdächtige Karrieristen eingeschlichen hätten«, sagt Herr Rysio. »Jede gesellschaftliche Bewegung, die den Menschen etwas verspricht, die ihnen Hoffnungen macht, muß doch auch solche anziehen, die nur ihren eigenen Nutzen im Auge haben. Was mich wundert, ist eher die Naivität unserer Karrieristen, die meinten, diese Gewerkschaft habe irgendeinen geschäftlichen Nutzen. Was haben sie sich vorgestellt? Daß es die ›Solidarität‹ ewig geben würde? Daß die Roten sie nicht zerschlagen würden? Man muß schon naiv wie ein Kind gewesen sein, um so etwas zu glauben.«

»Alle haben wir daran geglaubt, daß es gelingt«, sagt Herr Mareczek. »Zumindest ich habe daran geglaubt. Obwohl mir der Verstand gesagt hat, daß es nicht gelingen kann, weil die Roten noch nie mit einem die Macht geteilt haben und auch nie teilen werden. Und doch habe ich geglaubt, daß ein Wunder geschieht, daß wir sie durch irgendein Wunder zu Zugeständnissen zwingen können und daß sie uns endlich, auch wenn sie noch weiter über uns regieren, so leben lassen, wie wir es wollen.«

»Verzeihen Sie mir, Herr Mareczek, » sagt Herr Gienio, »aber so etwas zu glauben war dumm. Und ihr naiver Glaube hat mit dazu beigetragen, daß die ›Solidarität‹ vernichtet worden ist. Es war doch vorauszusehen, was sie tun würden.

Und die Landeskommission hatte die Verpflichtung, das vorauszusehen, denn dazu haben wir sie gewählt.«
»Aber selbst wenn wir vorausgesehen hätten, daß es so kommen würde, wie es gekommen ist«, sagt Herr Rysio, »wenn wir vorausgesehen hätten, daß sie Panzer gegen uns einsetzen, was hätte das genützt? Hätten sie ihre Panzer dann nicht geschickt? Die ›Solidarität‹ mußte vernichtet werden, und zwar ohne Rücksicht darauf, was sie getan und wie sie sich benommen hat.«
»Wir hätten politisieren müssen«, sagt Herr Gienio. »Und die Landeskommission hätte uns vor dem warnen müssen, was auf uns zukommt.«
»Hat sie uns etwa nicht gewarnt?« fragt Herr Mareczek. »Und die Politisiererei hätte auch keinen Zweck gehabt. Wałęsa hat ja auch politisiert. Und selbst wenn er auf die Knie gefallen wäre und um Erbarmen gebeten hätte, er hätte damit auch nichts gewonnen. Was wir uns endlich offen eingestehen müssen, ist, daß die ›Solidarität‹ von Anfang an keine realistischen Chancen hatte. Denn diese Herrschaft läßt die Existenz einer Institution oder Organisation, die nicht ihrer Kontrolle unterliegt, nicht zu. Und von ihrem Gesichtspunkt aus hat sie natürlich recht, denn das ist eine Herrschaft nach dem Entweder–Oder Prinzip: entweder sie kontrolliert alles, oder sie kontrolliert nichts.«
»Aber wir haben doch immerhin diese sechzehn Monate gehabt«, sagt Herr Gienio. Und plötzlich, während er nach einem Zweig am Ufer greift, um damit die langsame Bewegung des Bootes zu stoppen, ruft er: »Packen Sie ihn, Herr Rysio, da ist er, unter der Wurzel.«
Der graugelbe Krebs liegt in dem graugelben Schlamm am Grund des Kanals, und es sieht aus, als schlafe er, aber er schläft natürlich nicht, sondern wartet auf Beute. Herr Rysio taucht die Hand in einem alten Lederhandschuh in das seichte Wasser, nach einer Weile zieht er den Krebs – zusammen mit einem Knäuel Wasserpflanzen und Zweigen – heraus

und wirft ihn in den Eimer mit Wasser, der im Boot steht. Herr Mareczek beugt sich über den Eimer und sieht, daß der Krebs jetzt seine Farbe verändert hat, daß er nicht mehr graugelb, sondern graugrün ist, mit einem Anflug von Stahlgrau. Eine Zeitlang wirft er sich im Wasser hin und her und versucht, an der Emailwand des Eimers hochzuklettern, aber dann gibt er es auf und läßt sich auf den Boden fallen, wo er langsam seinen Bart bewegt.

»Dieser Krebs«, sagt Herr Gienio, »der ist irgendwie ziemlich klein.«

»Es ist eben ein Krebskind«, sagt Herr Rysio. »Aber dennoch ein Krebs.«

»Wir können ihn ja wieder freilassen«, schlägt Herr Mareczek vor. »Damit er heranwachsen kann.«

»Wir amnestieren ihn, wenn wir mehr gefangen haben«, sagt Herr Gienio. »Vorläufig kann er da im Eimer schwimmen.«

»Um noch mal auf die ›Solidarität‹ zurückzukommen«, sagt Herr Mareczek. » Man muß ja zugeben, daß sie viele, auch schlimme Fehler begangen hat, daß sie vorsichtiger oder umsichtiger hätte handeln müssen, daß sie die Macht und die Tücke der Roten unterschätzt und vor allem nicht erkannt hat, daß sie in die Ecke gedrängt wurden und dadurch nichts mehr zu verlieren hatten. Aber ob all diese Fehler ihr Schicksal entschieden haben? Ich bezweifle es sehr.«

»Wenn wir klüger gewesen wären«, sagt Herr Gienio, »dann hätte es nicht nur sechzehn Monate gedauert, sondern drei oder vier Jahre. Und dann, nach drei, vier Jahren hätte sich vielleicht alles anders, besser arrangieren lassen.«

Aber versuchen wir doch mal, die Sache von einem anderen Blickwinkel aus zu betrachten, denkt Herr Mareczek. Nämlich von dem Blickwinkel, den wir nur mit großer Mühe einnehmen können, aber von dem aus man all das, was wir durchmachen mußten, und also auch die »Solidarität« in hundert oder zweihundert Jahren wird betrachten können. Aus dem Blickwinkel, den irgendwann einmal unsere Ururenkel haben werden, stellt sich die »Solidarität« vielleicht als ein Werk Gottes dar – was sie vielleicht auch war –, ein Geschenk, das Gott den Polen gemacht hat, um ihnen nach Jahren des Unglücks und der Verzweiflung Trost zu geben. Denn daß die Erfahrungen dieser sechzehn Monate uns in gewisser Weise getröstet haben, daß sie uns geistig und moralisch aufgerüstet und uns vor allem das Gefühl gegeben haben, daß es gar nicht so schlimm um uns steht, daß wir doch noch etwas wert sind und der Welt und vor allem Polen noch etwas nützen können, das ist ja wohl ganz offensichtlich. Aber wenn uns die Erfahrungen dieser sechzehn Monate so gestärkt und gefestigt haben, dann werden sie selbstverständlich auch weiterhin einen stärkenden Einfluß auf uns haben, denn die Erinnerung an unseren großen geistigen Erfolg, die wird bestehen bleiben und wird uns noch viele Jahrzehnte lang geistig aufrichten und stützen. Vielleicht also wollte Gott uns trösten, uns in unserem Unglück und unserem Leiden stärken? Und wenn das so wäre, dann muß man zugeben, daß dieses Geschenk Gottes völlig unverdient war. Uns ist dieses große Geschenk in Gestalt dieser Tröstung zuteil geworden, obwohl wir eine große Sünde begangen haben. Vieleicht ist uns dieses Geschenk gerade deshalb zuteil geworden? Die Gnade trifft ja oft und unerwartet die großen Sünder. Worin bestand unsere Sünde? Vieles deutet darauf hin, daß die Polen irgendwann in der Mitte der siebziger Jahre, also unter der Regierung des mildtätigen Gierek – aber vielleicht auch schon früher, vielleicht schon in den sechziger Jahren –, von etwas erfaßt wurden, das man als Selbstmördermanie bezeichnen kann. Sie kamen zu der Einsicht – und wenn ich von den Polen rede, dann denke ich hier an den Volksgeist oder an das Volksbewußtsein, wenn so etwas existiert –, daß es sich nicht lohnte, sich weiter zu quälen, weil sie sich schon so lange, schon zu lange, mindestens seit 1939 quälten und weil gar nichts darauf hindeutete, daß ihre Qual irgendwann einmal ein Ende nehmen würde. Es ist nicht sicher, ob es sich lohnt zu leben, wenn das Leben nur aus Niederlagen und Erniedrigungen besteht. Es ist auch nicht sicher, ob es sich lohnt, ohne Freiheit, ohne Würde und ohne die Hoffnung darauf zu leben, irgendwann einmal Freiheit und Würde zu erlangen. Kann ein Volk sterben wollen? Kann ein Volksgeist Selbstmord begehen? Die Polen haben zu einem bestimmten Zeitpunkt angefangen, sich wie ein Mensch zu benehmen, der sich, nachdem er allzulange gequält worden ist, hinlegt und sagt: ich hab jetzt genug, mag passieren, was will, mir ist jetzt alles egal, und es geht mich nichts mehr an, was mit mir geschieht. Zeugnisse für die selbstmörderischen Vorsätze des polnischen Geistes lassen sich heute leicht finden, wenn man den Zustand der polnischen Wirtschaft, der polnischen Kultur, der polnischen Wissenschaft betrachtet, den Zustand, in dem sich die ganze polnische Zivilisation befindet. Es lohnt sich natürlich nicht zu zivilisieren, wenn alle zivilisatorischen Anstrengungen aus irgendeinem Grund – der Grund ist bekannt, aber das spielt hier keine Rolle – völlig vergeblich sind. Und wenn die zivilisatorischen Anstrengungen aufhören, dann fängt das Sterben der Zivilisation an. Man könnte sagen, daß der polnische Geist vor dem Dilemma »Leben oder Sterben« – und daran ist übrigens nichts Tröstliches – nicht zum ersten Mal gestanden hat. Dasselbe Problem hatten unsere Vorfahren vor mehr als hundertfünfzig Jahren, und sie haben sich, wie es in dem Lied Warszawianka zum Ausdruck kommt, eher für den Tod als für ein Leben ohne Freiheit und Würde entschieden:

Wer überlebt, wird frei sein,
wer stirbt, der ist schon frei.

Das Geschenk Gottes, das die »Solidarität« war, hat dem polnischen Geist den Lebenswillen zurückgegeben. Dank diesem Geschenk haben wir den Weg aus der Sünde gefunden, haben den Gedanken an einen raschen Tod der Zivilisation unseres Vaterlandes verworfen und haben beschlossen zu leben, so getröstet, haben wir beschlossen, unser Leben neu zu gestalten und zu verbessern. Und wenn wir auf diese Art und Weise unsere Gewerkschaft betrachten – eben als ein tröstendes Geschenk –, dann müssen wir uns jetzt überlegen, welchen Nutzen wir in Zukunft aus diesem Geschenk ziehen wollen, ohne es zu verschwenden, zu verschleudern. Denn wenn wir jetzt verschwenden, was wir empfangen haben, dann haben wir wirklich nichts mehr zu erwarten als die langsame Agonie, als den Tod des polnischen Geistes. Und wenn ich, Herr Mareczek, denkt Herr Mareczek, wenn ich imstande bin, und zwar schon jetzt, gerade erst wenige Monate nach der Zerschlagung der »Solidarität«, einen solchen Gedanken hervorzubringen, wenn ich imstande bin, jetzt schon unsere »Solidarität« aus eben diesem Blickwinkel zu betrachten, dann dürfte sie sicherlich erst recht nach vielen Jahren und Jahrhunderten vorrangig als ein Phänomen bewertet werden, das im Bereich des polnischen Geistes existiert hat, und sicher werden auch unsere Nachkommen, die uns und unsere Erfahrung aus fernen Jahrhunderten betrachten, dann sagen: ihnen, die doch so unglücklich waren, daß sie sterben wollten, hat Gott ein Geschenk gemacht, dank dem sie überlebt haben, also hat Gott die Polen nicht vergessen. Und vielleicht werden diese Nachfahren von uns auch noch etwas sagen, das heißt, ich, Herr Mareczek, hätte gern, daß sie es sagen, daß sie uns so wahrnehmen, weil ich meine, daß wir es verdient haben, nämlich: diese Polen aus der zweiten Hälfte des 20. Jahrhunderts erinnern uns an Lazarus, der gestorben und unter die Grabplatte gelegt worden war und dem dann Christus befahl, aus dem Grab zu steigen und ins Leben zurückzukehren.

»Wenn das nicht sechzehn Monate gedauert hätte«, sagt Herr Rysio, »sondern drei oder vier Jahre, dann, Herr Gienio, hätten wir schon unsere selbstverwaltete Republik, und es wäre nicht mit diesem kleinen Krieg zu Ende gegangen, den wir erlebt haben, sondern mit einem ganz entsetzlichen Massaker.«

»Kann denn ein Volk Selbstmord begehen?« fragt Herr Mareczek.

»Warum sollten wir denn Selbstmord begehen?« fragt Herr Rysio. »Wir haben uns schon ein paarmal zur Unabhängigkeit durchgekämpft, also werden wir uns wieder irgendwie durchkämpfen.«

»Und die Jadwinger?« fragt Herr Mareczek, denn er weiß, daß Herr Rysio ein großer Kenner der jadwingischen Geschichte und der jadwingischen Bräuche ist. »Ziehen sie denn gar nicht den Gedanken in Betracht, daß das, was sich hier am Ende des 13. Jahrhunderts ereignet hat, eine Art von kollektivem Selbstmord gewesen sein kann? Vielleicht haben diese letzten Jadwinger, die begriffen, daß das Ende gekommen war, daß nichts mehr sie retten würde, daß sich die grausamen Angreifer nicht erweichen lassen würden, beschlossen zu sterben, weil sie ihrem eigenen Verenden nicht länger zuschauen wollten. Vielleicht haben die Bewohner des letzten Dorfes, das die Litauer oder Kreuzritter noch nicht abgebrannt hatten, es selbst in Brand gesteckt und sind in seinen Flammen umgekommen? Oder sie sind ins Dickicht geflüchtet und nie wieder herausgekommen, jede Spur von ihnen ist verschwunden? Und nur bei den Bibern und Bären ist die verschwommene Kunde vom Ende der Geschichte der jadwingischen Stämme überliefert?«

»Sie poetisieren, Herr Mareczek«, sagt Herr Rysio. »Es gibt nichts Geheimnisvolles am Verschwinden der Jadwinger. Dieser Stamm mußte von den stärkeren Nachbarn geschluckt werden, denn diese Nachbarn standen im Hinblick auf ihre Zivilisation einfach höher.«

»Ich poetisiere, weil ich der letzte Jadwinger bin«, antwortet Herr Mareczek darauf nicht besonders logisch. »Wie viele Krebse haben wir jetzt?«

»Fünf«, sagt Herr Gienio. »Zwei Kinder und drei Erwachsene. Satt werden wir diesmal nicht davon.«
»Dann fahren wir eben zurück«, sagt Herr Rysio. »Offensichtlich ist jetzt nicht die Zeit, zu der die Krebse auf Nahrungssuche gehen.«
»Beachten Sie, wie kurz das Gedächtnis der Menschheit ist«, sagt Herr Mareczek. »Die Krebse sind erst vor einigen Jahren aus unseren Flüssen und Seen verschwunden, und schon wissen wir nicht mehr, um welche Nachtzeit man sie fangen muß.«
Das Boot treibt unter der steinernen Stegbrücke hervor, die Ruderblätter streifen das Schilf am Ufer und tauchen mit einem leisen Plätschern in das schlammige Wasser. Irgendwo in der Nähe, am Ufer, hört man ein Klatschen, dann ein zweites, das ist ein Biber, ein Zeuge der jadwingischen Geschichte, der mit dem Schwanz aufs Wassers schlägt, um uns zu warnen, daß wir uns auf seinem Territorium befunden haben. Die Feuer am Ufer sind schon erloschen, und nur Sternschnuppen fallen noch, wie das im August so ist. Wenn uns die Geschichte nicht so quälte, denkt Herr Mareczek, dann könnten wir so unsagbar glücklich sein, mit den Bibern, Kiefern, Sternen und dem See. Aber ich weiß gar nicht recht, ob ich so ein Glück überhaupt wollte. Ich nehme dankbar den Trost an, den die Natur mir bietet, aber wenn ein mächtiges Wesen mir vorschlagen würde, mich aus der Geschichte herauszunehmen, mich von dem Schicksal zu befreien, das mir hier die Vergangenheit bereitet, dann würde ich es wohl ablehnen. Ich weiß nicht genau, warum, und alles, was ich sagen kann, ist, daß diese Entscheidung sich bestimmt daraus ergibt, daß ich ein Mensch und so und nicht anders gebaut bin. Und daraus wiederum ließe sich folgern, daß es für einen Menschen besser ist, der letzte Jadwinger zu sein als dessen Freund, der Biber oder Bär.

Als Herr Stanisław Misiukiewicz, der Landvermesser aus Jeglówek, von dem dummen Pawłusza, der ganz früh am Morgen an sein Fenster geklopft und, den zerzausten Kopf zwischen den dunkelroten und rosafarbenen Malven emporgereckt, ihm durch das Fenster diese ganz und gar ungewöhnliche Neuigkeit erzählt hatte, die es sofort und ohne Verzögerung, noch bevor Pastor Połujański, der Pfarrer von Jeleniew, davon hörte, zu nutzen galt, als also der Landvermesser Misiukiewicz erfuhr, daß die Fischer, die in Szurpiły Renken und Barsche fingen, vor Morgengrauen eine Riesenschlange in ihrem Netz gefangen und an Land gebracht hatten, da wußte er sofort, daß sich ihm eine derartige Gelegenheit nicht wieder bieten würde. Er zog seine Stiefel an, überlegte kurz, ob es sich schickte, daß er, der doch immerhin Landvermesser war, nur im Hemd aus dem Haus ging, aber da der August dieses Jahres 1883 außerordentlich heiß war, beschloß er, keinen Überrock anzuziehen, und ging, nachdem er den Stehkragen seines weißen Leinenhemdes mit einer Metallspange mit rotem Glasstein in der Mitte geschlossen hatte – er liebte nämlich den litauischen Brauch und kleidete sich gerne im Stil der reichen Bauern von der Memel – aus dem Haus. Auf den Steinstufen, die von der Veranda zum Weg führten – auf der Veranda war es angenehm schattig, denn sie war ganz und gar mit den großen, dunkelgrünen Blättern der Erbsenpflanze überwuchert, die sich an gespannten Schnüren zwischen der Regenrinne und der Holzbalustrade entlangrankte –, auf diesen Stufen also stand ein großer Hahn, der nicht vorhatte, ihm aus dem Weg zu gehen und mit seinem vorgereckten Kopf und Schnabel irgendwo in die Gegend zwischen Knie und Wade des Landvermessers zielte.

»Fort mit dir«, sagte Misiukiewicz und trat nach dem Hahn, der ein paar Schritte weit flog, auf dem Rasen unter dem Kirschbaum landete und ein-, zweimal mit den Flügeln schlug. Der Hahn war sehr alt, fast sechs Jahre, aber obwohl seine Frau Aniuta immer wieder versucht hatte, ihn dazu zu überreden, ließ der Landvermesser nicht zu, daß er getötet wurde, weil er daran glaubte, daß der Hahn sieben Jahre alt werden und dann ein Ei legen würde, was vielleicht von nicht geringem Nutzen sein könnte. Aus einem solchen Ei, das von einem siebenjährigen und auf geheimnisvolle Weise befruchteten Hahn gelegt worden war, schlüpft nämlich – zumindest den Behauptungen des Pfarrers Połujanski zufolge, der ein großer Kenner und Sammler der regionalen Altertümer, Sagen und Legenden war – der litauische Teufel namens Wielnis, mit dem eine Bekanntschaft anzuknüpfen nicht schlecht ist, weil man mit ihm lohnende Abmachungen treffen kann. Misiukiewicz glaubte zwar nicht wirklich daran, daß der Hahn ein Ei legen und daraus etwas schlüpfen würde, aber ein Versuch konnte nichts schaden.

»Und wo ist Aniuta?« fragte er den dummen Pawłusza, der an dem mit wildem Wein berankten Gartentor saß und aus unerfindlichen Gründen die Rinde von einem Birkenzweig abzog.

»Die Frau hat den Einspänner genommen und ist nach Jeleniew gefahren«, antwortete Pawłusza.

»Aha«, sagte Misiukiewicz. »Sie sollte dem Pfarrer Walderdbeerpüree bringen. Und die Fischer mit der Schlange, wo sind die jetzt?«

»Dahinten an dem Kreuz.« Pawłusza winkte mit der Hand in die Richtung. »Sie tragen sie ins Dorf.«

»Dann hüte du jetzt das Haus«, sagte der Landvermesser. »Und tu diesem Birkenzweig nicht weh. Die Birken lieben die Menschen.«

»Aber ich mag keine Birken«, antwortete Pawłusza und riß voll Wut ein großes Stück Rinde von dem Birkenzweig. Der Landvermesser nahm ihm den Zweig aus der Hand, steckte ihn hinter den Zaun, und nachdem er das Tor mit einer Drahtschlinge verschlossen hatte – man muß einen Riegel anbringen, dachte er dabei, das ist eine sehr unbequeme

Methode –, ging er los in Richtung Kreuz. Drei Bauern in weißen Hosen aus grobem Tuch und weißen Hemden hockten unter dem Kreuz und betrachteten das, was zwischen ihnen im Gras lag. Neben ihnen standen drei Paar Holzschuhe, die aus Lindenstämmen geschnitzt waren. Misiukiewicz blieb bei den Bauern stehen und betrachtete eine Zeitlang die in dem Netz verfangene Schlange.
»Geht beiseite«, sagte er. »Von so etwas werdet ihr noch ganz durcheinander im Kopf.«
Die Bauern traten respektvoll auseinander – wie sollte man auch den Landvermesser nicht respektieren, der auf seiner Tafel zeichnen kann, was er will –, und Misiukiewicz beugte sich über das Netz. Die Schlange war riesig, vielleicht drei, vielleicht sogar vier Meter lang. Oben war sie mit schwarzen kleinen Schuppen bedeckt, ihr Bauch aber war weiß, wie der eines Hechts, mit kleinen goldenen Sprenkeln. Obwohl es sich zweifellos um eine Schlange handelte, hatte sie auch etwas Fischartiges an sich, denn ihr Kopf war abgeflacht wie bei einem Wels, nur ohne Bart und bedeutend größer. Sie hatte auch – und das war ebenfalls etwas Fischartiges – trübrosafarbene, gleichsam aufgedunsene Flossen. Sie schaute Misiukiewicz aus ihren kleinen, schwarzen, weißumrandeten Augen an, aber in diesen Augen war weder Haß noch Verachtung, und einen Augenblick lang hatte der Landvermesser den Eindruck, daß die Schlange schon tot sei. Er legte deshalb den Finger an eine der Fischflossen und berührte das trübrosafarbene Fleisch, und da öffnete die Schlange ihr Maul und zeigte zwei Reihen kleiner gelber Zähne, die außerordentlich unangenehm wirkten. Sie lebte, aber es war nicht ganz klar, ob sie weiterleben wollte.
»Sprich, Mendog, König der Litauer«, sagte Misiukiewicz, als er in das glänzende schwarze Auge blickte. Die Bauern drehten sich um, und einer von ihnen zog eine merkwürdige Grimasse, wobei er den Mund öffnete und einige ebenfalls gelbe und ebenfalls nicht besonders angenehme Zähne zeig-

te. Doch die Schlange schwieg, weshalb der Landvermesser zu dem Schluß kam, daß er sich geirrt hatte und daß das hier nicht der König Mendog war, der sich in diesen schwarzen, mit Schleim und Schlamm und hier und da, wo die Fäden des Netzes die Schuppen abgerissen hatten, mit Blut bedeckten Leib gekleidet hatte.
»Sprich zu mir, du böser Geist Pagibielis«, wandte er sich wieder an die Schlange. »Sag mir, warum du dich hast fangen lassen.«
Doch die Schlange schwieg weiterhin, Misiukiewicz erkannte, daß er sich auch diesmal geirrt hatte und versuchte es ein drittes Mal:
»Żaltis, wenn du es bist, was suchst du hier?«
Und da sperrte die Schlange abermals ihr Maul auf und zeigte die zwei Reihen winziger unangenehmer Zähne, und in der Tiefe ihres schwarzen Auges – so kam es dem Landvermesser jedenfalls vor – erglomm für einen Augenblick ein zitternder Funke. Misiukiewicz richtete sich auf, schaute auf den aus Zinn gegossenen Heiland, der am Kreuz hing und sagte zu den Bauern:
»Kommt heute in die Kanzlei, aber erst nach dem Mittagessen. Jeder von euch bekommt einen Rubel.« Er überlegte einen Moment und setzte dann hinzu: »Aber Papiergeld.«
Die Bauern, geradezu erschrocken über die Höhe der ihnen angebotenen Belohnung, besprachen untereinander etwas auf litauisch. Der Landvermesser verstand sie nicht, obwohl er sich schon seit zwanzig Jahren – nämlich seit er von Łomża nach Jeglówek gekommen war und Aniuta geheiratet hatte, die Madame Fliegeltaub, die Besitzerin des dortigen Hotels, für ihn in Sejny ausfindig gemacht hatte – vornahm, Litauisch zu lernen. Er bemerkte allerdings – und zwar nicht zum ersten Mal –, daß dieses Litauisch, das die Bauern sprachen, ihn nicht mehr an das Litauisch erinnerte, das hier vor mehr als zwanzig Jahren, als er, Misiukiewicz, in diese Gegend hier gekommen war, gesprochen wurde, sondern eher Ähnlich-

keit mit dem Weißrussischen oder Russischen hatte. Denn die Bauern sprachen in einem deutlichen Singsang mit russischer Betonung, und wer ihr Gespräch von weitem gehört hätte, ohne die Worte in ihrer Bedeutung zu verstehen, der hätte sie sicher für Bewohner der ruthenischen Dörfchen gehalten, die südöstlich von der Schwarzen Hancza und dem Augustower Kanal lagen. Der ältere Bauer, der so ein merkwürdiges Gesicht gezogen hatte, trat jetzt wieder an die Schlange heran, verabschiedete sich und sagte:
»Aber das ist doch Żaltis, Herr.«
»Und wenn schon?« fragte der Landvermesser. »Ich weiß doch selbst, daß es Żaltis ist. Gehen wir.«
Die Bauern redeten wieder in ihrem Litauisch mit ruthenischem Akzent, aber schließlich hatten sie einen Entschluß gefaßt, hoben die Stange auf, die in der Nähe im Gras lag, steckten sie zwischen die Maschen und setzten sich mit dem Netz in Bewegung. Von Misiukiewicz geführt, gingen sie den sandigen Feldweg zwischen Buchweizen und Gerste entlang und stiegen nach etlichen Minuten – die Schlange war schwer, sie wog sicher ihre hundert Kilo, vielleicht noch mehr, und sie mußten unterwegs ausruhen – zum Ufer des Sees hinab, zum Ausläufer des Sees, der, so wie das Dorf und das Vorwerk, Jeglówek heißt. Dort stand auf der Uferwiese ein einsamer, ausladender Ahorn, und an die Zweige dieses Ahorns befahl der Landvermesser das Netz mit der Schlange Żaltis zu hängen, die – so konnte man den Eindruck haben – eingeschlafen oder sogar krepiert war, denn über das schwarze Auge hatte sich ein weißlicher, halbdurchsichtiger Film gelegt, und das Blut, das da, wo die Schnur in die Schuppenhaut schnitt, hervorgequollen war, begann schon zu trocknen. Als die Bauern, nachdem sie sich noch einmal vergewissert hatten, daß sie nach dem Mittagessen jeder einen Rubel Papiergeld bekommen würden, fortgegangen waren, stieg Misiukiewicz in das Boot, das, mit einer rostigen Kette an den morschen Pfählen festgebunden, am Ufer

lag – früher war hier ein Steg gewesen –, und setzte sich auf die Bank in der Mitte. Wäre er Pfeifenraucher gewesen, hätte er jetzt mit Vergnügen eine Pfeife geraucht, aber weil er schon lange nicht mehr rauchte – Aniuta vertrug keinen Rauch und hatte ihn früher aus der Stube auf die Veranda vertrieben, sobald er nur die Blechdose mit Tabak öffnete –, weil er also nicht rauchte, legte er den Kopf zurück und schaute auf die weißen Wolken, die über Szurpiły standen, und dachte, daß er jetzt, nach so vielen Jahren, endlich das hatte, was er so sehr gebraucht hatte. Die Wolken wurden größer und kleiner, eine schien ihm ähnlich wie ein Pferdekopf, eine zweite wie die Lokomotive des Zugs, mit dem er einst in seiner Jugend in Begleitung eines Gendarmen für einen nach Augenmaß veranschlagten Fahrpreis von Wilna nach Petersburg gefahren war, und eine dritte sah nur sich selbst ähnlich. Er wartete nicht lange, vielleicht fünfzehn Minuten. Egle, die Nymphe des Szurpiłysees – und auch noch anderer Seen in der Gegend – stieg aus dem Wasser und setzte sich in ein zweites Boot neben dem des Landvermessers. Sie war in einen langen schwarzen Rock, eine Bluse aus ganz dünnem Tuch mit Rüschen an den Ärmeln und in weiße Zwirnstrümpfe gekleidet, auf ihren zu zwei Zöpfen geflochtenen Haaren trug sie einen Reifen aus Birkenrinde, einen Wergkranz, hinter den verschiedene mit grüner Wiesenraute umwundene Blumen gesteckt waren – was den Landvermesser etwas wunderte, denn Egle war ja keine Jungfrau. Über dem weißen Hemd trug sie – obwohl es so ein heißer Tag war – noch ein Mieder aus dickem, rotem Tuch, das vorne mit grünem Band geschnürt war, wie man es in Sejny in dem Laden kaufen konnte, der sich drei Häuser von Madame Fliegeltaubs Hotel entfernt befand. Misiukiewicz stellte, ebenfalls mit Erstaunen, fest, daß Egle, die doch direkt aus dem Wasser gestiegen und eben noch über den mit Wasserpflanzen bedeckten Boden gegangen war, völlig trokken war und nicht einmal in ihren Haaren ein Tröpfchen

Wasser hatte. »Aber wie entzückend sie ist«, dachte er. »Wenn ich nicht meine Aniuta hätte, dann würde ich mich sofort in sie verlieben.«
»Laß ihn frei«, sagte Egle. »Du siehst doch, wie heiß es ist. Er quält sich furchtbar in diesem Netz.«
Sie sprach polnisch, was den Landvermesser im Grunde nicht verwunderte, denn so eine Nymphe, dazu noch die Frau einer Schlange, die der Gott so vieler Seen ist, kann alle Sprachen sprechen, die sie will.
»Und was habe ich davon, wenn ich ihn freilasse?« fragte er.
»Was du willst«, antwortete Egle. »Aber laß ihn bald frei, sonst stirbt er.«

»Ich brauche deine Hilfe«, sagte Misiukiewicz. »Aber das wird nicht so einfach. Pfarrer Połujański, weißt du, der aus Jeleniew . . .«
»Ich weiß«, sagte Egle.
»Also dieser Pfarrer Połujański hat mir nicht helfen können. Ich weiß nicht, ob es dir gelingen wird.«
»Ich habe dir gesagt, daß ich tun werde, was du willst. Aber beeil dich, er kann nicht länger als ein paar Stunden ohne Wasser leben. Sie haben ihn im Morgengrauen herausgezogen, und jetzt ist es schon Mittag.«
»Liebst du ihn?« fragte Misiukiewicz.
»Er ist doch mein Mann«, antwortete Egle. »Wie kann ich ihn da nicht lieben?«
»Es kommt vor, daß Menschen miteinander leben und sich ganz und gar nicht lieben. Es kommt sogar vor, daß sie sich hassen.«
»Wir lieben uns.«
»Aniuta und ich auch«, sagte der Landvermesser und schaute wieder zu den Wolken über dem See hinauf. Eine hatte die Form eines Schweinerüssels, und eine zweite – die vorher die Lokomotive gewesen war – erinnerte ihn jetzt an einen knienden Juden mit einem langen, im Winde wehenden

Bart. Aber die Juden knien ja gar nicht, dachte er, und zu Egle gewandt, sagte er:
»Also, gehen wir.«
Er stieg ans Ufer und nahm ein Klappmesser aus der Tasche. Er öffnete es und trat an den Zweig, an dem das Netz hing. Das getrübte Lid hob sich, und das schwarze Auge der Schlange sah ihn mit einem Ausdruck an, der vielleicht Widerwillen, vielleicht Gleichgültigkeit zu bedeuten hatte.
»Beiß mich bloß nicht«, sagte der Landvermesser. Er schnitt mit dem Messer die Schnur durch, an der das Netz hing, und die Schlange ließ sich kraftlos ins Gras gleiten. Eine Zeitlang lag sie reglos da, aber dann hob sie den Kopf und wandte ihn mit geöffnetem Maul – wieder wurden die unangenehmen Zähnchen sichtbar – Misiukiewicz zu.
»Beißt er mich jetzt?« fragte der Landvermesser.
»Nein«, sagte Egle.
Die Schlange zischte – vielleicht sagte sie etwas zu Egle, vielleicht verabschiedete sie sich auch auf diese Weise von dem Landvermesser –, dann senkte sie den Kopf und glitt durchs Gras dem See zu. Kurze Zeit später wand sie sich schon zwischen den Pfählen, die von dem zerstörten Steg geblieben waren, hob noch einmal den Kopf, schaute auf Egle, tauchte unter und verschwand im See.
»Was soll ich jetzt tun?« fragte Egle.
»Ich will mit dir reden«, sagte Misiukiewicz. »Komm.«
Als sie in die Stube traten, zog er den gelben Perkalvorhang vor das Fenster, weil er fürchtete, der dumme Pawłusza oder einer der Nachbarn könnte sehen, wer bei ihm zu Besuch war, und nahm aus der schwarzen, mit geschnitzten Blumen und Vögeln verzierten Kredenz eine Kristallkaraffe und zwei hohe Gläser aus dickem Glas, die sehr bequem waren, weil sie gläserne Henkel hatten, an denen man sie halten konnte.
»Kornelkirschenschnaps«, sagte er. »Der ist sicher schon vier Jahre alt. Magst du etwas?«

»Aber nur ein Gläschen«, sagte Egle. »Nun sag schon. Was willst du von mir?«
Misiukiewicz schenkte den Kornelkirschenschnaps ein, hob sein Glas und betrachtete eine Weile durch die rotgoldene Flüssigkeit eine Fliege, die über den Fensterrahmen krabbelte. »Hilf mir«, sagte er. »Ihr könnt doch alles. Und ich habe keine Kraft mehr. Ich kann so nicht mehr länger leben.«
»So schlecht geht es dir doch nicht«, sagte Egle. »Was fehlt dir?«
»Eigentlich nichts«, antwortete der Landvermesser. »Trinken wir. Auf dein Wohl. Und deinen Żaltis.« Er wischte mit dem Handrücken seinen schönen hellen Schnurrbart ab und wiederholte: »Eigentlich fehlt mir nichts. Ich streife gern durch die Felder, vermesse das Land und rede mit den Bauern. Aniuta liebt mich, und ich liebe sie auch. Eine bessere Hausfrau gibt es in ganz Jeglówek nicht, vielleicht nicht einmal im ganzen Gouvernement. Wenn der Pfarrer Połujański aus Jeleniew kommt, kann er ihre Konfitüren und Aufgesetzten nicht genug loben. Da gibt es auch was zu loben. Unsere Kinder sind wohlgeraten, wenn Kaziulek etwas größer ist, werde ich ihn wohl aufs Seminar nach Sejny schicken. Und wenn er dafür nicht die Berufung hat, dann eignet er sich vielleicht für die Oberschule in Warschau. Ich kann auch nicht sagen, daß wir uns das nicht leisten könnten, denn an Geld mangelt es nicht. Aniuta wirtschaftet gut, und ich bin nicht verschwenderisch.«
»Du kannst nicht klagen, Stasiulek«, sagte Egle. »Andere haben es schlechter.«
Der Landvermesser war geradezu gerührt, daß ihn die entzückende Egle Stasiulek nannte, denn er hatte eigentlich nicht erwartet, daß sie einander beim Vornamen nennen würden. Deshalb hob er die Karaffe mit dem Kornelkirschenschnaps und rief einladend:
»Trinken wir noch einen.«
Und als er eingeschenkt und sie getrunken hatten, schaute er

wieder durch das nun leere Glas auf die Fliege, die immer noch über den Fensterrahmen krabbelte, und sagte:
»Ich weiß, daß andere es schlechter haben. Pfarrer Połujański hat Achtung vor mir und geht gerne mit mir im Wald Pilze sammeln. Und ich mag diese Spaziergänge im Wald mit ihm auch sehr. Er nimmt es mir zwar übel, daß ich nicht mit ihm Karten spielen will, aber dazu habe ich ja keine Zeit, denn irgendwann muß ich schließlich auch mein Werk zu Ende bringen.«
»Aber Mendogs Krone, die du mit dem Pfarrer in den Ruinen und im Wald suchst«, unterbrach ihn Egle, »die werdet ihr nicht finden, denn sie ist nicht hier.«
»Aber wo ist sie?« fragte Misiukiewicz.
»Das darf ich nicht sagen. Aber ich kann dir sagen, Stasiulek, wo diese Glocke von der Szurpiler Kirche ist, die mit der Aufschrift: Sit nomen Domini benedictum, die zuletzt etwa 1834 bei dem damaligen Pfarrer, Pastor Strzałecki, gesehen wurde und dann nie wieder, weil sie irgendwohin verschwunden ist.«
»Sag mir das später«, erwiderte der Landvermesser, »denn hier geht es nicht um die Glocke, sondern um mich. Ich bin irgendwohin verschwunden und weiß nicht wohin. Denn obwohl es mir nicht schlecht geht und ich keinen Grund habe, mich über mein Schicksal zu beschweren, obwohl meine Frau mich liebt, der Pfarrer mich achtet, obwohl ich weiß, daß es anderen schlechter geht, obwohl mein Werk, das ich ›Wanderungen durch das Augustower Gouvernement zu wissenschaftlichen Zwecken‹ nennen will, bald fertiggestellt sein wird und ich hoffe, daß es nicht geringen Ruhm und vielleicht auch Geld einbringen wird, obwohl sich mir alles im Leben so schön fügt, kann ich doch so nicht weiterleben, ich habe keine Kraft mehr, Egle.«
Und, von plötzlicher Verzweiflung gepackt und ohne die Nymphe um ihre Zustimmung zu fragen, schenkte Misiukiewicz erneut Kornelkirschenschnaps in die Gläser ein.

»Du darfst nicht verzweifeln, Stasiulek«, sagte Egle. »Wenn du das im Leben hast, was du haben möchtest, dann mußt du einfach hinnehmen, daß du glücklich bist, denn Glück ist nichts anderes als eben das – daß man hat, was man gerne haben möchte. Magst du den Kornelkirschenschnaps?«

»Ja«, antwortete der Landvermesser.

»Hast du so viel davon, wie du möchtest?«

»Ja.«

»Und liebst du Aniuta?«

»Ja.«

»Und liebst du deine Kinder?«

»Ja.«

»Und liebst du deine Schriftstellerei?«

»Ja.«

»Und liebst du Kirschkonfitüre?«

»Ja.«

»Und den Schwatz mit den Nachbarn, die Sonntagsmessen, die nächtlichen Ausflüge zum Krebsfang, das Stehen am gut geheizten Ofen im Winter, das Äpfelpflücken mit einem Korb am Stecken im Herbst, das Harken und Verbrennen von Blättern im Oktober, die Maiabende, wenn du mit Aniuta auf der Bank vor dem Haus sitzt, das alles liebst du?«

»Ja, das liebe ich alles.«

»Hast du das alles?«

»Ja.«

Als der Landvermesser Herr Misiukiewicz hier sieht, daß Egle ihn nach einer weiteren Sache fragen will, schreit er, weil er nach nichts mehr gefragt werden will, auf:

»Und deshalb, weil ich alles habe, was ich haben will, und nichts anderes mehr haben wollte, deshalb bin ich so unglücklich? Weshalb ist eine solche Verzweiflung in mir, wenn ich morgens aufwache, eine so schreckliche Verzweiflung? Weshalb will ich, sobald ich aufgewacht bin, sobald ich die Augen geöffnet habe, sofort wieder einschlafen, und zwar so, daß ich nie wieder aufwache? Weshalb trage ich

diese Verzweiflung ständig in mir, weshalb sitzt sie ständig hier« – er knöpfte sein Hemd auf und zeigte Egle seine behaarte Brust – »in mir und verläßt mich nicht einen Augenblick? Hilf mir Egle, denn ich kann nicht länger mit dieser Verzweiflung leben, ich kann mich nicht länger damit quälen. Tu etwas, damit ich nicht mehr diese schreckliche Verzweiflung in mir habe, damit ich ruhig und fröhlich am Morgen aufwache und damit ich leben will.«
Der Landvermesser griff wieder nach der Karaffe mit dem rotgoldenen Kornelkirschenschnaps, aber Egle nahm sie ihm aus der Hand und sagte:
»Du hast genug getrunken, Stasiulek.«
Dann stand sie vom Tisch auf, schnürte ihr rotes Leinenkorsett auf, zog sich die weiße Bluse mit den Rüschenärmeln über den Kopf, setzte sich – so eine Schamlose! dachte der dumme Pawłusza, der, in den Malven versteckt, dies alles durch einen Schlitz im Perkalvorhang beobachtete – auf das Bett unter dem Fenster und begann, nachdem sie ihren Rock hochgezogen hatte, ihre weißen Zwirnstrümpfe auszuziehen.
»Komm«, sagte sie zu dem Landvermesser. »Komm, Stasiulek.«
Der Landvermesser hatte noch nie so schöne Brüste gesehen, ja nie vermutet, daß eine Frau so schöne Brüste haben könnte, die in so wunderbar rosigen Brustwarzen enden. Er setzte sich auf den Rand des Betts und wollte schon mit dem Zeigefinger diese rosige Brustwarze berühren, als er sah, daß seine ausgestreckte Hand so merkwürdig zitterte, und weil ihm so etwas noch nie passiert war, schämte er sich sehr. Da nahm Egle seine Hand und legte sie auf ihre linke Brust.
»Komm«, wiederholte sie. »Das ist der einzige Trost, den es für den Menschen gibt.«
Als Frau Aniuta Misiukiewicz vom Pfarrhaus in Jeleniew zurückkam, wohin sie fünf Gläser mit Walderdbeerpüree gebracht hatte, weil Alisia, die Haushälterin von Pfarrer Po-

łujański, diese vom Landvermesser und seinem Kaziulek in dem Wald hinter Szeszupka gepflückten Erdbeeren für eine Torte brauchte, die sie nächsten Sonntag zum Nachmittagskaffee reichen wollte, zu dem auch Herr und Frau Misiukiewicz eingeladen waren, als Aniuta also in die Stube trat, sah sie den Landvermesser im Bett liegen, zwischen zerwühltem Bettzeug und fast nackt, denn er hatte nur das weiße Hemd mit dem Stehkragen an, das am Kragen mit der Metallnadel mit einem roten Glasstein in der Mitte zusammengehalten war. Der eine Fuß des Landvermessers war mit einem sackleinenen Fußlappen umwickelt, der, wie es schien, etwas verschmutzt war. Der andere Fußlappen lag auf dem Boden neben dem Bett.

»Was liegst du denn da, Stasiulek?« fragte Aniuta. »Anstatt an deinem Werk zu schreiben, hast du Schnaps getrunken.« Und mit einem Blick auf die halbgeleerte Karaffe mit Kornelkirschenschnaps und die beiden Henkelgläschen fügte sie hinzu: »Und nicht genug damit, daß er selbst getrunken hat, er hat auch noch den dummen Pawłusza damit versorgt.«

Misiukiewicz blickte auf die grüne Fliege, die immer noch auf dem weißen Rahmen krabbelte – vielleicht ist das eine andere Fliege, dachte er bei sich, und die erste ist irgendwohin weggeflogen – und sagte:

»Ach, Aniuta, wenn du wüßtest, was ich für eine Verzweiflung in mir habe, was für eine schreckliche Verzweiflung. Wie soll ich bloß mit dieser Verzweiflung leben?«

Da setzte sich Aniuta auf den Rand des Betts, knöpfte ihre weiße Bluse mit grüner Stickerei und roter Borte auf, nahm ihre schwere und schon etwas – sie war ja doch schon zweiundvierzig Jahre alt – welke Brust heraus und sagte:

»Küß mich. Hierhin. Das ist der einzige Trost, den es für den Menschen gibt.«

Herr Mareczek legt den Kugelschreiber beiseite und schaut durch das geöffnete Fenster auf die Wolken, die sich über den See bewegen und langsam in Richtung Suwałki und dann weiter in Richtung Jeglówek, Jeleniew, Szurpiły ziehen. Die Wolken verändern ihre Form, und diese, ja genau die, die sich jetzt hinter den Ahorn schiebt und die eben noch einem Hahn ähnlich sah, die erinnert ihn – genauso wie Herrn Misiukiewicz – jetzt an einen Schweinerüssel. Und die da drüben, die nur sich selbst ähnlich sieht, denkt Herr Mareczek, die habe ich schon mal irgendwo gesehen. Aber wann und wo? Vor hundert Jahren. Und wo, das werde ich erst gar nicht versuchen mir in Erinnerung zu rufen, das hat sowieso keinen Zweck. Herr Mareczek denkt noch ein paar Minuten lang an den Landvermesser und seine Aniuta, irgendwie hat er noch keine Lust, sich von diesem liebenswerten Paar zu trennen. Im Verlauf der drei Tage, die er an seiner Erzählung geschrieben hat, hat er sich an sie gewöhnt und hat sie sogar – wie das beim Schreiben oft so ist – liebgewonnen. Wenn ich sie nicht selbst ausgedacht hätte, denkt er, und wenn sie wirklich existierten, dann wäre es nett, sie zu treffen und bei einer Karaffe Kornelkirschenschnaps über die Schlange Żaltis und die Krone von Mendog, dem ersten König der Litauer, zu plaudern. Falls der König Mendog, Mindowe, Mindows, Mindagos, Mindaugas, Mindak, Mendulf überhaupt eine Krone hatte und sie trug. Und wenn er eine trug, was für eine? Eine aus Holz? Aus Eisen? Es wäre auch interessant zu wissen, wie Aniuta Himbeersaft gemacht hat, ob sie den Saft kochte, bevor sie ihn in die Flaschen abfüllte, ob sie ihn auf eine andere, nur ihr bekannte Weise konservierte. Denn wieviel Zucker wir auch immer den Säften zusetzen, die in Flaschen auf unserem Schrank stehen, früher oder später fangen sie immer an zu gären, und wenn man sie nicht rechtzeitig aufkocht, kann man sie wegwerfen. Aber wenn man einen Saft aufkocht, verliert er sehr an Wert. Eigentlich, denkt Herr Mareczek, könnte ich meine Erzählung vom existentiellen Leid des Landvermessers aus Jeglówek und über seine fruchtlose Suche nach irgendeinem sinnvollen Trost fortsetzen. Bestimmt würde bei mir ein kleiner Roman daraus, der zugleich eine Art Tagebuch wäre, weil er gleichzeitig meine geistigen Abenteuer, meine Leiden und meine – zuweilen ziemlich nervöse – Suche nach irgendeinem Trost wiedergeben würde. Aber mir scheint, daß ich alles über Stasiulek Misiukiewicz gesagt habe, was ich sagen wollte, und daß ich gerade so viel von mir selbst in ihn hineingelegt habe, wie ich hineinlegen wollte. Wollte ich einen Roman über sein weiteres Schicksal schreiben, müßte ich mir erst etwas ausdenken, und am Ausdenken ist mir gar nicht gelegen, und meine Geschichte hier ist zwar ausgedacht, in gewissem Sinne aber auch wieder nicht. Dennoch interessiert mich, was später mit dem Paar geschehen ist, wie sich ihr Leben im Dorf Jeglówek am Ufer des Szurpiłysees entwickelt hat. Wenn man einmal angefangen hat zu fabulieren, ist es schwer, sich von der Fabel zu lösen, denn sie hat ihre eigenen Gesetze, und was einmal angefangen hat, will auch ein Ende haben. Und irgendein Ende – wenn nicht sogar eine Mitte – hätte meine Erzählung doch verdient.

Als der Landvermesser Misiukiewicz weder bei Aniuta noch bei der entzückenden Egle, noch beim Pfarrer von Jeleniew, noch bei dem in Zinn gegossenen Heiland Trost finden konnte – aber wurden denn damals, am Ende des 19. Jahrhunderts, die Heilandsfiguren, die an den Wegkreuzen hingen, schon aus Metall gegossen? oder waren sie – was wahrscheinlicher ist – aus Holz geschnitzt? Ich bin mir nicht sicher, weiß auch nicht, wie man es nachprüfen könnte – als mein Landvermesser also einsehen mußte, daß es keinen Trost für ihn gab, was konnte er da noch machen? Hätte ich mich entschlossen, einen Roman über Stasiuleks Schicksal zu schreiben, hätten mir anscheinend zwei Möglichkeiten zur Auswahl gestanden. Das ist die eine: Nachdem er zu der Einsicht gekommen war, daß der Mensch sich nicht von der Verzweiflung zu befreien vermag, unternahm der Landvermesser einen letzten – und wahrhaft verzweifelten – Versuch. Er beschloß nämlich, die Gattung, zu der er gehörte, zu verlassen und sich einer anderen Gattung anzuschließen, einer Gattung, die die Leiden, die dem Menschen auf dieser Welt bestimmt sind, nicht kennt. Man könnte lange von seinen Abenteuern erzählen. Er zerriß seine Landvermessungspläne, trank den ganzen Kornelkirschenschnaps auf, der in der hübsch geschnitzten Kredenz stand, und verließ das Haus, ohne sich von Aniuta und seinen Kindern Kaziulek und Wandziulka zu verabschieden. Tief im Dickicht stieß er auf einen hundertjährigen Ahornbaum, der vom Blitz gespalten war, und beschloß, sich darin niederzulassen, mit der Hoffnung, die Füchse oder Biber überreden zu können, ihn in ihren Stamm aufzunehmen. Die Gespräche des verrückten Landvermessers mit den Füchsen, Bibern und Elchen würden bestimmt einige Kapitel des Romans füllen. Nachdem er davon überzeugt worden war, daß die Elche und Füchse nichts mit dem Menschen zu tun haben wollten – oder nachdem er sich davon überzeugt hatte, daß die Verzweiflung der Füchse und Elche nicht geringer ist als die der Menschen –, machte Stasiulek noch einen weiteren Versuch. Er beschloß zu prüfen, ob er nicht zum Stamm der Pflanzen gehören könnte. Und tatsächlich, am Ende seines Lebens wurde der Landvermesser zum Bruder der Espen und Eichen, ein Verwandter der Preiselbeeren, Himbeeren und Walderdbeeren. In diesem Kapitel sehen wir ihn zerzaust und in zerrissenem Hemd, wie er an einem Novembermorgen einen Vogelkirschenbaum in seinen zerfetzten Umhang hüllt und mit erstarrten Fingern zart den ersten Rauhreif von seinen zitternden Blättern streift. Aber die Vogelkirsche erwidert seine Zärtlichkeiten nicht, und nachdem der Landvermesser eingesehen hat, daß auch die Pflanzen nicht vorhaben, ihn in ihre Gemeinschaft aufzunehmen, sieht er ein, daß ihn nichts mehr mit irgend etwas verbindet und daß allein der Tod ihn von seiner Verzweiflung befreien kann.

Die Umstände dieses Todes verdienen eine etwas genauere Schilderung. Damit mein Landvermesser einen Tod stirbt, der dieser Erzählung von seinem Leben doch noch einen gewissen zusätzlichen symbolischen Sinn gibt, denkt Herr Mareczek, müßte ich diese ganze Geschichte etwas in der Zeit verschieben, so daß sie sich nicht im Jahre 1883, sondern im Jahre 1863 zuträgt.

Die Kosakenpatrouille, die aus Sejny in Richtung Puńsk entsandt worden war, stieß am frühen Nachmittag auf fünf Aufständische, die zu der drei Tage zuvor bei Jegliniec zerschlagenen Gruppe von Józef Koszański gehörten. Als die Kosaken auf ihren kleinen zotteligen Pferdchen an der Stelle erschienen, wo der Weg aus dem Wald auf die große, mit Himbeersträuchern überwucherte Rodung führt, erblickten sie sogleich die fünf, die auf der anderen Seite der Rodung unter den hohen, hundertjährigen Kiefern saßen. Einer der Aufständischen war leicht verwundet und wickelte gerade einen blutigen Verband um seinen Unterarm. Weder die Kosaken noch die Aufständischen waren auf eine solche Begegnung vorbereitet, und die einen wie die anderen hätten sie lieber vermieden. Sie hätte sich vermutlich auf einen Schußwechsel beschränkt und wäre mit diesem Schußwechsel, bei dem niemand zu Schaden gekommen wäre, zu Ende gewesen. Doch die Kosaken erblickten plötzlich einen sechsten Aufständischen, der gerade aus dem Himbeergebüsch auf den Weg trat, der die Rodung durchquerte und sich, ohne die Reiter auf den zottigen Pferdchen wahrgenommen zu haben, bückte, als suche er etwas im Gras. Der Weg war sonst sandig und im Herbst schlammig, aber da niemand ihn in der letzten Zeit benutzt hatte – denn er führte von dem einige Monate zuvor während eines Gefechts abgebrannten Vorwerk nach Puńsk –, war er mit hohem, scharfem Gras überwachsen, an dem man sich die Hand schneiden kann, wenn man es unachtsam abreißt. Einer der Kosaken nahm seinen Karabiner von der Schulter und gab einen Schuß ab. Derjenige, der sich zum Gras hinabgebeugt hatte, richtete sich beim Knall des Schusses nicht auf. Er ging in die Knie und verharrte eine Zeitlang so, als suche er noch immer etwas zwischen den scharfen Grashalmen, dann fiel er zur Seite und auf den Rücken. Die Kosaken ritten näher heran und betrachteten den Liegenden, ohne von ihren Pferden abzusteigen. Einer von ihnen – sicher der Anführer der Patrouille, denn nur er hatte ein Abzeichen auf dem Ärmel – sagte etwas, aber keiner weiß, was, weil es niemand in Erinnerung behalten oder aufgeschrieben hat. Derjenige, der geschossen hatte, stieg schließlich vom Pferd, und während er es mit der einen Hand am Zügel hielt, beugte er sich hinunter und zog mit der anderen eine Metallnadel mit einem roten Glasstein aus dem Hemd des Liegenden, das zerrissen war und nur noch einen Ärmel hatte. Er bemerkte dabei, daß der von ihm Getötete die rechte Hand um eine kleine Walderdbeerpflanze geklammert hatte: zwei weiße Blüten und drei Früchte. Der Sommer dieses Jahres war nämlich außergewöhnlich schön – allerdings nur in den Gegenden, die ihr eigenes Mikroklima und deshalb ihr eigenes Wetter haben –, und den ganzen August hindurch trugen die Walderdbeeren gleichzeitig Blüten und Früchte. Was mit den fünf Aufständischen geschah – derjenige, dem drei Tage zuvor in den Unterarm geschossen worden war, hieß Eliasz Baranowski und war im Vorwerk Winksznupie im Westen des Bezirks Kalwaria geboren –, ist nicht bekannt. Als die fünf sahen, daß die Kosaken sich mit Stasiulek Misiukiewicz befaßten, beschlossen sie wahrscheinlich, die Gelegenheit zu nutzen, und verschwanden in der Tiefe des Dickichts, ohne sich auf ein Gefecht einzulassen. Eliasz Baranowski wurde entweder später gefangengenommen und ins Bergwerk von Nertschinsk verbannt, wo er einige Jahre später starb, oder es gelang ihm, sich bis in die Nähe von Żytomierz durchzuschlagen, wo sein Onkel auf dem Gut Hiranowiec lebte und wo er sich versteckt hielt.

Damit genug von dem Schicksal der Aufständischen, denn man sieht sogleich, daß das alles – das Einhüllen der Vogelkirsche in den zerfetzten Umhang ebenso wie der Zwischenfall im August 1863 – erfunden ist, und nicht einmal besonders geschickt. Doch egal wie etwas ausgedacht ist, ob geschickt oder ungeschickt, da ausgedacht, ist es immer unerträglich. Entweder also, denkt Herr Mareczek, habe ich, was sehr wahrscheinlich ist, kein Talent zu dieser Art Tätigkeit und sollte mir einfach nichts ausdenken oder sollte mich nicht mit dem Schreiben fiktiver Prosa befassen, oder aber, und das ist ebenfalls sehr wahrscheinlich, alles, was erfunden ist und dazu noch mit diesem seinem Charakter des Erfundenseins prahlt, jede Fabel, die nicht Wort für Wort der Wirklichkeit entnommen ist, kommt mir unerträglich vor, sie ärgert mich und widert mich an. Oder, was auch wahrscheinlich ist, es liegen hier zwei Fälle gleichzeitig vor. Es lohnt sich nicht, Überlegungen zum Tod des Romans anzustellen, denn über dieses Thema ist schon genug geredet worden, und dieses ganze Gerede ist eher fruchtlos. Der Roman ist nicht tot, weil die Wirklichkeit nicht tot ist. Tot ist die Fiktion. In uns ist ein Hunger nach Wirklichkeit und kein Hunger nach Fiktion. Die Romane Singers zum Beispiel würde ich als Berichte aus der Wirklichkeit bezeichnen, denn er erfindet nichts, sondern beschreibt Wort für Wort, wie es war. Natürlich, ich weiß, daß er sich auch etwas ausdenkt. Aber er denkt es sich aus und sagt dabei: so war es. Und wir glauben ihm. Darin liegt seine Stärke. Wenn ich also das weitere Schicksal meines Stasiulek Misiukiewicz darstellen will, müßte ich von den zwei Möglichkeiten, die ich habe, eine wählen.

»Vater, Abendessen!« ruft der klein-große Mareczek vom Werkzeugschuppen her. »Du sollst sofort kommen. Mutter sagt, sie duldet keine Verspätungen beim Essen mehr.«

»Und was gibt es zum Abendessen?«

»Russische Piroggen.«

Frau Anielas Gäste fangen schon gegen fünf Uhr nachmittags an zu überlegen, was sie zum Abendessen bekommen werden. Die Mutigeren versuchen sogar durch das Fenster – das auf die verglaste Veranda hinausgeht – in die Küche zu schauen, um festzustellen, was sich in den Töpfen und Gefäßen befindet, die auf den Herdplatten stehen. Bigos aus jungem Kohl, Knödel mit Blaubeeren oder Piroggen? Aber Frau Aniela wedelt mit dem Geschirrtuch, um die Neugierigen fortzujagen, denn sie möchte nicht vor der Zeit ihre Küchengeheimnisse preisgeben. Die Piroggen können mit Fleisch sein, mit Beeren oder russisch. Letztere sind die berühmtesten unter Frau Anielas Piroggen, und wenn die Mädchen aus der Küche kommen und die tiefen Teller mit den russischen Piroggen bringen, hört man die Ausrufe:
»Oh, Piroggen!«
»Oh, russische!«
»Oh, mit Grieben!«
Und Frau Aniela mit ihrer gelbkarierten Schürze steht in der Küchentür und lächelt, mit sich, mit ihren Piroggen, mit ihren Gästen zufrieden. Während er die russischen Piroggen ißt – man kann soviel essen wie man mag, und wer zu wenig hat, kann in die Küche gehen und sich noch eine Portion holen, die er auch bestimmt bekommt –, während er also die Piroggen ißt, kommt es Herrn Mareczek in den Sinn, daß es gut wäre, Frau Anielas russische Piroggen, oder zumindest eine davon, zu beschreiben. Denn es kann durchaus sein, daß es in hundert oder zweihundert Jahren jemanden gibt, der wissen möchte, wie unsere Piroggen in diesem Jahr 1983 waren. Es könnte sogar der Fall eintreten, daß die Fähigkeit, russische Piroggen zuzubereiten, in hundert oder zweihundert Jahren ganz abhanden gekommen sein wird – obwohl ausgerechnet das den Polen eigentlich nicht zu drohen scheint –, daß es einfach keine russischen Piroggen mehr gibt, und dann wird der zukünftige Leser aus einer solchen Beschreibung natürlich einen handgreiflichen Nutzen zie-

hen können, indem er erfährt, welche ihm unbekannten Gerichte seine Vorfahren gegessen haben. Es gibt auch noch eine weitere Möglichkeit, nämlich daß russische Piroggen zwar weiterhin in Polen gegessen werden, sich aber inzwischen gewisse sprachliche Veränderungen vollzogen haben, so daß das, was man 1983 eine russische Pirogge nannte, dann ganz anders genannt werden wird, während der Name »russische Pirogge« einer anderen kulinarischen Erscheinung zugeschrieben wird. Daß solche für die nachkommenden Generationen sehr lästigen Veränderungen im polnischen Sprachgut auftreten, liegt auf der Hand. Was einst ein Wiener Schnitzel war – was ist das heute? Und was noch vor kurzem – nämlich zu einer Zeit, als Herr Mareczek ein Kind war – Blancmange hieß, wie heißt das heute? Das Wort Blancmange ist plötzlich aus der polnischen Umgangssprache verschwunden. Und niemand weiß, warum, es ist ein Geheimnis. Und dann fällt Herrn Mareczek der ungerupfte Fasan ein, der damals in der Wohnung an der Nowogrodzkastraße in einer Schüssel lag und der bei Bukiet geholt worden war. Wer weiß das heute noch, was das heißt – bei Bukiet? Das Haus, in dem sich diese Wohnung befand, stand ungefähr da, wo jetzt das mehrstöckige Parkhaus neben dem Hotel Forum ist. Und wie ist das dumm und komisch und traurig, denkt Herr Mareczek, daß das, was ich von jenem Polen damals, dem ich doch mein Dasein verdanke, noch in Erinnerung habe, ein ungerupfter Fasan ist, der Elefant Tuzinka, meine Matrosenmütze und der Brunnen in dem Gut Gnojno am Narew. Vier, fünf Bilder, sogar für einen Jungen von vier, fünf Jahren ist das zuwenig. Ich kann mich nicht einmal mehr an die Wohnung an der Nowogrodzka erinnern, aber von der nächsten, der an der Koszykowastraße, könnte ich jedes Möbelstück und jeden Winkel beschreiben. Aber in diese Wohnung an der Koszykowa sind wir erst im Frühjahr oder Sommer 1940 eingezogen, als wir schon von jenseits des Bug, von der rumänischen Grenze zurückgekommen waren. Ach ja, und ich kann mich noch an die Pekinesen in Gasmasken erinnern und an eine Frau, die Besitzerin dieser Pekinesen, die mir gesagt hat, ich dürfte von den deutschen Soldaten keine Bonbons annehmen, denn wenn sie kämen, würden sie den Kindern Bonbons geben, um sie damit zu vergiften. Aber ich kann mir nicht denken, daß sie den Kindern Bonbons gegeben haben, als sie dann kamen. Das ist eine Erinnerung aus dem September 1939, die Szene findet an einem sonnigen Tag in einem Garten statt, die Pekinesen in den Gasmasken laufen über den Pfad, damals waren wir nämlich in der Erwartung von Bombenangriffen auf Warschau in ein Sommerhaus – wem gehörte es noch? – nach Czerniaków gezogen. Und gleich danach fuhren wir mit den Autobussen, in denen die Ärzte evakuiert wurden, nach Rumänien, und an diese Reise kann ich mich noch ganz gut erinnern, besonders an eine Szene in der Nähe der rumänischen Grenze – sicher irgendwo bei Zaleszczyki?: Nacht, es regnet, die Mutter steht mitten auf der Landstraße und spricht mit dem Vater, und dann schreit sie, weil der Vater nicht versteht, was sie will, sie schreit, daß sie nicht weiterfahren wird, daß wir jetzt nach Warschau zurückkehren und daß sie nicht vorhat, Polen zu verlassen. Und wenn die Mutter damals am Dnjestr nicht so hartnäckig gewesen wäre, wenn sie mich und meine Schwester nicht aus dem Autobus gezerrt und den Koffer nicht auf die Straße geworfen hätte, wer wäre ich dann jetzt, wo wäre ich dann? »Dad, supper's ready!« würde der klein-große Mareczek dann vom Schuppen herüberrufen, »Mother wants you to come at once!« Denn diese Autobusse fuhren über die Grenze, und wer darin saß, fand sich dann in England wieder. Und daß meine Mutter damals auf dieser Landstraße auf einmal einen solchen Wutanfall bekommen hat, das kommt mir heute wie eine Art wundersamer Rettung vor. Also sind wir zurückgefahren, mit einem Fuhrwerk, unterwegs lahmten die Pferde – aber nein, die Pferde lahmten, als wir 1945 mit dem

Fuhrwerk von Golkow nach Lodz gefahren sind –, und auf der Brücke über den Bug stand ein deutscher Soldat, ein älterer Mann, dick, mit einem Helm auf dem Kopf. Er warf einen Blick auf die beiden Kinder, die auf den Koffern saßen, was hat er wohl gedacht? Bestimmt nichts. Aus diesen Kindheitserinnerungen wird deutlich, daß die Erwachsenen, jedenfalls die, mit denen ich zu tun hatte, damals überhaupt nicht auf das, was ihnen da zustieß, vorbereitet waren, daß sie überhaupt keine Ahnung hatten, was sich die Geschichte anschickte zu vollbringen. Sie wußten nicht, daß Pekinesen keine Gasmasken nötig hatten. Sie wußten nicht, ob sie fliehen oder bleiben sollten. Sie wußten nicht, daß die Deutschen den Kindern keine Bonbons anbieten würden. Wie sich später herausstellte, wußten sie noch viele andere Dinge nicht. Und ich, der ich heute erwachsen bin? Bin ich auf das vorbereitet, was die Geschichte vorhat zu vollbringen? Doch, ich bin besser vorbereitet, denn mit meinen Erfahrungen, die mit den Pekinesen in Gasmasken und den ausgebrannten Wohnungen an der Nowogrodzka und der Koszykowa angefangen, bin ich auf das Schlimmste vorbereitet. Aber werde ich wissen, was ich tun soll, wenn das Ereignis eintritt? Das wohl nicht. Es braucht ja nicht einmal das Schlimmste einzutreten, denn auch wenn etwas Wunderbares passiert, werde ich ratlos sein. Und Jahre später wird der klein-große Mareczek sagen, daß die Erwachsenen, mit denen er damals zu tun hatte, wirklich wie Kinder waren, weil sie dachten, sie hätten die Absichten der Geschichte durchschaut. Und er, der klein-große Mareczek, was wird ihm von diesem Polen nach Jahren noch in Erinnerung sein, diesem Polen, dem er sein Dasein, sein Selbst verdankt? Ich kann nur das nennen, was nach meinem Wunsch in seiner Erinnerung bleiben soll. Ich möchte, daß er in Erinnerung behält, daß sein Vater, wenn es dazu kommen sollte, so wie seine Großmutter die Koffer – im übertragenen Sinne – auf die Straße werfen und schreien würde, daß er nicht weiterfährt. Aber bestimmt wird er sich an Dinge erinnern, die genauso dumm sind wie meine Erinnerungen. Bestimmt wird er seinen ungerupften Fasan haben, seinen Elefanten Tuzinka und seine Pekinesen in Gasmasken. Anstelle des ungerupften Fasans, mein armer klein-großer Mareczek, gibt es russische Piroggen. Aber die schmecken sehr gut, also iß und vergiß nicht.

»Was bist du so abwesend?« fragt Herrn Mareczeks Frau. »Iß noch diese Pirogge auf, dann geht Mareczek mit dem Teller und holt eine neue Portion.«

»Schmeckt es Ihnen?« fragt Frau Aniela und tritt an ihren Tisch.

»Sehr gut«, sagt Herr Mareczek. »Und wir hätten gerne noch mehr.«

Als Frau Aniela den leeren Teller weggenommen hat und in die Küche geht, kehrt Herr Mareczek zu dem Gedanken zurück, daß er unbedingt – auf Wunsch des Lesers der Zukunft – diese russischen Piroggen beschreiben muß.

»Wie waren denn diese Piroggen?« fragt der Leser der Zukunft, als Frau Aniela einen Teller mit frischgekochten, heißen und glänzenden Piroggen auf den Tisch stellt, und Herrn Mareczeks Frau sagt, während sie ihren beiden Mareczeks die Teller füllt:

»Fünf für dich, fünf für dich und die zwei hier für mich.«

»Wie waren sie also?«

»Sie waren«, berichtet Herr Mareczek dem Leser der Zukunft, »sie waren einfach hervorragend. Ich habe noch nie so schmackhafte Piroggen gegessen.«

»Aber konkret?« fragt der Leser der Zukunft. »Du weißt doch noch, was Gott dir befohlen hat. Pack Konkretes hinein, hat er gesagt. Also wie waren sie konkret?«

»Na, sie waren nicht groß, aber gut geformt, aus einem Teig, wie man ihn für Piroggen macht, und mit Käse gefüllt, wohl mit geriebenem Käse, wie man ihn für die Füllung von Piroggen nimmt.«

»Und welche Form hatten sie, welche Farbe?«
»Sie hatten die Form von Piroggen«, erzählt Herr Mareczek, »und auch die Farbe von Piroggen.«
»Und auch den Geschmack von Piroggen?«
»Ja, ganz wie Piroggen.«
»Und sie dufteten so wunderbar, auch nach Piroggen?«
»Ja, ganz nach Piroggen.«
»Vielen Dank«, sagt der Leser der Zukunft. »Ich weiß Bescheid. Du bist ein hervorragender Realist. Nur schade, daß du auch ein Piroggengehirn und ein Piroggentalent hast, du russische Pirogge.«
»Was kann ich denn dafür, daß es im Polnischen keine Worte gibt, mit denen sich eine russische Pirogge beschreiben läßt«, verteidigt sich Herr Mareczek. »Das ist die Schuld meiner Vorfahren und nicht meine. Sie haben diese Sprache so gebildet.«
»Aber mich interessieren im Moment nicht die Piroggen, die deine Vorfahren gegessen haben«, sagt der Leser der Zukunft, »sondern die, die du gegessen hast, die du gerade jetzt ißt, an diesem 13. August des Jahres 1983 um Viertel nach sieben abends. Ich will wissen, was das Besondere an diesen Piroggen ist. Und du erzählst mir von der Pirogge im allgemeinen oder über das Allgemeine an deinen Piroggen da.«
»Die Pirogge ist nichts Besonderes«, verteidigt sich Herr Mareczek. »Sie ist allgemein und hat nur Allgemeines an sich.«
»Das kann nicht sein, daß eine Sache Besonderes und Allgemeines hat und eine andere Sache nur Allgemeines«, antwortet der Leser der Zukunft. »Weshalb zum Beispiel solltest du besonders sein – als du selbst – und allgemein – als Vertreter deiner Gattung –, die Pirogge aber nur ihre piroggige Allgemeinheit besitzen, ihre Piroggigkeit, aber nichts Besonderes? Jede russische Pirogge ist auf ihre Weise einzigartig, sie hat natürlich, was man auf diesem Teller gut sehen kann, ihr Mitsein, aber das Wesentliche an ihr ist doch ihr In-der-Welt-Sein. Lassen wir die Philosophie der Pirogge,

das ist Heideggers und Husserls Domäne, sollen sie uns das piroggige Wesen der Pirogge sowie ihre ebenfalls piroggige Existenz erklären. Hier haben wir Literatur, also geht es uns um das, was nur einmal gewesen ist, das Einzigartige, dem nichts auf der Welt gleicht. Sag, worin besteht deine Außergewöhnlichkeit, deine Einzigartigkeit? Wenn du schon so etwas Besonderes bist, daß du die Feder zur Hand genommen hast, dann beschreib auch deine Besonderheit.«

»Die Sprache«, sagt Herr Mareczek, »diese schreckliche Macht, die dem Menschen gegeben ist, hat das an sich, soll sie dafür verflucht sein, daß darin das Besondere seine Besonderheit verliert. Es reicht, daß ich mir etwas vorstelle, und schon wird das Vorgestellte zum Begriff. Ich sage: Die Feder zur Hand, und dabei denke ich an diese meine Hand mit diesem und keinem anderen Netz von Linien und diesen Kugelschreiber hier, diesen gelben BIC, den Julia mir in einem Päckchen aus Paris geschickt hat. In dem Päckchen war außerdem noch Kaffee, ein Viertel Kilo, gemahlen und vakuumverpackt, und Tee in einer grünen Blechdose mit der Aufschrift: Lipton of London. Finest Earl Grey. Selected Teas. Aber bevor ich diese Schachtel noch beschreiben konnte, sogar noch bevor ich den Kugelschreiber von dem Blatt Papier aufgenommen habe, haben sich Feder und Hand schon verwandelt, sie sind nicht mehr meine, die Feder ist jede Feder, die Hand jede Hand, schlimmer noch, denn die Feder ist der Begriff der Feder, also die Idee von der Feder, und die Hand der Begriff der Hand, also die Hand des Geistes. Und in diesen beiden Worten gibt es nichts, was darauf hinweisen würde, an welche konkrete Feder, welche konkrete Hand ich gedacht habe und denke.« Hier legt Herr Mareczek den Kopf in die Hände, wiegt sich über dem Teller mit den Piroggen hin und her und stößt dabei – aber nur in seiner Phantasie, denn er wird sich ja im Speisesaal, am Tisch, über dem Teller nicht an den Kopf fassen und stöhnen –, stößt also dabei ein verzweifeltes Jammern aus:

»O Gott, mein Gott, was bin ich unglücklich, daß ich nichts so beschreiben kann wie ich will, selbst die weißgelbkarierte Schürze von Frau Aniela entzieht sich meiner Beschreibung und verwandelt sich auf der Stelle, sobald sie nur erwähnt wird, mit einer verblüffenden Boshaftigkeit in alle weißgelbkarierten Schürzen. Und ich wollte dir doch, Leser der Zukunft, unseren Sommer, unseren August dieses Jahres 1983 so gerne beschreiben.«
»Verzweifle nicht, Mareczek«, sagt der Leser der Zukunft, der offenbar mit diesem Kopf, der sich da über den Piroggen wiegt, Erbarmen hat. »Erzähl mir noch etwas über die Pekinesen in den Gasmasken. Das ist konkret, und das ist etwas, was in keinem Buch über deine Epoche steht. Und außerdem etwas Konkretes, das mir viel über euch, über die Generation deiner Eltern sagt. Also, erinnern wir uns noch einmal etwas, Herr Mareczek. Dieser Elefant Tuzinka, was war das?«
»Ein kleiner Elefant«, sagt Herr Mareczek. »Aber ich will mich nicht mehr erinnern. Ich will dir lieber erzählen, was dem Landvermesser Misiukiewicz zugestoßen ist.«
»Ich mag keine erfundenen Geschichten«, sagt der Leser der Zukunft. »Und außerdem muß ich jetzt zur Brücke spazieren, denn ich habe zuviele Piroggen gegessen und werde nicht einschlafen können.«
»Aber das, was ich dir erzählen will«, ruft Herr Mareczek hinter ihm her, »das wird gar nicht erfunden sein.«
Aber der Leser der Zukunft hat den Speisesaal schon verlassen, er öffnet bereits das Gartentor – aber warum trägt er Herrn Mareczeks gelben Pullover, ist dieser Pullover nicht aufgetrennt worden? ist er nicht verbrannt? hat er überlebt? hat er all diese Feuer, Aufstände und Evakuierungen überstanden? – und geht die Straße entlang in Richtung Brücke, es ist das Jahr 2033 oder 2053, und wer ist er, was denkt er, während er da in meinem gelben Pullover zur Brücke geht und hinauf zum Himmel schaut, der dort über der Brücke

violett, über den Feldern hellblau und über dem Dickicht rot mit einem Hauch von Zinnober ist? An dieser Stelle narrt mich die Phantasie, denkt Herr Mareczek. Ich kann mir ja überhaupt nicht vorstellen, was in fünfzig, in hundert Jahren sein wird, wie dann die Menschen hier leben werden, wie diese Erde aussehen wird, was für Behausungen am Rand des Sees stehen und was für Gefährte über die Landstraße rollen werden. Von den Behausungen und Gefährten will ich nicht reden, aber ich kann mir nicht vorstellen – und das beunruhigt, ja es quält mich sehr –, was dieser Leser der Zukunft in seinem Kopf haben wird, welche Gedanken, welche Vorstellungen, welche Träume ihn heimsuchen werden. Aber daß im Jahre 2053 jemand in einem gelben Pullover die Straße entlang zu der Brücke gehen wird und dabei diesen vielfarbigen Abendhimmel betrachten wird, das ist gewiß. Und auch wenn das gar keine weiteren Schlüsse zuläßt, ist es doch auf eine merkwürdige Art tröstend.

Nach dem Abendessen sinniert Herr Mareczek, auf der Bank sitzend, von der aus man den besten Blick auf den See hat – nebenan, auf der Bank unter der Vogelkirsche, entspinnt sich eine Diskussion, der man entnehmen kann, daß in Polen das Jahreseinkommen pro Kopf ungefähr 200 bis 300 Dollar beträgt, wenn man den Schwarzmarktkurs des Dollars anlegt, was zwar deprimierend ist, aber keinen Grund zur Verzweiflung darstellt, denn die Tibetaner haben ein Jahreseinkommen pro Kopf von 110 Dollar –, sinniert er über die weitere Geschichte von Stasiulek Misiukiewicz und versucht, sich auf die zweite Möglichkeit einer Darstellung seines Schicksals zu besinnen.

Eines Tages – wer so anfängt, gibt zu verstehen, daß er vorhat, sich etwas auszudenken, aber das, was ich zu erzählen habe, wird nicht ausgedacht sein –, eines Tages also stand der Landvermesser Misiukiewicz vom Abendessen auf, es war zwei, drei Jahre nach dem Erlebnis mit Egle, wovon Aniuta natürlich nie etwas erfahren hatte, während Stasiulek oft, in

der Regel vor dem Einschlafen, über dieses merkwürdige Ereignis nachsann und einmal, in einer dieser Oktobernächte, als der Regen die nassen Blätter des Süßkirschenbaums an die Scheiben trieb, sogar von Egle geträumt hatte, daß es bei diesem Abendessen russische Piroggen gegeben hatte, braucht nicht einmal erwähnt zu werden, an diesem Abend also sagte der Landvermesser zu seiner Frau:
»Weißt du was, ich habe Schmerzen. Genau hier« – und dabei drückte er mit zwei Fingern, dem Daumen und dem Zeigefinger, unter die unterste Rippe auf der linken Seite. Als er das tat, schmerzte es noch mehr. Aber das behielt er für sich, denn er wollte Aniuta nicht erschrecken, die jede Krankheit, selbst einen Schnupfen, bei Kaziulek für ein schreckliches Unglück hielt und sich, weil sie nicht wußte, wie sie mit einem solchen Unglück umgehen sollte, immer gleich zu Alisia begab, der Haushälterin von Pfarrer Połujański, denn die kannte sich mit Krankheiten aus und kurierte die Nachbarn und Bekannten gerne.
»Ich mach dir einen Kräutertee«, sagte Aniuta. »Du hast zuviel von den Piroggen gegessen.«
»Aber sie haben so gut geschmeckt«, sagte der Landvermesser.
Die Kräuter, so scharf und bitter sie waren, halfen jedoch nichts, der Landvermesser verspürte weiter Schmerzen, und zwar immer mehr. Er schlief erst nach Mitternacht ein, und als er am Morgen aufwachte, fiel ihm sogleich wieder sein Schmerz ein, und erschrocken, weil er sich sehr vor diesem Schmerz fürchtete, das heißt, nicht so sehr vor diesem Schmerz als davor, was dieser Schmerz bedeuten könnte, erschrocken also preßte er sogleich die beiden Finger unter die Rippe. Aber ihm tat nichts weh, und die Tatsache, daß der Schmerz verflogen war, tat ihm gut. Bald hatte er vergessen, daß er überhaupt Schmerzen gehabt hatte, und weil es Sonntag war, fuhren sie mit den Kindern zur Messe nach Jeleniew, und nach der Messe aßen sie bei dem Pfarrer

Połujański zu Mittag. Sie kehrten gegen Abend mit dem Einspänner zurück. Misiukiewicz gab Kaziulek die Zügel, er selbst legte den Kopf zurück und schaute in den Himmel hinauf, der über die Wipfel der Kiefern dahinzog.

»Schau Wandziulka, ein Reh«, sagte Aniuta, als sie an der Wegkreuzung vorbeikamen, wo die größten und süßesten Erdbeeren wuchsen, weil es dort am sonnigsten war. »Da, da hinten!«

Aber Wandziulka gelang es nicht mehr, das Reh zu erspähen, das wohl das Knirschen der Räder gehört hatte – Morgen muß ich sie ölen, dachte der Landvermesser – und davon erschreckt zwischen den Bäumen verschwunden war. Es ist angenehm, durch den Wald zu fahren und hinauf in den Himmel über den schwankenden Wipfeln der Kiefern zu blicken, wenn man keine Schmerzen hat. Aber in der Nacht bekam der Landvermesser erneut Schmerzen, diesmal hörte es nicht auf. Am Mittag fuhr Aniuta nach Jeleniew und brachte Kräuter aus dem Pfarrhaus mit, die Alisia ihr gegeben hatte. Aber weder diese Kräuter halfen noch die, die der Landvermesser zwei Wochen später, als sie sich mit dem Einspänner nach Suwałki begaben, vom Doktor Ciecierski verschrieben bekam, der täglich, mit Ausnahme von Samstagen und Sonntagen, von vier bis sechs Uhr Sprechstunde hatte.

»Was fehlt denn diesem Misiukiewicz?« fragte die hübsche Frau Ciecierska, als ihr Mann ins Eßzimmer kam, sich ans Fenster stellte und auf den Mann in der Lederschürze blickte, der auf der anderen Straßenseite das Trottoir fegte. »Seine Frau ist so nett.«

»Frag besser nicht«, sagte der Doktor Ciecierski. »Sei so gut und gib mir ein Gläschen Kirschschnaps.«

Der Vorhang am Fenster war dunkelgrün, eine Farbe wie Flaschenglas. Fuhr man mit den Fingern über den dicken Samt, die goldenen Fransen, mit denen er abgesetzt war, dann bewegte er sich hin und her, und man hatte den Eindruck, oder zumindest konnte man sich vorstellen, daß man

ein sonderbares, grüngoldenes, exotisches Tier mit einem warmen weichen Pelz berührte.
Nach der Rückkehr aus Suwałki stellte sich der Landvermesser vor den Spiegel, streckte die Zunge heraus und sagte zu Aniuta:
»Sieh mal, wie meine Zunge aussieht. So merkwürdig belegt. Hast du schon mal so eine gelbe Zunge gesehen?«
»Was hat er dir gesagt, Stasiulek?« fragte Aniuta.
»Nichts«, antwortete der Landvermesser. »Ich soll diese Kräuter trinken, dann wird es verschwinden.«
»Aber was hat er dir gesagt?«
»Nichts, ich sag es dir doch.« Der Landvermesser wurde ärgerlich. »Kaziulek hat einen Schnupfen, und das ist deine Schuld, denn du hast ihn ohne warme Strümpfe hinausgelassen.«
Am nächsten Tag bat Misiukiewicz Aniuta nach dem Mittagessen, das Bett für ihn zurechtzumachen. Von diesem Tag an stand er nicht mehr auf, hörte auch fast auf zu essen, denn eine halbe Stunde nach dem Essen wurde der Schmerz noch ärger, und dann kam es ihm so vor, als werde ihm ein langes schmales Messer unter die unterste Rippe gestoßen. Er lebte noch drei Wochen. Woran er starb, ist unklar. Vielleicht war es Bauchspeicheldrüsenkrebs, vielleicht Milzkrebs. Aber vielleicht war es auch eine andere Krankheit. Doktor Ciecierski hatte keinen Röntgenapparat, weil Röntgen erst 1895 die Röntgenstrahlen entdeckte. Es spricht für seine ärztlichen Fähigkeiten, daß er, unfähig, eine eindeutige Diagnose zu stellen, das Schlimmste erwartete. Welche Rolle spielt es denn auch, woran man stirbt.
Draußen vor dem Fenster fielen die ersten Blätter von dem wilden Pflaumenbaum, den Misiukiewicz in diesem Herbst hatte fällen wollen, weil er das Licht in der Stube wegnahm, aber dazu war er dann nicht mehr gekommen. Die Blätter an den unteren Ästen waren schon gelb, die an den oberen noch grün. Weiter entfernt stand eine Linde am Weg, deren

Blätter etwas früher gelb wurden, und jeder Windstoß wirbelte eine goldene, raschelnde Wolke empor, die dann langsam zu Boden sank. Und noch weiter entfernt stand ein Ahorn, und die Blätter, die von seinen Zweigen fielen, waren rot. Es war so schön, es konnte schöner nicht sein. Aniuta holte Wasser aus dem Brunnen, und als sie sich, während sie die Kurbel drehte und auf das Knirschen der Kette hörte, über den Brunnenrand beugte, dachte sie: schöner kann es auf der Welt nicht sein.
Stasiuleks Finger krallten sich in die Decke, dann streckten sie sich langsam, einer nach dem anderen. So fand das Daseinsleid des Landvermessers Misiukiewicz ein Ende. Und das ist der Wirklichkeit abgeschaut, denn jeder weiß, daß es in Wirklichkeit genau so aufhört.

»Sind Sie da, Herr Mareczek?« fragt der Flötenprofessor. Er steht unter dem Fenster, von dem aus man die beiden Maulbeerbäume sehen kann, den weißen und den schwarzen.
»Ja«, sagt Herr Mareczek. »Wollen Sie mir etwas auf der Flöte vorspielen?«
»Damit brauchen Sie nicht zu rechnen«, sagt der Professor. »Aber kommen Sie mal heraus, ich muß Ihnen etwas zeigen.«
Herr Mareczek verläßt das Zimmer – nicht gerade begeistert, denn da auf seinem Bett hatte er im Liegen über den Tod von Stasiulek Misiukewicz nachgedacht und hätte sich in diesen letzten Augenblicken im Leben des Landvermessers lieber nicht von ihm getrennt – und steuert auf die Bank unter dem Heckenrosenstrauch zu, wo der Professor und seine Frau sitzen, an dem Geräteschuppen vorbei, den Holzscheiten und dem Sandkasten, wo die vierjährige Asia mit der vierjährigen Magda spielt.
»Komm doch«, sagt Asia zu Magda, »komm, wir spielen Hexe.«
»Ich hab aber Angst«, sagt Magda, und man sieht, daß sie

wirklich Angst hat und nicht will, daß sich Asia in die Hexe verwandelt.
»Du brauchst keine Angst zu haben«, versucht Asia sie zu überreden. »Ich bin eine liebe Hexe, und ich lasse dich auch nicht anbrennen, wenn ich dich in der Kessel brate.«
»Es heißt nicht ›in der Kessel‹, Asia«, mischt sich Herr Mareczek ein. »Es heißt ›in dem Kessel‹, ›der Kessel‹.«
»Und was ist eine Kessel?« fragt Magda.
»So ein großer Kochtopf«, erklärt Herr Mareczek. »So wie der, in dem Frau Aniela Suppe kocht, nur noch größer.«
Während er weiter auf den Heckenrosenstrauch zugeht, hört er Asias Stimme hinter seinem Rücken: »Komm schon. Ich tu dich in die Kessel und brate dich. Du brauchst keine Angst zu haben. Da in der Kessel ist es ganz schön.«
»Sehen Sie mal«, sagt der Flötenprofessor und rutscht in die Mitte der Bank, um für Herrn Mareczek Platz zu machen, »was meine Frau in Warschau erstanden hat.« Damit reicht er Herrn Mareczek ein Buch in einem bunten Einband, auf dem ein alter Stich mit zwei Adligen abgebildet ist – der eine im altpolnischen Überrock, der andere in Adelstracht –, die über etwas diskutieren. Im Hintergrund sieht man eine Stadt und einen Fluß, an dem entlang die Aufschrift verläuft: »Vistula fl. regnum dividens.« Darüber steht der Titel: »The Historical Atlas Of Poland.« – »Das habe ich in der Buchhandlung am Erlöserplatz gekauft«, sagt die Frau des Professors. »Die Leute haben bis zum Fischgeschäft angestanden, denn außer dem Atlas hatten sie noch ›Koziołek Matołek‹ und den ›Pan Tadeusz‹ reinbekommen. Und jeder, der an den Verkaufstisch kam, sagte: ›Bitte einen Atlas, einen Pan Tadeusz und einen Matołek.‹ Also habe ich auch einen Atlas, einen Pan Tadeusz und einen Matołek gekauft.«
»Ist der für Ihre Sammlung?« fragt Herr Mareczek, und dabei denkt er an die Monate zurück, als er auf dem Erlöserplatz ausstieg, um sich sofort in der Schlange vor dem Fischgeschäft anzustellen – sie hatten gerade Danziger Paprikaein-

topf und gefrorenen Seelachs reinbekommen – und dann den hinter ihm Stehenden anzusprechen: »Das ist mein Platz, halten Sie ihn mir bitte frei.« Dann rannte er zur Mokotowska, zum Kiosk im Gebäude der Regionalvertretung Masowiens, um neue Untergrundzeitungen zu kaufen; einmal hatte er in diesem Kiosk »Kassiber« von Piłsudski gekauft, ein andermal, als die Schlange besonders lang war, hatte er darauf verzichtet, ein Buch über den Krieg von 1920 zu kaufen. Aber das war dumm von mir, denkt er jetzt. Ich meinte, es würde ewig so weitergehen und ich könnte dieses und andere Bücher immer noch kaufen. Ich hätte besser auf den gefrorenen Seelachs verzichtet. Aber dann kam der 13. Dezember, ein winterlicher, grauer Sonntagmorgen, auf dem Erlöserplatz und der Mokotowska verteilten Arbeiter von »Ursus« Flugblätter, vor der Regionalvertretung hatte sich eine Menge gebildet, es war noch nicht klar, was geschehen war, jemand rüttelte wütend an der verschlossenen Tür des Gebäudes, eine Frau kniete auf der Fahrbahn und heulte hysterisch, ein NBC Kameramann filmte die Szene, Herr Mareczek begriff plötzlich, daß sich da vor seinen Augen Geschichte abspielte, daß er Augenzeuge von Ereignissen war, die viele Jahrhunderte lang in Erinnerung bleiben und beschrieben werden würden, und dann, während er noch dastand, wurde ihm auch noch bewußt, daß das, was da geschah, zwar jahrhundertelang in Erinnerung bleiben würde, keinesfalls aber das erste Mal geschah, daß diese grauen Wintermorgen sich in der Geschichte dieser Stadt unaufhörlich wiederholten, und dann begriff er plötzlich, daß er erwartete, dort, wo die Chopinstraße in die Mokotowskastraße mündete, da an dem italienischen Eissalon, der chemischen Reinigung und dem Gemüsegeschäft, braungrüne Kosaken auf kleinen Pferdchen zu erblicken, einen Augenblick lang kam es ihm schon so vor, als sehe er ihre Fellmützen und langen Bajonette, aber er konnte nicht mehr lange auf der Mokotowska stehenbleiben und beobachten, was sich an der Regionalvertretung tat, denn er war in die Stadt gekommen, um nachzusehen, welche seiner Freunde auf freiem Fuß und welche verhaftet waren. Warum habe ich mich damals nicht in einer Toreinfahrt auf der Mokotowska versteckt, denkt er jetzt. Ich hätte bis zum Abend stehenbleiben und mir die Ereignisse dieses Tages im Gedächtnis notieren sollen, dann hätte ich später alles, was sich da tat, Stunde für Stunde, beschreiben können, und es wäre ein Zeugnis geworden, für das mir meine Nachkommen zweifellos dankbar gewesen wären, so wie ich heute Antoni Roślakowski und Józef Święcicki dankbar bin, daß sie beschrieben haben, wie in der Nacht vom 29. auf den 30. November die Soldaten des Vierten Infanterieregiments des Königreichs Polen mit den Wolhyniern am Arsenal gekämpft haben; aber ich brauche mir wohl doch nicht solche Vorwürfe zu machen, denn unter der Menge an der Mokotowska waren sicher welche, die das alles schildern werden oder schon geschildert haben, ich war ja schließlich nicht alleine da, andere haben es auch gesehen und im Gedächtnis behalten, in fünfzig, in hundert Jahren werden bei uns sicher Dutzende, ja Hunderte von Erinnerungen an die Ereignisse der letzten drei Jahre erscheinen; andererseits aber hätte ich wohl doch Szenen zu beschreiben, die außer mir wahrscheinlich niemand gesehen hat und an die sich niemand erinnern kann, und wenn ich der einzige Zeuge war, dann habe ich natürlich die Pflicht, darüber zu schreiben. Und Herr Mareczek erinnert sich wieder an den Tag direkt vor dem 13. Dezember, als die Motorisierten Miliz-Einheiten die Offiziersschule der Feuerwehr in Żoliborz eingenommen hatten. Er war damals in das Delikatessengeschäft an der Marszałkowskastraße gegangen und hatte gehört, wie eine Frau in der Schlange zu jemandem hinter ihm sagte: »Sie haben Seweryn festgenommen. Er ist nirgends zu finden, bestimmt haben sie ihn festgenommen.« Worauf eine andere Frau sagte: »Reden Sie doch keinen Unsinn. Seweryn ist

frei.« Darauf eine dritte: »Seweryn haben sie festgenommen, das weiß ich genau.« Dann sagte die erste Frau: »Was soll jetzt aus uns werden? Wenn sie ihn nicht rauslassen, was sollen wir dann tun?« Herrn Mareczek kam damals der Gedanke, daß er nicht Zeuge irgendeines beliebigen Ereignisses war: vor seinen Augen entstand ein Volkstribunal, wie es seit vielen Jahren in Polen keines gegeben hatte. Und ein weiterer Gedanke war, daß die Roten es hier nie leicht haben würden, denn diese Frauen, die mit solcher Sorge und so tiefen Gefühlen über Seweryn Jaworski redeten, hatten begriffen, daß ihnen das Recht zustand, ihr eigenes Tribunal zu wählen, und hat ein Mensch dies einmal begriffen, dann kann man ihm zwar dieses Recht wieder wegnehmen, aber man kann ihn nicht davon überzeugen, daß ihm dieses Recht nichts nützt. Werde ich irgendwann in meinem Leben noch einmal so wunderbare 16 Monate haben? Mein Gott, was war ich glücklich damals, diese 16 Monate lang in einem freien Polen. Und wenn ich Dich um eines bitten darf, dann darum, daß ich in meinem Leben noch einmal so etwas erlebe.
»Meine Sammlung geht nur bis zum Jahr 1914«, sagt der Professor. »Was jetzt herauskommt, kann ich nicht mehr sammeln, denn dann müßten wir aus unseren zwei Zimmern ausziehen. Wir schlafen auf Atlanten und treten auf Landkarten. Meine Frau und ich haben uns gedacht, daß dieser Atlas hier für uns eigentlich unnötig ist. Für den kleingroßen Mareczek aber würde er sehr nützlich sein, denn er kann viel daraus lernen. Nehmen Sie ihn als Geschenk von uns für Mareczek, zu seinem Namenstag im September.«
»Vielen Dank«, sagt Herr Mareczek. »Sie machen mir eine große Freude damit. Es ist heutzutage so schwer, etwas Sinnvolles für ein Kind zu kaufen.«
»Das ist eine englische Ausgabe«, sagt der Professor. »Und deshalb erscheint mir der Atlas so ganz besonders interessant. Denn wenn man sich die polnischen Landkarten mit den englischen Aufschriften ansieht, kann man unsere Geschich-

te mit anderen, sozusagen mit ausländischen Augen betrachten. Stellen Sie sich einmal vor, Sie wären Engländer oder Amerikaner und hätten beim Durchblättern dieses Atlasses Ihre erste Begegnung mit der Geschichte der Polen. Das ist eine sehr lehrreiche Erfahrung. Ich bitte Sie, werfen Sie mal einen Blick auf diese Landkarte: Was sagt sie Ihnen? Aber vergessen Sie nicht, daß Sie Engländer sind.«
»Also, sagen wir, ich bin Engländer«, sagt Herr Mareczek. »Obwohl ich nicht verstehe, wie man Engländer sein kann. Man kann nur Pole sein. Etwas anderes zu sein ist doch eine schreckliche Strafe für ich weiß nicht welche, aber bestimmt ganz abscheuliche Sünden. Aber sagen wir mal, ich bin Engländer. Was weiß ich also über Polen?«
»Sie wissen, daß es dieses Land ist, wo Lech Walesa wohnt, der Anführer der ›Solidarity‹. Da sind Lenin's Shipyard und die Stadt Warsaw. Sie wissen auch, daß in diesem Land seit Menschengedenken abwechselnd die Deutschen und die Russen herrschen. Aber die Polen sind brave Leute und glauben an Gott. Das wissen Sie auch. Vielleicht haben Sie noch gehört, daß vor kurzem ein Pole den Nobelpreis für Literatur bekommen hat. An den Namen können Sie sich aber nicht mehr erinnern. A propos – kennen Sie diese Anekdote über Napoleon und den Professor der Universität von Wilna?«
»Nein, die kenne ich nicht«, sagt Herr Mareczek.
»Du hörst weg, du kennst sie schon«, sagt der Professor zu seiner Frau. »Ich weiß nicht mehr genau, wo ich sie gelesen habe, wahrscheinlich in zeitgenössischen Erinnerungen. Als Napoleon 1812 in Wilna einmarschierte, wurden ihm die Professoren der dortigen Universität vorgestellt. ›Und das hier‹, sagte Jan Śniadecki, ich weiß allerdings nicht, ob er damals Rektor war, das ist aber auch ganz egal, ›das hier ist Euzebiusz Słowacki, Professor für polnische Literatur.‹ Napoleon betrachtete den Vater von unserem Julius voller Verwunderung und fragte ›Haben die Polen denn eine Literatur?‹.«

»Dreckskerl«, sagt Herr Mareczek. »Ich habe Napoleon noch nie leiden können. Die Ulanen von Somosierra übrigens auch nicht. Ich war immer auf der Seite dieser tapferen Spanier, die da in dieser Schlucht zerstückelt auf den Geschützen lagen.«

»Also, was sagt Ihnen, mit einer typisch englischen Kenntnis von Polen, diese Karte?« fragt der Professor.

Damit öffnet er den »Historical Atlas of Poland« und zeigt Herrn Mareczek eine Landkarte mit dem Titel »Poland and Lithuania in the 15th Century«. Die Landkarte stellt ein riesiges Gebiet dar, das sich von Tula und Kaluga im Osten – wo die Grenze entlang der Oka verläuft und an einer Stelle die Wolga berührt – bis Zbąszyń und Auschwitz im Westen – dort bei Glogau reicht die Grenze bis an die Oder – und von der Halbinsel Hela, Memel und Mitau im Norden bis nach Odessa und ans Donaudelta im Süden erstreckt. Zur Darstellung des Landes sind zwei Farben verwendet worden: rosa und hellbeige. Einige kleine Teile sind grün oder violett. Der rosafarbene Teil des Landes ist ein nicht allzu breiter Streifen, der sich von Nordwesten nach Südosten zieht, von der Ostseeküste bis zum Donaudelta und dem Schwarzen Meer. Das sind die Westgebiete des Landes. Wesentlich größer, vier- oder fünfmal so groß wie dieser Streifen, ist der östliche Teil des Landes, der hellbeige Teil zwischen Memel, Wolga, Oka und schließlich der Krim im Süden. Die Krim ist weiß, und aus der Karte geht hervor, daß The Khanate of Crimea nicht von dem hellbeigen Gebiet verschlungen worden ist, obwohl man dort bestimmt mit dieser Möglichkeit gerechnet hat.

»Also, was entnehmen Sie dieser Karte?« wiederholt der Professor seine Frage. »Ich muß Sie nochmals daran erinnern, daß Sie Engländer sind.«

»Ich entnehme ihr«, erwidert Herr Mareczek, »daß im 15. Jahrhundert in Mittel- und Osteuropa ein riesiges Reich existierte, offenbar das größte Reich in Europa. Das war das

Reich der Litauer. Es unterwarf und verschlang die benachbarten Fürstentümer und Königreiche, in denen Polen, Tataren und Ukrainer lebten. Den Polen gelang es jedoch, eine gewisse Eigenständigkeit zu bewahren, wie aus der Landkarte hervorgeht, denn die Westgebiete des litauischen Reiches sind in einer anderen Farbe markiert. Wenn ich noch wüßte, daß die litauische Dynastie damals in Krakau regierte, müßte ich auch sagen, daß das, was die Litauer damals militärisch, ökonomisch und kulturell darstellten, für ihre Nachbarn außergewöhnlich attraktiv war. Und wenn ich ein solcher Engländer wäre, vielleicht würde ich noch einen anderen Gedanken in Erwägung ziehen: daß das ein Stamm von Barbaren war, der sich, wie das mit Barbaren so üblich ist, plötzlich von seinem angestammten Platz fortbewegt und die benachbarten Fürstentümer unterworfen hatte, deren Kultur und Zivilisation möglicherweise auf einem viel höheren Niveau stand. Ich hätte als ein solcher Engländer auch ein paar Fragen. Warum sind die Litauer, wenn sie doch so mächtig waren, nicht bis an den Rhein oder über den Rhein hinaus vorgedrungen? Warum setzte sich nicht irgendein Kaiser oder König in Wien, Paris oder Rom Mendogs Krone auf? Warum entstand kein Kaiserreich litauischer Nation? Vielleicht waren wir es, hier auf diesem rosa Streifen, die den Litauern den Weg zur bleibenden Größe, zur jahrhundertelangen Macht verstellten? Und wo ist heute Mendogs Krone? Aber Verzeihung, ich frage nicht mehr als dieser Engländer, sondern als Pole. Als Engländer wüßte ich noch gerne, warum sie jetzt, wo sie doch einst so mächtig waren, in ein paar Städten und Städtchen da in einer Ecke an der Ostsee sitzen? Und es sieht nicht so aus, als hätten sie an die Unterwerfung der Krim gedacht.«

»Sehen Sie nun, was das für ein interessanter Atlas ist?« sagt der Professor. »Wenn man ihn betrachtet, verfällt man sogleich in einen historiosophischen Furor und beginnt, der Geschichte Fragen zu stellen, die sie leider nicht zu beantworten vermag.

Mir geht auch dieser Gedanke durch den Kopf, daß wir den Litauern eine Chance genommen haben oder daß wir, nachdem wir uns in sie verklammert und sie in dieser Verklammerung unterworfen hatten, mit ihnen zusammen eine Chance verloren haben. Denn vielleicht hätten sie allein es geschafft, ein dauerhaftes Imperium zu errichten, aber wir waren dafür nicht besonders geeignet. Wenn man unsere Geschichte betrachtet, kann man sagen, daß es uns überhaupt nie um so etwas wie imperiale Macht ging. Und neue Lebensbereiche suchen wir eher auf geistiger Ebene als in Gestalt von greifbaren Territorien. Aber jetzt sehen Sie sich mal mit dem Auge des Engländers diese Karte an.«

Diese zweite Karte besagt, daß der rosafarbene Fleck auf weißem Grund und umgeben von einer grünen Grenze »The Kingdom of Poland during the November Insurrection« hieß. Dieser Flecken verbindet sich im Norden mit einem kleineren Flecken, auch rosafarben, der aussieht wie ein nach Osten gewandtes Gesicht. Der Verlauf der Memel beschreibt das Profil des Gesichts, denn dieser kleinere Flekken ist genau die Gegend hier um uns herum – Suwałki.

»Ich wußte zwar, daß Suwałki und Sejny zu Kongreßpolen gehörten«, sagt Herr Mareczek, »aber daß wir damals Kalwaria und Mariampol und sogar Giełgudyszki hatten, das war mir entgangen. Alexander war wirklich sehr liebenswürdig zu uns. Liebenswürdiger als Stalin, denn der hat uns Kalwaria nicht gegeben. Obwohl uns Stalin wiederum Białystok gegeben hat. Was jener seinem Reich einverleibt hatte. Aber wenn er gewollt hätte, hätte Alexander die Grenze auch irgendwo bei Grajew oder Szczuczyn verlaufen lassen und diesen kleinen Flecken von dem großen abschneiden können, indem er die Suwałki zum Kaiserreich schlug. Dieser kleine Flecken, ein paar Städtchen, ein paar Tausend Menschen – in kaiserlichen Plänen ist das doch ohne Belang. Ein Federstrich – und die Geschichte dieser Menschen und dieser Städtchen wäre ganz anders verlaufen.«

»Genau deshalb«, sagt der Professor, »hat er uns diese Städtchen gegeben, weil sie ihm nichts bedeuteten. Es gehörte ihm ja sowieso alles.«
»Aber ich will Sie daran erinnern«, sagt die Frau des Professors, »daß Sie Engländer sind.«
»Als Engländer«, sagt Herr Mareczek, »bin ich der Meinung, daß der Name ›Kingdom of Poland‹ eine Übertreibung ist. So etwas Kleines müßte eher Fürstentum oder Grafschaft heißen. Und dieser kleine Flecken wundert mich. Warum folgt die Grenze dieses Königreichs so einer gewundenen Linie?«
»Das ist der Flußverlauf«, sagt der Professor. »Die Grenze verlief an Bug, Biebrza und Memel entlang. Daraus geht hervor, daß Alexander oder sein Berater, vielleicht Czartoryski, natürliche Grenzen liebte. Aber sehen Sie mal hier: Unser Königreich ist die Faust, die das Russian Empire in den Unterleib des Kingdom of Prussia rammt. Warum haben sie erst im 20. Jahrhundert um diese Gebiete gekämpft? Aus dieser Karte wird deutlich, daß sie viel früher um uns hätten kämpfen sollen, so um 1850 herum. Oder noch früher.«
»Wann«, fragt Herr Mareczek, »werden sie endlich aufhören, um uns zu kämpfen?«
»Vermutlich niemals«, sagt der Professor. »Vielleicht werden sich die Litauer wieder regen und ihr Reich von der Memel bis zum Schwarzen Meer wiedererrichten.«
»Dann«, sagt die Frau des Professors, »werden wir Probleme mit den Litauern bekommen.«
»Was wäre Ihnen denn lieber«, fragt Herr Mareczek, »daß Polen so aussieht wie auf dieser Karte hier, wo es ein Teil von Litauen ist, oder so wie auf der Karte da? Aber es geht mir jetzt gar nicht um die Größe Polens oder seine Grenzen, eher um etwas, das man als geistige Qualität bezeichnen könnte. Oder wäre es Ihnen lieber, wenn Polen nach allen Seiten hin offen wäre, mit seinen Nachbarn Kontakt hätte, etwas von ihnen nehmen und etwas ihnen geben würde, oder daß es

abgekapselt wäre, auf sich selbst gestellt, zurückgezogen und provinziell? Wo würden Sie lieber leben? In einem Polen, das eine kleine Provinz an der Ostsee ist, ein Winkel der Welt, den kaum jemand kennt, unberührt von den großen Armeen und den großen Geistesströmungen, oder in einem Polen, das von allen gewaltigen Erschütterungen Europas oder der Welt heimgesucht wird und das unentwegt Probleme hat, die es mit anderen teilt?«
»Ich hätte, glaube ich, doch lieber ein offenes Polen«, sagt die Frau des Professors. »Eins, das der Welt und den Nachbarn freundlich gesonnen ist. Und Nachbarn, die uns auch freundlich gesonnen sind. In so einem Polen würde ich mich besser fühlen.«
»Aber besser leben«, sagt der Professor, »würden wir in einer Ecke Europas, in einem Winkel, an den keiner denkt und für den sich keiner interessiert.«
»Meinen Sie denn«, fragt die Frau des Professors, »daß wir hier überhaupt etwas wählen können? Daß uns so etwas überhaupt zur Wahl gestellt wird?«
»Wohl kaum«, erwidert Herr Mareczek. »Aber wir können doch ein bißchen davon träumen, daß wir irgendwann einmal ein Polen haben werden, wie wir es uns wünschen. Es wäre daher gut, jetzt schon zu wissen, was für ein Polen wir uns wünschen. Denn ehrlich gesagt weiß ich es nicht.«

»Sie hat mich in der Kessel gebraten«, sagt Magda und stellt sich vor die Frau des Professors. »Sagen Sie ihr, daß sie das nicht mehr tun soll.«
»Warum brätst du sie denn im Kessel, Asia?« fragt die Frau des Professors. »Spielt jetzt schön, sonst sage ich es deiner Mama, und du bekommst einen Klaps auf den Popo.«
»Aber sie hat das doch gern«, ruft Asia und wirft lachend Hände voll Sand aus dem Sandkasten. »Sie hat doch gewollt, daß ich sie in der Kessel brate.«
»Und was Napoleon angeht«, sagt der Professor, »da haben

Sie ganz offensichtlich nicht recht. Er hat uns benutzt, worüber man ihm kaum böse sein kann. Er war ja schließlich Franzose und kein Pole, also hatte er die französischen Interessen im Auge. Aber seine Feldzüge durch Europa haben uns die Hoffnung auf Unabhängigkeit gegeben, und diese Hoffnung brauchten wir dringend. Wir sollten ihm also doch dankbar sein.«

»Wie wäre es mit einem Spaziergang?« schlägt die Frau des Professors vor. »Bis zum Steg und zurück. Kommen Sie mit?«

»Ich bleibe lieber hier sitzen und schaue auf den See«, sagt Herr Mareczek. Und als der Professor und seine Frau gegangen sind, um ihre Pullover zu holen – man spürt nämlich schon die Kühle des frühen Abends, und für einen Spaziergang zur Brücke muß man sich etwas wärmer anziehen –, schlägt Herr Mareczek den »Historical Atlas of Poland« auf seinen Knien auf und sucht weiter – diesmal ohne so zu tun, als sei er Engländer – Antworten auf die Fragen, auf die es bekanntlich keine Antwort gibt. Wenn die violetten und dunkelblauen Pfeile auf der Karte »The Campaigns of King Stefan Batory« anders angeordnet wären, denkt er, anders als sie jetzt angeordnet sind, wie ginge es uns dann, wie wäre es uns ergangen? Und wenn es auf der Karte »Industry on Polish Territories in the Mid 19th Century« mehr von diesen Sternchen und kleinen Kreisen gäbe, als jetzt darauf sind, wenn Drucki-Lubecki seine Pläne verwirklicht hätte, dann würde es uns heute doch bestimmt etwas besser gehen? Und wenn die roten Flecken auf der Karte »The Battle of Warsaw 1920« kleiner und die grünen Flecken größer wären, wer wäre ich dann heute? Dann säße ich vermutlich nicht auf dieser Bank und betrachtete diese Karten und dächte, was ich denke. Ich wäre wahrscheinlich überhaupt nicht geboren worden, denn meine Eltern wären ins Lager gekommen, noch bevor sie sich kennengelernt hätten. Also hier, genau hier, wo diese roten Kreise über dem Wieprz den Anfang von Piłsudskis Offensive nach Norden bezeichnen, den Anfang dieses herrlichen Manövers, das Polen damals gerettet hat, das ist ein Ort, an dem – was mich betrifft – die Geschichte der Metaphysik begegnet, und die Chausseen, über die die großen Armeen ziehen, kreuzen den schmalen Weg, den ich selbst in meinem Leben gehe. Natürlich gibt es auch andere Orte mit solchen Kreuzungen, wenn man recht überlegt, wird man zu dem Schluß kommen, daß es Tausende solcher Orte gibt. Jedes wichtige historische Ereignis entscheidet doch – und zwar auf endgültige Weise – über das Schicksal Tausender menschlicher Existenzen, die schon existieren, und über das Schicksal von Millionen Existenzen, die sein können, aber nicht sein müssen. Und was mich betrifft, erscheint eben dieser Ort besonders wichtig. Hier stellt die Metaphysik der Geschichte die Frage, ob eine besondere – meine – menschliche Existenz entstehen soll, und die Geschichte überlegt, wie sie auf die Frage antworten soll. Aber wenn ich das so betrachte, fühle ich mich sofort erniedrigt und wehre mich dagegen, daß irgendein Scharmützel, das sich vor hundert oder tausend Jahren zugetragen haben mag, darüber entscheiden soll, daß ich existiere. Das nämlich würde bedeuten, daß ich nicht unbedingt, sondern zufällig bin, daß meine Existenz jetzt, und noch bevor ich entstand, von Millionen, Trillionen historischen Zufällen abhängt und abhing. Wenn Napoleon nicht die Memel überschritten hätte, gäbe es mich nicht. Wenn Batu Khan nicht 1241 Nowogródek abgebrannt hätte, gäbe es mich, aber etwas anders. Wenn die Ordensritter bei Tannenberg fünf Minuten früher ihre Geschütze abgefeuert hätten, dann gäbe es mich, aber etwas später. Ich sollte das also anders, ja völlig anders betrachten und sagen, daß an diesem geheimnisvollen Ort der Kreuzung – denn dieser existiert gewiß –, wo sich entscheidet, was ins Leben gerufen wird und was nicht, es nicht die Metaphysik ist, die die Geschichte anfleht, mich – in dieser Weise – existieren zu lassen, sondern umgekehrt, die Geschichte vor der Metaphysik auf die Knie fällt und darum bittet, daß sie so verlaufen darf, wie die andere, stärkere es möchte, und daß sie mich ins Leben rufen darf oder auch nicht, wobei sie sich natürlich nach der Entscheidung jener anderen, stärkeren Metaphysik richten wird. Aber die Metaphysik ist klug, sie wird doch nicht der dummen Geschichte die geheimen Pläne enthüllen, die sie hinsichtlich zukünftiger menschlicher Existenzen hat, deshalb sagt sie: Verlauf doch, wie du willst, du dumme Geschichte, es geschieht ja doch nach meinem Willen, und du verläufst ja ohnehin so wie ich will, auch wenn du nichts davon weißt, und diese Existenzen, die ich geistig geplant habe, werden genau dann erscheinen, wenn ich es mir wünsche, und in genau der Form, die ich ihnen geben will, denn du dienst mir, nicht ich dir. Dieses große Ereignis also, diese Offensive Piłsudskis vom Wieprz nach Norden, hatte überhaupt keinen Einfluß auf mein, Herrn Mareczek, Leben? Es hatte einen gewaltigen Einfluß, denn ich sitze ja hier auf dieser Bank und denke, was ich denke, und das steht in einem ganz offensichtlichen Zusammenhang mit jener Offensive. Aber an diesem Schnittpunkt, an dem über mich entschieden wurde, hatte die Geschichte, wenn sie überhaupt gesprochen hat, höchstens eine beratende Stimme. Denn der Mensch ist berufen, Gott zu dienen. Und erst danach kann er, wenn er will, der Geschichte dienen.

Ermüdet von diesem Streit über seine eigene Existenz, über seinen existentiellen Status, läßt Herr Mareczek von den Gedanken an den geheimnisvollen Ort oder die geheimnisvollen Orte ab, an denen entschieden wurde – sich entschieden hatte? –, ob er nun geboren werden sollte oder lieber doch nicht, und ihm kommen leichtere, einfachere Gedanken. Einer davon ist folgender: Wenn ich jetzt auf einer anderen Bank säße, also wenn die Geschichte so entschieden hätte, zum Beispiel auf einer Bank am Narocz oder Świteź, wäre ich dann anders, als ich bin? Ein wenig anders oder ganz anders? Und wer säße dann hier auf dieser Bank?

Unter den Sagen, die man sich in dieser Gegend erzählt – aber das sollte man vielleicht anders ausdrücken: die einst in dieser Gegend erzählt wurden –, nehmen die über die Prinzessin Egle oder die Jungfrau Egle zweifellos einen ganz besonderen Platz ein. Sie müssen für die Bewohner dieser Gegend eine außergewöhnliche Bedeutung gehabt haben oder müssen ihnen ganz besonders lieb gewesen sein, weil so viele Ortsnamen mit dem Namen Egle verbunden oder von ihm abgeleitet sind. Hier gibt es nämlich Jeglówek am Szurpiłysee, in der Nähe der Quelle der Szeszupa, aber es gibt auch Jegliniec, das hinter Wojponie und Podwojponie an der litauischen Grenze liegt, dann noch das Jeglówek am Gremzdelsee und, ein oder zwei Kilometer westlich von diesem Jeglówek, noch ein Dorf Jegliniec und einen See Jegliniec. Vielleicht gibt es noch mehr Jegliniecs und Jeglóweks in dieser Gegend. Oder es hat sie gegeben. Einige Sagen über die Prinzessin oder Jungfrau Egle – Prinzessin oder Jungfrau, weil man nicht weiß, ob sie die Tochter eines Fürsten oder eines Ritters war, es gibt verschiedene Versionen in den verschiedenen Sagen – stehen in dem 1859 in Warschau erschienenen Buch von Aleksander Połujański, einem Mitglied vieler wissenschaftlicher Gesellschaften, wie uns das Titelblatt informiert, mit dem Titel »Wanderungen im Augustower Gouvernement, unternommen zu wissenschaftlichen Zwecken«. Połujańskis Buch ist das erste polnische Werk – diese Auskunft gibt Herr Mareczek auf Herrn Rysios Verantwortung, der ihm das versichert hat –, das detailliert über die Geschichte, die Frühgeschichte und auch die heutige Zeit – die des neunzehnten Jahrhunderts – berichtet. Obwohl es danach aussieht, daß einige von Połujańskis Angaben etwas verworren sind und man ihm nicht alles glauben darf, hat er doch in seinem Buch auch viele sehr interessante Neuigkeiten aufgeführt, die er bei seinen Reisen kreuz und quer durch den ganzen Bezirk, von Gut zu Gut, von Städtchen zu Städtchen, gesammelt hat. So kann man zum Beispiel erfahren, wie viele Häuser und Bewohner die Stadt Sejny im Jahre 1859 hatte: »Es enthält 17 gemauerte und 272 hölzerne Häuser, an Einwohnern zählt die Stadt 2144, darunter 1368 Juden.« Man kann zum Beispiel auch erfahren, welche Namen jadwingischen Ursprungs sind: »Kumiat, Kunat oder Skumand, sowie Szmurło, Skumin, Borzym oder Berzym, Koc, Skiłądź (litauisch Skilandis), Kierbedź (Kierbedis) und andere.« Ich wüßte gern, wie viele Leute namens Skiłądź heute in Warschau leben, denkt Herr Mareczek. Das müßte ich mal im Telefonbuch nachprüfen, wenn ich zurück bin. Ich habe es nachgeprüft, Herr Mareczek; wenn man dem Telefonbuch glaubt, wohnt entweder kein einziger Skiłądź in Warschau oder keiner von ihnen hat Telefon. An der Stelle, wo Skiłądź stehen müßte, kann man statt dessen zweimal Skirgajłł, zwei Frauen Skirgiełło und eine Frau Skirmuntt finden. Die Litauer sind mitten unter uns, und es macht Vergnügen, sich diese Tatsache klarzumachen. Mögen sie immer in unserer Mitte bleiben. Noch einer der unzähligen Fakten, die Połujański aufgeschrieben hat: »Wer sich in den Suwałki amüsieren will, findet eine Reihe von Hotels in jüdischem Besitz, drei Weinstuben, zwei Konditoreien und ein Anfang 1857 eröffnetes Kasino, in dem man außer einem Buffet und einem Billardsaal auch alle inländischen sowie einige ausländische Zeitungen finden kann.« Seitdem sind anderthalb Jahrhunderte vergangen, und in Suwałki kann man nicht eine einzige ausländische Zeitschrift finden. »Newsweek« liest hier niemand, obwohl Herr Gienio an verschneiten Winterabenden in seinem gut geheizten Zimmer gerne eine neue »Newsweek« lesen würde. Der gnädige Herr Gast machte es sich nach einer kleinen Billardpartie in dem schweinsledernen Klubsessel bequem, und während er langsam einnickte, weil er vorher drei Wodka getrunken hatte, las er – die Pferde auf dem Hof hatten die Köpfe tief in die Hafersäcke gesteckt, und die Fliegen summten über den Kuchen im Buffet, hinter dem Herr Ciecierski stand, der Großvater jenes Ciecierski, der die Konditorei an der Kościuszkostraße 88 gekauft hatte – zum Beispiel den »Journal de Genève«, der auch da war. Suwałki zählte damals nach Połujański 10584 Einwohner, »davon 5258 männlichen und 5326 weiblichen Geschlechts, wobei Juden den größten Teil der Einwohner, nämlich 6587, stellen.« Heute sind es 35000 Einwohner, und in ein paar Jahren werden es wahrscheinlich 60000 sein. Der Fortschritt ist also unverkennbar. Der Rückschritt auch. In den Suwałker Zeitungskiosken gibt es zwar keine »Newsweek«, aber noch vor kurzer Zeit, vor zwei Jahren, konnte man hier unglaublich interessante inländische Zeitungen kaufen, die für Herrn Mareczek interessanter waren als alle Newsweeks zusammen. An der Ecke von Freiheitsplatz und Kościuszkostraße, gleich am Stadtpark und in der Nähe der von Aigner erbauten Aleksanderkirche, stand nämlich ein kleiner weißer Kiosk – früher, vor dem August 1980, wurde dort Eis verkauft, jetzt gibt es dort Andenken zu kaufen –, der sechzehn Monate lang der »Solidarität« gehört hatte und wo eine nette ältere Dame die Broschüren und Zeitungen auf der Theke ausliegen hatte, die unsere Gewerkschaft herausgab. Und das waren Zeitungen! Manche davon konnte man nicht einmal im Kiosk der Regionalvertretung Masowiens an der Mokotowskastraße bekommen. Herr Mareczek hatte da das Gewerkschaftsbulletin gekauft, die Nummer 39 vom August 1981, von der Region Mittelostpolen in Lublin herausgegeben, und in diesem Bulletin hatte er – o welche Freude! seht mal, was ich gekauft habe! seht mal, endlich auf polnisch! – eine Übersetzung dieses Gedichts von Ossip Mandelstam über Stalin gefunden, für das der Dichter ins Lager geschickt worden war. Das Gedicht ist auf 1933 datiert. Da diese Übersetzung – wie das Gedicht überhaupt – bei uns kaum jemand kennt, hat Herr Mareczek beschlossen, es abzuschreiben. Damit erweist er gleichzeitig der guten poetischen Arbeit des anonymen Übersetzers seine Reverenz:

*Epigramm über Stalin*

Wir leben, doch spürt unser Fuß keinen Grund,
Was wir sagen, ist auf zehn Schritte verstummt,

Und wo einer kaum zum Gespräch sich neigt –
Ist's der Bergmensch vom Kreml, den jeder meint.

Seine Finger, die dicken, wie fette Maden,
Bleischwer seine Worte, die unfehlbaren.

Unterm Schnauzbart ein Kakerlakenlächeln,
Es glänzen und scheinen die Stiefelschäfte.

Und um ihn kreist der Wendehälse Geschmeiß,
Er spielt mit der Halbmenschen Dienstbarkeit.

Dieser pfeift, jener winselt, der dritte miaut,
Doch nur er ist's, der Takt und Rhythmus haut.

Befehl um Befehl biegt er wie Eisen, der Schmied,
Dem in den Leib, in den Kopf, den Kropf, dem ins Lid.

Wen es auch fällt – ihm ist es Genuß,
Himbeersüß, mit der breiten Ossetenbrust.

Breite Ossetenbrust, weil es damals – aus Gründen, die Herrn Mareczek unbekannt sind – in Moskau hieß, Stalin sei aus dem Bergvolk der Osseten. Für dieses Gedicht hat Mandelstam mit dem Leben bezahlt. Wer das literarische Handwerk betreibt, sollte eine Zeitlang über diesen Text nachdenken. Er sollte sich vorstellen, wieviel Mut man haben mußte, um in den dreißiger Jahren in Moskau, wo die »Schwarzen Krähen« nachts durch die Straßen fuhren und niemand sicher war, ob er am Morgen noch in seinem Bett

aufwachen würde, ein solches Gedicht zu schreiben. Und erst nachdem er darüber nachgedacht hat, soll er für sich entscheiden, ob er weiter Lust hat, diesen Beruf auszuüben. Denn, junger Dichter, vielleicht hast du nicht so viel Mut, vielleicht hast du nicht diese Entschlossenheit, vielleicht findest Du nicht die Kraft, die Wahrheit zu schreiben. Dann laß es sein, Junge. Aufzuhören, bevor etwas angefangen hat, ist keine Schande. Wenn du dich nämlich an diese Arbeit machst und wenn du in Osteuropa lebst, dann kannst du sicher sein, daß früher oder später der Moment kommt, in dem du laut sagen mußt, auf welcher Seite du stehst: auf der Seite der Unfreiheit oder auf der Seite der Freiheit, auf der Seite der Lüge oder auf der Seite der Wahrheit. Die Konsequenzen dieser Entscheidung können gefährlich sein, und das mußt du wissen. Und täusche dich nicht: in diesem Land, in diesen Ländern ist es noch keinem gelungen, dieser Entscheidung zu entgehen. Und denk nicht, daß es dir gelingen wird, deine Leser zu betrügen, sie wissen sehr gut, wer lügt und wer die Wahrheit sagt. Bevor du dich also entscheidest, Schriftsteller zu werden, denk einen Augenblick an Ossip Mandelstam.
Aber was hat das mit Egle zu tun, wo ist die Prinzessin geblieben? Irgendwo zwischen dem Kiosk in Suwałki, Stalin und Herrn Skiłądź, der im Kasino von Suwałki den »Journal de Genève« liest, während die Pferde auf dem Hof träge Hafer fressen und der Kutscher unter der Pferdedecke auf dem Rücksitz des ausgeschirrten Einspänners schläft.
»Für wieviel haben Sie dieses Jahr den Weizen verkauft, Herr Skiłądź?«
»Die jüdischen Hundsfotte haben mich bestohlen, Herr Mareczek, jetzt werde ich wohl vor der Kirche in Sejny betteln müssen.«
Warte Egle, gleich geht es um dich. Aber erst noch mehr davon, wie Herr Skiłądź von Burbiszki 1859 den Juden Gerste und Weizen verkauft hat. Da es nun mehrere, genauer

gesagt sieben jüdische Händler waren, die das Skiłądźsche Getreide kaufen wollten, verfiel Skiłądź, der keinen von ihnen benachteiligen wollte, auf den folgenden Gedanken: Er ließ alle sieben Juden – vier von ihnen waren aus Kalwaria, einer aus Sejny und zwei aus Puńsk – am gleichen Tag, nämlich am Montag morgen, nach Burbiszki kommen. Die Juden kamen mit drei Fuhrwerken, Herr Skiłądź trat auf die Veranda hinaus und sagte zum dummen Pawłusza, der bei ihm, je nach Bedarf, Fuhrmann oder Diener war:

»Pawłusza, ruf doch die Gecken herbei, daß sie es sich ansehen.«

Dann kamen die beiden Söhne Skiłądźs auf die Veranda – der eine neun, der andere sieben Jahre –, und auch Frau Skiłądź trat auf die Veranda hinaus, schon leicht angeheitert, denn das Leben auf Burbiszki langweilte sie, und sie hatte es sich zur Gewohnheit gemacht, vom frühen Morgen an dem Aufgesetzten zuzusprechen, den sie in der alten Kirschholzkommode in ihrem Schlafzimmer eingeschlossen hatte. Diese Kommode war als ein Teil der Aussteuer von Frau Skiłądź, einer geborenenen Baranowska, die von hiesigen Tataren abstammte, aus Winksznupie gekommen. Herrn Skiłądź langweilte das Leben auf Burbiszki auch, und er sagte oft zu seiner Frau, daß er an dieser Langeweile noch einmal verrückt werden und sich in den Kopf schießen würde. Aber er wurde nicht verrückt, was zweifellos das Verdienst der hübschen Ryfka aus Mama Fliegeltaubs Hotel in Sejny war. Auf Burbiszki führte eine Allee schöner alter Fichten von der Veranda zum Einfahrtstor. Es war eine lange Allee, und im Jahre 1933 wurden auf der von der Veranda aus gesehen linken Seite der Allee Tennisplätze angelegt, auf denen die Sommergäste – der junge Herr Baranowski hatte damals auf dem Gutshof eine Pension für Gäste aus Warschau eingerichtet – Tennis spielten. Wer heute auf Burbiszki ist, soll einmal hinhören. Die Fichtenallee ist lange schon abgeholzt, wo die Tennisplätze waren, wachsen heute Disteln und Kletten, aber immer noch hört man das Geräusch der Tennisbälle, die vom Boden abprallen. Und immer noch fliegen diese Bälle durch die Luft, nirgendsher und nirgendshin. Über diese Allee führte Herr Skiłądź die sieben Juden bis zum Einfahrtstor. Am Tor stellte er sie in einer Reihe mit dem Gesicht zur Veranda so auf, daß einer zum anderen einen halben Schritt Abstand hatte.

»Und jetzt, ihr Jüdchen« – Herr Skiłądź sagte nie »Juden«, immer nur »Jüdchen«, weil er seine orthodoxen Händler ja nicht mit einem Schimpfwort beleidigen wollte – »jetzt lauft zum Haus. Wer als erster ankommt, dem verkaufe ich den Weizen. Aber lauft erst dann los, wenn ich auf die Veranda trete und mit dem Taschentuch winke.«

Er kehrte zur Veranda zurück, nahm ein leicht angeschmutztes Taschentuch aus seiner Jackentasche und winkte. Die Juden liefen los, einer stolperte und schlug sich das Knie auf. Als erster kam der Jude aus Sejny um das Rasenrondell gelaufen und erreichte die Veranda, wo er schwer atmend unter den Malven stehenblieb, was Herrn Skiłądź sehr freute, denn die Sejner Juden waren ihm wegen Ryfka besonders sympathisch. Und diesem Händler aus Sejny verkaufte Herr Skiłądź dann auch seinen Weizen, seine Gerste und seinen Hafer. Die kleinen Skiłądźs lachten laut beim Anblick der Juden, die in ihren langen schwarzen Kaftanen die Allee entlangrannten, aber Frau Skiłądź gefiel der Einfall ihres Mannes ganz und gar nicht, deshalb ging sie wieder hinein und in ihr Schlafzimmer, öffnete die Kirschholzkommode, nahm die Karaffe mit dem Aufgesetzten heraus und trank hintereinander zwei Gläser. Danach wurde ihr schwindelig, sie legte sich aufs Bett und schlief sofort ein. Als sich Herr Skiłądź am Abend neben seine Frau ins Bett legte, hatte er auch vage Gewissensbisse und dachte, daß dieses Rennen doch nicht nötig gewesen wäre. Aber dann kam er zu dem Ergebnis, daß er keine andere Wahl gehabt hatte, er konnte den Weizen und die Gerste ja nicht in sieben Teile teilen,

zumal der Weizen in diesem Jahr nicht gerade gut getragen hatte und nicht viel davon da war.
»Schläfst du?« fragte er seine Frau. »Weißt du, morgen schikke ich Pawłusza nach Sejny, er soll diesem Jüdchen sagen, daß ich ihm auch den Buchweizen verkaufen kann.« Dabei dachte er bei sich, daß er Pawłusza dann auch bei Mama Fliegeltaub vorbeischauen lassen könnte, damit er sich erkundigte, wie es Ryfka ging, denn als er sie vor zwei Wochen in Sejny besucht hatte, war sie etwas erkältet gewesen. Und mit diesem lieblichen Gedanken, daß er morgen von Pawłusza erfahren würde, wie es Ryfka ging, schlief er ein.
»Ich schäme mich für Sie, Herr Skiłądź«, sagt Herr Mareczek. »Da haben doch wohl die recht, die uns für ein Volk von Antisemiten halten. Was Sie getan haben, war nichtswürdig und abscheulich.«
»Was habe ich denn Schlimmes gemacht?« verteidigt sich Herr Skiłądź. »Sie wollten von mir den Weizen kaufen, also sind sie darum um die Wette gelaufen. Sie hätten ja auch nicht laufen brauchen und dann eben das Getreide nicht kaufen können.«
»Ich will Ihre Rechtfertigungen nicht hören«, sagt Herr Mareczek. »Ihr Einfall erinnert mich an die Einfälle dieser SS-Männer, die in den Konzentrationslagern Sportwettkämpfe oder Lagerorchester organisierten.«
»Sie beleidigen mich«, entrüstet sich Herr Skiłądź. »Was habe ich denn mit einem SS-Mann gemein? Und ich liebe meine Jüdchen doch so sehr, daß es mir im Herzen weh tut, wenn ich nachts daran denke, wie arm sie sind. Daß sie Hundsfotte sind, daß sie mich an den Bettelstab bringen wollen, das ist eine andere Sache. Aber ich habe sogar daran gedacht, ihre Sprache zu lernen, damit mir Ryfka in ihrer Sprache etwas vorsäuseln kann. Ich habe nur überhaupt kein Talent für Sprachen. Und außerdem will ich Sie darauf aufmerksam machen, daß es so gewesen ist. Und da es nun einmal so gewesen ist, muß auch darüber geschrieben werden.«

»Ich würde mich schämen, über so etwas zu schreiben«, sagt Herr Mareczek. »Ich würde Sie und mich mit einer solchen Schilderung erniedrigen. Es gehört sich nicht, über so etwas Niedriges und Dummes zu schreiben.«
»Sie sind ein jämmerlicher Schriftsteller«, sagt Herr Skiłądź. »Sie haben Angst vor der Wahrheit. Sie wechseln besser den Beruf.«
»Gut«, willigt Herr Mareczek ein. »Ich schreibe darüber. Aber auf Ihre Verantwortung. Ich will nämlich nicht als Antisemit gelten.«
»Scheißer«, sagt Herr Skiłądź. »Sie sind ein Scheißer und kein Schriftsteller. Sie denken sich irgendeinen Skiłądź aus, und dann wollen Sie sich hinter ihm verstecken. Sie schreiben auf Ihre eigene Verantwortung darüber.«
»Gut«, sagt Herr Mareczek. »Ich schreibe auf meine eigene Verantwortung darüber. Aber Sie sollen bestätigen, Sie sollen öffentlich schwören, daß es so gewesen ist.«
»Ich schwöre bei den Wunden Christi«, sagt Herr Skiłądź, und seine Augen füllen sich mit Tränen. »So ist es gewesen. Aber es gibt mich nicht mehr und nicht mehr die Sejner Juden, nicht mehr die Fichtenallee und nicht mehr die Kirschholzkommode, wo der Aufgesetzte von Frau Skiłądź stand.«
Und zu viert gehen sie davon, Herr Skiłądź, der Händler aus Sejny, Ryfka und Frau Skiłądź, und sie halten sich dabei an den Händen, umarmen sich, streichen einander übers Gesicht, küssen einander auf den Mund, und sie gehen davon, immer weiter weg sind sie, an den Tennisplätzen vorbei, und verschwinden in der Fichtenallee, etwas Weißes ist da, da hat Ryfka Herrn Skiłądź das leicht angeschmutzte Taschentuch aus der Tasche gezogen und winkt damit Herrn Mareczek zum Abschied zu.
Was ist unsere vergängliche, unsere gewöhnliche und unbeholfene Liebe, die hier die Lebenden miteinander verbindet, denkt Herr Mareczek. Was ist diese einzige Liebe, die wir

hier kennen, im Vergleich zu dieser gewaltigen, allesumfassenden, wunderbaren Liebe, die die Toten für uns und füreinander empfinden, nachdem sie alles erfahren, alles verstanden und alles verziehen haben, einander und uns. Als ich ein Junge war, und auch später noch, als junger Mann, kam mir der Gedanke, daß ich einst vielleicht in den Himmel kommen würde, lächerlich und gleichzeitig langweilig vor. Der Himmel, wo ernste Alte auf Thronen sitzen, die im Halbkreis um Gottes Thron herum aufgestellt sind, den Engelschören lauschen und Gottes Antlitz betrachten, erschien mir immer als ein schrecklich langweiliger Ort, und wenn ich gesündigt habe, dann bestimmt auch deshalb, um nicht dort hinzugeraten. Aber jetzt als Mann in mittlerem Alter weiß ich, daß der Himmel nicht der Ort ist, wo die heilige Cäcilia oder Svjatoslav Richter in Begleitung des Engelsorchesters Mozart spielen, es ist überhaupt kein Ort. Der Himmel – wenn es ihn gibt – ist die Liebe. Die Liebe, die nicht wir kennen, wohl aber die Toten. Und jetzt kommt mir der Gedanke, daß ich mich einst – so Gott will – im Himmel befinden werde, gar nicht mehr lächerlich vor. Und ich glaube sogar, daß ich gern dort wäre, in diesem Himmel, der die Liebe ist. Ich wäre gern dort, weil ich ahne, daß ich erst dann all die, die ich jetzt mit meiner unbeholfenen und gewöhnlichen Liebe, mit dieser unwürdigen Liebe liebe, so werde lieben können, wie ich sie lieben möchte, wie sie es für ihre unbeholfene Liebe zu mir verdienen: mit dieser mir noch nicht bekannten und nur erahnten allesverstehenden und allesverzeihenden Liebe. Ich ahne auch, daß ich erst dann, in diesem Himmel, der die Liebe ist, getröstet sein werde. Denn es gibt keinen anderen Trost für den Menschen. Aber natürlich wäre es mir auch sehr lieb, wenn ich an diesem Ort, der kein Ort ist, die ganze Ewigkeit hindurch Mozart und Schubert, gespielt von Richter und Badura-Skoda, hören könnte. Vivaldi hätte ich auch gern, und zwar gespielt von Barszaj.

Die Sage von der ewigen Liebe zwischen Egle und Żaltis – die interessanteste Sage, die Aleksander Połujański in seinem Buch erzählt –, ist folgende: Am See Szurpiły stand einst das Schloß eines litauischen Fürsten namens Surpiły, Surpile oder Sunenpille. Der Fürst hatte vier Kinder, drei Söhne und eine Tochter mit Namen Egle. Wer dieser Fürst war, ist nicht bekannt, aber Połujański nimmt an, daß das Schloß Surpile einst dem Fürsten Erdziwił gehört hat. Das erscheint aber sehr unwahrscheinlich, denn dieser Erdziwił – den die Historiker auch Erdwił oder Edywid nennen – war der Neffe Mendogs und erbaute Mitte des 13. Jahrhunderts, nach dem Einfall des Batu Khan, ein Schloß in Nowogródek, von dem aus er über die ganze Provinz, vielleicht auch über zwei Provinzen herrschte, denn er ließ sich Großfürst von Nowogród nennen. Eines Tages badete seine Tochter, nennen wir sie Erdwiła – wir befinden uns hier auf dem Gebiet der Sage, wo die historischen Fakten keine Bedeutung haben –, im Szurpiłysee. Da tauchte eine große schwarze Schlange aus der Tiefe auf und verlangte – mit menschlicher Stimme – die Prinzessin zur Frau. Egle versuchte rasch an Land zu schwimmen – ich kann sie genau vor mir sehen, wie sie krault, nackt, die weißen Arme heben sich aus dem grünen Wasser –, aber die Schlange holte sie ein, wand sich um ihre Arme und Beine und sagte: »In meinem Palast, der gleich hier unter den Seerosen ist, richten die Hechte und Welse schon unser Hochzeitsbett.« In ihrer Angst, daß die Schlange sie sonst ertränken würde, willigte die Prinzessin in die Hochzeit ein. Einige Tage später wurde in Erdwiłs Schloß die Hochzeit des Paares gefeiert. Für die Zeit der Hochzeitsfeier nahm die Schlange menschliche Gestalt an und zeigte sich als schöner junger Mann. Wußten sie da schon, wer er war? Erriet Erdwił, wem er seine Tochter zur Frau gab? Wenn ja, war ihm der Gedanke, daß sich sein Stamm mit dem der Götter Litauens – denn der schöne Jüngling war natürlich der Gott dieser Seen und hieß Żaltis – verschwägerte, angenehm? Vermutlich. Aber das alles ist unklar. Nach der Hochzeit fuhr das junge Paar davon, wohin, wußten Erdwił und seine Söhne nicht. Fünfzehn Jahre lang hörte keiner der Bewohner des Schlosses von Egle. Offensichtlich hatte Erdwił also nichts davon, daß seine Tochter jetzt zur Familie der Götter gehörte. Nach fünfzehn Jahren jedoch erschien Egle plötzlich im Schloß und brachte drei Kinder mit – zwei Söhne und eine Tochter. Erdwił lebte nicht mehr, das Schloß gehörte jetzt seinen drei Söhnen. Die Prinzessin – nun Göttin der litauischen Seen – hatte anscheinend diese fünfzehn Jahre ganz in der Nähe ihrer Brüder auf dem Grund des Szurpiłysees, in dem Schloß unter den Seerosen gelebt. Die heilige Schlange hatte ihr die Unsterblichkeit geschenkt, ihr dafür aber das Versprechen abverlangt, sie nie zu verlassen. Egle war zwar unsterblich, doch sehnte sie sich nach den Sterblichen und bat fünfzehn Jahre lang ihren Mann inständig um die Erlaubnis, einmal ihre Brüder besuchen zu dürfen. Schließlich willigte Żaltis ein. Er wußte ja nun, daß seine Frau ihn liebte und in den Palast am Grund des Sees zurückkehren würde. Ihn müssen aber dunkle Ahnungen beschlichen haben, denn als sie sich trennten, riet er ihr, bei ihrer Rückkehr, wenn sie am Rand des Sees stehen würde, die Worte zu sagen, die Połujański in seinem Buch zitiert: »Mein Mann, deine Frau ruft dich; wenn du lebst, tauche auf im weißen Schaum, wenn du nicht mehr lebst, zeig dich als Blut auf dem Wasser.« Den drei Brüdern Egles aber erschien die Verbindung ihrer Schwester mit der göttlichen Schlange nicht als vorteilhaft. Warum, ist nicht klar. Vielleicht meinten sie, es sei besser, die Schwester mit einem mächtigeren Gott zu verheiraten? Oder vielleicht wollten sie selbst auf eine heimliche Weise aus der schwesterlichen Unsterblichkeit Nutzen ziehen? Sei es, wie es sei, als Egle sich unter den Sterblichen zu langweilen begann und zu ihrem unsterblichen Mann zurückkehren wollte, beschlossen die Brüder, Żaltis zu töten und die Schwester im Schloß festzuhalten.

Egle verriet ihnen freilich nicht, wie sie die heilige Schlange rufen mußten, um sie zum Auftauchen zu bewegen, und auch von den Neffen erfuhren sie nichts. Nur Egles und Żaltis' kleine Tochter verriet ihren bösen Onkeln, die sie in Angst und Schrecken versetzt hatten, die Worte, die die Mutter bei der Rückkehr vom Schloß am See sagen sollte. Daraufhin gingen Egles Brüder an den See und riefen Żaltis – »Wenn du lebst, tauche auf im milchweißen Schaum « –, und als die göttliche Schlange emportauchte, hackten sie sie mit ihren Sensen in Stücke. Die Sage endet damit, daß Egle, die nicht weiß, daß Żaltis nicht mehr am Leben ist, am Ufer des Sees steht und die Beschwörung spricht, woraufhin sich blutige Blasen auf der Wasseroberfläche zeigen. Der älteste Sohn von Egle und Żaltis wird von den Göttern in eine Eiche verwandelt, der jüngste in einen Ahorn und die Tochter in eine Espe. Egle aber verwandeln die Götter in eine Fichte, denn das litauische Wort für Fichte ist »egle«.

Sonderbar geheimnisvoll und düster ist diese Sage von Egle und ihren Brüdern, denkt Herr Mareczek. Sie hat ein schreckliches Ende, und zwar für alle – für Żaltis, Egle und ihre Kinder, aber auch für die Brüder, die die göttliche Schlange mit unklaren Absichten getötet haben und für sich überhaupt keinen Nutzen daraus ziehen können. Die Sage, wie sie heutzutage zum Vergnügen der Touristen in den Reiseführern der Gegend erzählt wird, hat natürlich überhaupt keinen Sinn mehr. Sie redet davon, daß man hier einst an irgendwelche Götter glaubte, über die irgendwelche Märchen erzählt wurden, und daß sich hier irgendeine Geschichte abgespielt haben soll. Damit hat es sich. Viele Jahrhunderte lang aber, ja noch vor verhältnismäßig kurzer Zeit, als Połujański diese Geschichte erzählte, muß diese Sage zumindest für die Leute, die hier lebten, eine Bedeutung oder sogar mehrere Bedeutungen gehabt haben. Aber was? Ganz deutlich sind ihre erotischen Untertöne. Die Schlange, die sich um den Körper des badenden Mädchens schlingt, die Brüder, die, von inzestuöser Liebe erfaßt, die Schlange mit ihren Sensen in Stücke hacken, der weiße und der rote Schaum auf dem Wasser, diese ganze erotische Symbolik verweist darauf, daß die Erzähler der Sage darin Erklärungen für ihre eigenen, geheimen und nur schwer in Worte zu fassenden Erfahrungen suchten oder versuchten, sich durch die Erzählung von diesen Erfahrungen zu befreien. Weniger ausgeprägt sind die Untertöne der Sage, die man als metaphysisch bezeichnen könnte und die sie mit vielen anderen Sagen der mediterranen Kulturen gemein hat, die auch vom Zerreißen oder Zerstückeln eines Gottes, vom Tod eines heiligen Königs und der Verwandlung eines Körpers in einen Baum erzählen. Aber jetzt geht es nicht darum, welche Archetypen in dieser litauischen Sage auftauchen, die sich auch in den Sagen anderer Völker finden, und auch nicht darum, welche uralte Bedeutung diese Archetypen vielleicht haben. Lieber wüßte ich, denkt Herr Mareczek, was diese Sage für die Menschen bedeutet hat, die sie hier an diesem Ort erzählt haben, worin ihre besondere, hiesige, provinzielle Bedeutung bestand. Ihre versteckte Bedeutung, hier in diesem versteckten Winkel der Welt. Zwischen Wiżajny und Sejny, zwischen Trakiszki und Deguć. Aber ich fürchte, daß ich das niemals erfahren werde, daß es weder mir noch jemand anderem gelingen wird, ihren verborgenen, lokalen Sinn zu entziffern, daß er verblaßt ist, in die Vergangenheit gewichen, so wie Herr Skiłądź, Ryfka und der Händler aus Sejny, und am Ende dieser Allee – der Fichtenallee –, die in die Tiefe der Zeit führt, verschwunden ist, und man sieht nur noch hinter den Fichten etwas Weißes, das sind die weißen Zwirnstrümpfe der entzückenden Egle, die im Grün schimmern. Und noch etwas wüßte ich gern, nämlich ob diese Sage, die heutzutage zum Vergnügen der Touristen in den Reiseführern wiedergegeben wird, für mich, der ich hier in diesem verborgenen Winkel nach ihrer Bedeutung suche, noch irgendeine wirkliche Bedeutung

haben kann? Kann sie mir noch zu irgend etwas dienen, kann ich, wenn ich tief in ihr nach einem Sinn suche, der für mich etwas bedeutet, einen geistigen Nutzen daraus ziehen?
»Mareczek«, sagt Egle, die gerade an dem Fenster erscheint, vor dem die beiden Maulbeerbäume stehen, und sich Wassertropfen von der Braue wischt, denn es hat angefangen, leicht zu nieseln und das Surren der Insekten um die weißen und schwarzen Früchte ist verstummt – »Mareczek, es tut mir sehr leid, aber ich kann dir zu nichts mehr dienen. Ich kann dir diese Sage nicht erklären, weil ich sie selber nicht verstehe. Ich weiß nicht, warum ich die Frau der Schlange geworden bin und warum die hiesigen Götter meine Kinder in Bäume verwandelt haben. Ich weiß auch nicht, warum man in Puńsk, auf Trakiszki und Burbiszki schon seit Jahrhunderten von mir erzählt. Aber ich glaube, in Wirklichkeit geht es dir gar nicht darum, den Sinn dieser Sage, ihren verborgenen Sinn, wie du es nennst, zu verstehen. Es geht dir um etwas ganz anderes, und ich glaube, ich weiß, was das ist.« Dabei stützt Egle ihre Ellbogen auf die Fensterbank, legt die Hände übereinander, lehnt den Kopf auf ihre Hände und lächelt Herrn Mareczek fast zaghaft an, als fühle sie sich schuldig.
»Komm herein, Egle«, sagt Herr Mareczek, »Du wirst noch ganz naß im Regen.«
»Aber es gibt mich doch nicht«, erwidert Egle, »also kann ich auch nicht naß werden. Ich kann dir sagen, was du in der Sage von Żaltis, der von den Sensen zerhackt wurde, suchst und warum du die Geschichte von mir und Stasiulek Misiukiewicz geschrieben hast. Aber ich kann dir auch dabei nicht von Nutzen sein. Ich kann dir nicht dein Leben erklären. Ich weiß nicht, welchen Sinn es hat. Es ist dein Leben, und du allein kannst es verstehen. Du bist etwas Besonderes, einzigartig, außergewöhnlich. Das ist keine Schmeichelei – jeder ist etwas Besonderes, einzigartig und außergewöhnlich. Und wenn du, so wie jeder, etwas Besonderes bist, dann hat dein

Leben auch eine besondere Bedeutung, die außer dir niemand verstehen kann. Denk einmal an deine zwielichtige Selbstliebe. Die wirst du nicht los, so sehr du auch willst, denn das ist noch keinem gelungen. Aber vielleicht ist diese Liebe zu sich selbst wie ein Schleier, wie ein schwarzer Vorhang, hinter dem sich deine wahre Bestimmung verbirgt. Vielleicht wirst du dort, hinter diesem Vorhang, die Antwort auf die Frage finden, warum du auf der Welt bist. Versuch, hinter diesen Vorhang zu blicken. Das ist alles, was ich dir sagen kann. Aber such nicht in diesen Geschichten über mich, die zwischen Wiżajny und Sejny kursieren, eine Erklärung für deine Schwierigkeiten, denn du wirst sie nicht finden.« Und wieder lächelt Egle, als fühle sie sich schuldig, und die Regentropfen rinnen an ihren Zöpfen, den Rautenblättern hinter ihrem Kranz und ihrem weißen Leinenhemd hinab. Das Hemd ist schon völlig durchnäßt, und durch das feuchte Gewebe kann man die Form der Brüste der Prinzessin genau erkennen. Die Beschreibung von Frauenbrüsten ist fast unmöglich, denkt Herr Mareczek mit einer gewissen Beschämung darüber, daß er an Egles Brüste denkt, während sie mit ihm über sein Leben spricht. Denn uns fehlen die Worte, mit denen man sagen könnte, in welchem Winkel sie ansteigen und in welchem Winkel sie sich neigen, welche Rundung sie haben und wie sie nebeneinanderliegen.

»Siehst du«, sagt Egle, »Du brauchst mich für gar nichts. Ich kann nicht einmal mit dir schlafen, weil ich erfunden bin und du wirklich bist. Ich gehe jetzt, sonst wird noch jemand sehen, wie du da am Fenster stehst, auf die Maulbeerbäume blickst und Selbstgespräche führst. Sie werden dich auslachen. Auf Wiedersehen, mein lieber Herr Mareczek. Es war sehr nett, daß du mich eine Zeitlang aus dem Nichts gerufen hast.«

»Bleib hier, Egle«, bittet Herr Mareczek. »Das ist doch etwas Schreckliches – wieder dahin zurückzugehen, wo nichts ist. Ich will, daß man sich hier an dich erinnert, daß man dich

sieht, wie du am Straßenrand entlanggehst, wenn man mit dem Auto an den ersten Häusern von Puńsk vorbeifährt, daß dir die Pilze- und Beerensammler auf der Waldlichtung begegnen. Erdwiłs Tochter, litauische Prinzessin. Ich will versuchen, dich dem Nichts zu entreißen, und zwar so, daß du für immer bei uns bleibst.«
»Versuch es«, sagt Egle. »Aber ich weiß nicht, ob dein Talent dazu reicht.« Und sie verschwindet, vielleicht ins Holz des weißen Maulbeerbaums, vielleicht auch tragen die Hummeln und Bienen sie auf ihren durchsichtigen Flügeln davon, denn der Regen war nur kurz und hat schon aufgehört, und kleine Schwärme von Insekten surren wieder um die weißen und schwarzen Früchte. Herr Mareczek betrachtet die letzten Tropfen, die von den Blättern fallen, und denkt verzweifelt, daß sein Talent vielleicht wirklich nicht reicht, um die litauische Prinzessin aus dem Nichts zu erretten. »Aber ich will es versuchen«, sagt er laut und in der Hoffnung, daß seine Worte, laut ausgesprochen, zu einer Art Beschwörung werden und daß diese Beschwörung wirksam sein wird. »Aber ich will es versuchen.«
»Was wollen Sie versuchen?« fragt Herr Stefan, der mit einem Eimer Wasser am Fenster vorbeigeht. Denn das Wasser wird nahe dem Fenster der Mareczeks aus einem Kran beim niedrigen Holzzaun geholt. Natürlich nur, wenn Strom da ist, denn wenn kein Strom da ist, arbeitet die Pumpe nicht, und das Wasser wird dann direkt aus dem Brunnen unter der verzinkten Traufe geholt.
»Ich habe nur so mit mir geredet«, sagt Herr Mareczek. »Nichts Wichtiges.«
Dann tritt Egle einen Augenblick lang aus dem Maulbeerholz hervor – Herr Stefan ist schon weitergegangen, und das Wasser schwappt aus seinem Eimer auf den Weg – und sagt: »Es gibt keine Zauberformeln, mit denen man das eigene Talent beschwören kann, stärker zu sein, als es ist. Darauf brauchst du nicht zu hoffen, Mareczek. Aber wenn du uns

sehr sehr tief liebst, dann wird es dir vielleicht gelingen, daß wir für immer bei dir bleiben.«
Und damit verschwindet sie wieder im Summen und Surren der kleinen Insektenschwärme, die um die süßen Früchte kreisen.
»Ich liebe euch«, sagt Herr Mareczek. »Ich weiß, daß es unbeholfen, ungenügend ist, aber es ist nun einmal das, was ich kann. Doch das wißt ihr ja, litauische Fürsten. Du weißt es, starker Erdwił. Und du, Mendog. Und auch du, Ryngold, den die Chronisten erfunden haben. Du weißt es, Litauen.«
Da fällt Herrn Mareczek ein, daß Mendog kein Großfürst, sondern der König der Litauer war und 1252 – oder war es 1253? – in Nowogródek gekrönt wurde, denn das erwähnt Mickiewicz in seinen Aufzeichnungen zu »Grażyna«. In dieser Erinnerung verbinden sich undeutliche Fragmente von Bildern, die er seit einigen Tagen im Hinterkopf hat, zu einer etwas deutlicheren Gesamtheit, deshalb nimmt Herr Mareczek jetzt einen Schreibblock aus der Schublade und schreibt die ersten zwei Zeilen des Gedichtes auf, das er an diesem Abend, wenn seine Frau und der klein-große Mareczek schon schlafen werden, zu Ende schreiben wird.

*Litauens Könige*

Litauens Könige liegen unter den Eichen
Gewürm in den Schädeln in Moos gekleidet

Litauens Könige Mindowe und Mendog
Wie Wild aus der Geschichte verjagt

Schwarz ihre Knochen schwarz die Gesichter
Erdwil und Witold Herren der Nächte

Ihr schwarzes Schloß liegt am Bibersee
Und im Rindenboot reisen sie bis ans Meer

Litauens Könige Mordwiłs Geschlecht
Die Dynastie die sich im Dickicht versteckt

Gewaltige Herrscher nachtdunkler Gegend
Von Ameisen, Käfern und Preiselbeeren

Auf jeder Himbeere ihre fürstliche Macht
Ihr Andenken vergeht mit der schwindenden Nacht

Ihre Ameisenstädte und Maulwurfsgelasse
In jeder Eichel dämmrige Kammern

Der Dachs schaut in ihr heiliges Angesicht
Litauen voll Rätsel so liebe ich dich

Und modrig leuchtet ihre Hauptstadt der Nächte
Wie einst in Wilna die nie verlöschende Leuchte

Und modrig leuchtet's in schwarzen Augenhöhlen
Horch im Wald kannst du vielleicht ihr Rufen hören

Erdwil oder Mendog oder Witold der Junge
Laden dich ein zum Fest des Jahrhunderts

Folgen wir ihnen flechten wir Kränze aus Laub
Daß Litauen wie früher erstehe aus Staub

Gehn wir hin wo der Farn im Tiefwald schimmert
Wo derselbe Specht seit Jahrhunderten hämmert

Folgen wir ihnen wohin sie uns geleiten
Mögen sie uns das ewig junge Litauen zeigen

»Hätten Sie nicht Lust, nach Sejny zu fahren?« Herr Rysio, der einen Eimer voll nasser Wäsche in der Hand trägt, steht am Fenster der Mareczeks. »Und von Sejny könnten wir dann an den Gaładušsee fahren«, schlägt er vor, »das ist gar nicht weit von dort. Das ist ein schöner See, und außerdem könnten wir uns da die Grenze ansehen, denn die verläuft genau durch den Gaładuś, und die eine Hälfte des Sees ist auf unserer Seite, die andere auf der russischen.«

»Irgendwie bist du auf diese Grenzen fixiert«, sagt Frau Irka, Rysios Frau, und hebt ihren Kopf über dem Becken, in dem sie das gelbe Kleid ihrer Tochter Asia wäscht. »Dauernd denkst du darüber nach, wo du eine Grenze sehen könntest. Was suchst du da? Wohin wir auch fahren« – bei diesen Worten wendet sich Frau Irka an Herrn Mareczek – »man hält es mit ihm einfach nicht mehr aus. Denn er fährt nur, um Grenzen zu überqueren und um sich Grenzen anzusehen.«

Herr Rysio zuckt nur mit den Schultern, wahrscheinlich um damit zum Ausdruck zu bringen, daß ein Problem wie Grenzen im Kopf einer Frau keinen Platz hat, aber Herr Mareczek weiß, was ihn an den Gaładuś zieht. Herr Rysio befaßt sich schon seit Jahren mit dem Problem der Grenzen; hartnäckig kreist sein Denken um die Frage, warum die Staaten der Menschen mit Grenzen voneinander getrennt sind, warum diese Grenzen so und nicht anders abgesteckt sind, und auch, warum manche dieser bereits abgesteckten Grenzen weiteren Veränderungen unterworfen sind und manche nicht. Theoretische Überlegungen zu diesem großen Problem werden natürlich durch empirische Untersuchungen gestützt, und deshalb möchte Herr Rysio gern den von einer Grenze geteilten See Gaładuś sehen. Es wäre gut zu wissen, ob die Staaten der Biber und Rehe auch durch Grenzen geteilt sind, denkt Herr Mareczek, und wenn es so ist, was sehr wahrscheinlich, aber unendlich schwer zu erklären ist, was ist dann der Charakter dieser Grenzen, wer steckt sie ab und wer bestimmt, daß sie so und nicht anders verlaufen – ist es der Instinkt oder die Geschichte der Biber? Oder viel-

leicht eine den Bibern nicht näher bekannte Kraft, eine Art metaphysischer Biber, ein Gott der Biber?
»Herr Stefan«, lockt Herr Rysio, den der Gedanke an den Gaładußsee ganz gefangennimmt, »Herr Stefan hat sich gestern in Sejny ganz herrliche Sommerschuhe gekauft. Dunkelblau sind sie, aus Cord, mit einer weißen Sohle.«
»Ohne Karten?«
»Ohne Karten.«
»Dann fahren wir auch. Aber schnell, damit sie uns diese Schuhe nicht wegkaufen.«
Herr Rysio hat außer seiner Fixierung auf Grenzen noch eine ebenso sonderbare, aber zugegebenermaßen außergewöhnlich nützliche Fixierung auf Schuhe. In Zeiten, in denen es keine Schuhe gibt – oder wenn doch, dann nur auf Karten und nur solche, die man besser erst gar nicht kauft, weil man gleich sieht, daß sie sofort auseinanderfallen werden –, in solchen Zeiten kann man allerdings eine solche Fixierung schwerlich sonderbar nennen. Schon im Juli 1980, als das anfing, was man heute mit dem Wort »Krise« bezeichnet – was aber nach Herrn Mareczek und auch Herrn Rysio zu urteilen überhaupt keine Krise ist, sondern ein in einem von den Roten regierten Land völlig selbstverständlicher und normaler Zustand, und man muß sich nur wundern, daß diese wirtschaftliche Normalisierung bei uns erst so spät eingetreten ist, obwohl ihre Elemente hier schon seit vierzig Jahren deutlich hervortreten, denn in Polen hat uns immer irgend etwas zum Leben gefehlt, sei es Fleisch oder Butter oder Traktoren oder Baumwollunterwäsche –, also schon im Juli 1980 hatte Herr Rysio gesagt:
»Herr Mareczek, kaufen Sie sich Schuhe. Mit Schuhen fängt es an, da bin ich ganz sicher.«

Damals fuhren sie nach Suwałki, und Herr Rysio kaufte in dem Geschäft an der Kościuszkostraße vier Paar Schuhe für Asia, zwei paar Halbschuhe für sich und noch zwei Paar –

schwarze Halbstiefel und weiße Pumps – für seine Frau Irka. Herr Mareczek kaufte damals in dem Geschäft an der Nowiczstraße nur zwei Paar Adidasschuhe, braune für sich und dunkelblaue für den klein-großen Mareczek. Ich werde meine bald Mareczek geben müssen, denkt er jetzt. Die blauen hat er schon durchgelaufen, und andere Schuhe hat er nicht – und bald hatte es ihm leid getan, daß er nur zwei Paar gekauft hatte, denn Rysio hatte recht. Mit den Schuhen fing es an, kurz darauf gab es in den Geschäften nichts mehr, aber die Schuhe verschwanden aus geheimnisvollen Gründen zuerst. Woher konnte Herr Rysio wissen, daß das, was die Roten Krise nennen, mit den Schuhen anfängt? denkt Herr Mareczek. Er muß von den ökonomischen Vorgängen etwas gewußt haben, was ich nicht weiß, oder er muß in diesem Bereich mit einer ganz außerordentlichen Hellsichtigkeit begabt sein. Eigentlich sollte ich mich darüber nicht wundern, denn das Leben in diesem Land führt dazu, daß wir in uns völlig unverhoffte Talente entdecken, und wer solche Talente nicht zutage fördert, der muß eben ohne Schuhe oder Fleisch auskommen. Ich, Herr Mareczek, zum Beispiel, habe in den achtziger Jahren mein außergewöhnliches Talent entdeckt, Fleisch zu kaufen, ein Talent, um das mich die Hausfrauen aller Zeiten beneiden könnten – jeder, der Fleisch kauft, weiß, daß es gar nicht einfach ist, ein anständiges Stück Rindfleisch auf Karte zu kaufen, besonders mit dem Abschnitt, auf dem steht: Rind/Kalb 400 g mit Knochen. Sobald ich an die Theke trete, erspäht mein Auge unweigerlich unter all den gefrorenen Fleischbrocken, die da liegen, denjenigen Brocken mit dem kleinsten Knochen und den wenigsten Sehnen, und ich sage zu der Verkäuferin: »Fräulein, geben Sie mir das da, nein, nicht das, dieses hier, unter dem Stück da.« Und ich bekomme ein herrliches Stück Rindfleisch mit Knochen, das erst an diesem Tag geliefert worden ist. Ich könnte mich sogar anbieten, gegen Bezahlung den Kauf für den Abschnitt »Rind/Kalb mit Knochen«

zu tätigen, spinnt Herr Mareczek seine Gedanken weiter, so ähnlich wie Rentner sich jetzt anheuern lassen, um für Möbel oder Bettwäsche Schlange zu stehen. Wer in hundert oder in zweihundert Jahren lesen wird, was ich mir jetzt so denke – wenn ich Gedichte schreibe, bin ich gar nicht sicher, ob sie mich in hundert, zweihundert Jahren noch lesen werden, aber daß meine Bekenntnisse zum Thema Schuhe und Fleisch in hundert, zweihundert Jahren hier noch gelesen werden, dessen bin ich mir absolut sicher und ahne sogar, daß mein postumer Erfolg der größte Erfolg meines Lebens sein wird –, wenn also in hundert Jahren ein Pole von meinen Schwierigkeiten mit Schuhen und meinem Erfolg mit Fleisch lesen wird, dann wird er sicher voll Mitleid lächeln und sagen, daß in einer Zeit, in der Polen am Abgrund stand und ihm keine andere Wahl mehr blieb, als sich für die Unabhängigkeit zu entscheiden oder zu sterben, die Beschäftigung mit so niederen Dingen wie den Problemen beim Schuh- oder Fleischkauf und erst recht die detaillierte Beschreibung solcher Probleme etwas Unwürdiges an sich hatte. »Lach mich nicht aus, Pole der Zukunft«, sagt Herr Mareczek. »Wenn ich mit den Warschauer Frauen für Schuhe und Fleisch angestanden habe, fühlte ich, trotz aller Unannehmlichkeit, aller Unwürdigkeit, die mit diesem Schlangestehen verknüpft ist, immer besonders stark, daß ich zu diesem Volk gehöre, daß mein Schicksal auf immer mit seinem Schicksal verbunden ist, daß ich nichts Besseres bin – daran war mir damals wohl am meisten gelegen, daß ich nichts Besseres war und mich nicht als etwas Besseres fühlte –, daß ich, mit einem Wort, so bin wie die anderen, die mit mir standen, ein Pole, dem es widerfahren ist, in der zweiten Hälfte dieses schrecklichen Jahrhunderts zu leben. Und während ich da stand, war ich stolz darauf, so zu stehen. Und dieses Stehen gab mir eine nicht geringe Befriedigung. Ich beklagte mich gemeinsam mit den Frauen, brüllte gemeinsam mit ihnen, drängelte mich zwischen sie, zankte

mich mit ihnen herum, fluchte mit ihnen, lebte mit ihnen, fühlte mit ihnen, das war Polen, und ich war Pole. Das hört sich pathetisch an? Es war auch pathetisch, dieses Anstehen für Schuhe, Fleisch, Käse und Baumwollunterhosen. Du darfst uns nicht auslachen, Pole der Zukunft. Ich habe in diesen Schlangen Frauen gesehen, die Wutanfälle bekamen und sich mit geballten Fäusten auf wildfremde Menschen stürzten. Ich habe Frauen gesehen, die weinten und schrien, sie könnten nicht weiter so stehen. Aber sie standen weiter. Ich schwöre dir bei Christus und seinen Wunden«, sagt Herr Mareczek, und seine Augen füllen sich mit Tränen – »so war es.«
Als Herrn Rysios orangefarbener Fiat und der gelbe Renault von Herrn Mareczeks Frau Krasnopol passieren – von Krasnopol nach Sejny ist es nicht mehr weit –, bittet Herr Mareczek, der mit Frau Irka und Asia zusammen in dem orangefarbenen Fiat sitzt:
»Können Sie vielleicht etwas langsamer fahren, Herr Rysio?«
»Haben Sie Angst, daß wir Ihre Frau abhängen?« fragt Herr Rysio.
»Das auch«, sagt Herr Mareczek. »Sie fährt noch nicht besonders gut und darf nicht schneller als achtzig fahren. Aber ich möchte mir auch gerne die Dörfer auf der rechten Seite ansehen. Ich bin da mal gewesen.«
»Wann?« fragt Frau Irka.
»Das ist lange her«, antwortet Herr Mareczek. »Vor dreißig Jahren.«
»Da waren Sie ja noch ein Kind.«
»Das nicht«, sagt Herr Mareczek. »Ich war fünfzehn oder sechzehn Jahre alt.« Herr Rysio wird langsamer und fährt nur noch sechzig, und Herr Mareczek, der jetzt die Landschaft rechts von der Landstraße betrachten kann – ein Wäldchen, eine Wiese, dahinter ein See und dahinter ein Dorf –, erinnert sich an seinen ersten Aufenthalt in dieser Gegend. Es war 50 oder 51, ganz genau weiß Herr Mareczek das nicht mehr. Die Eltern eines Freundes hatten die Hälfte eines Holzhauses in

einem Dorf zwischen Krasnopol und Sejny gemietet und hatten ihn, Mareczek, eingeladen, die zweite Hälfte der Ferien mit ihnen zu verbringen. Mareczek und sein Freund waren mit dem Zug nach Suwałki gefahren – vorher waren sie wahrscheinlich zusammen irgendwo anders gewesen, vielleicht in einer Ferienkolonie oder in einem Jugendlager –, und auf dem Bahnhof in Suwałki hatten sie festgestellt, daß ihr Geld nicht für den Autobus reichte. Sie stiegen deshalb auf halber Strecke aus und gingen mehrere Stunden zu Fuß die Straße entlang und schleppten keuchend ihre Koffer. An diese ersten Stunden im Suwałker Land kann sich Herr Mareczek noch sehr gut erinnern, sicher deshalb, weil sich Mareczek bei seiner Wanderung über die Landstraße den Fuß wundgescheuert hatte und sich dann im Straßengraben vorsichtig den Strumpf herunterzog, der an der aufgeplatzten Blase klebte. Er weiß auch noch, daß sie abends, vielleicht auch erst spät in der Nacht in dem Dorf ankamen und die Mutter seines Freundes ihnen tiefe Teller mit Quark und dicker Sahne vorsetzte. Das Dorf lag zwischen zwei nicht sehr großen Seen, es waren eher große, nicht besonders tiefe Teiche, auf einem davon fuhren Mareczek und sein Freund Boot und fingen Fische mit Angeln, die sie sich aus Haselruten gemacht hatten. Aber wie hatte dieser Ort geheißen? In der Nähe war ein anderes Dorf, an das sich Mareczek etwas besser erinnerte, dort wurde litauisch gesprochen, am Zaun wuchsen rosafarbene Malven, und ein großer Gänserich hatte Mareczek in die Wade gezwickt.
»Hilf meiner Erinnerung etwas auf die Sprünge«, bittet Herr Mareczek den fünzehnjährigen Mareczek. »Es kann doch nicht sein, daß wir uns beide nur noch an so wenig von diesen Ferien erinnern.«
»Mehr weiß ich auch nicht«, antwortet der fünfzehnjährige Mareczek. »Es ist auch schon so lange her. Tausend Jahre. Aber warte mal, ich kann mich doch noch an etwas erinnern: Ich fuhr mit dem Fahrrad über die Straße, und von dort aus

konnte man zwei Kirchtürme sehen, also war das Dorf in der Nähe von Sejny.«

»Das ist alles?« fragt Herr Mareczek.

»Die Blase, Quark mit Sahne, Angeln auf dem See, Mädchen, die litauisch sprachen, Malven, der Gänserich, das Fahrrad«, zählt der fünfzehnjährige Mareczek auf. »Das ist alles.«

»Wie kann man nur so wenig Erinnerungen haben!« empört sich Herr Mareczek. »So junge Burschen haben doch ein ganz aufnahmefähiges Gedächtnis. Sie erleben alles zum ersten Mal und erinnern sich deshalb später so gut daran. Weißt du wirklich nicht mehr, wie es dir hier ging, wie du diesen ersten Aufenthalt hier erlebt hast?«

»Nein«, antwortet der fünfzehnjährige Mareczek.

»Und du erinnerst dich auch nicht mehr an die Hütten der Bauern, die Gärten vor den Hütten, die Öfen und Töpfe, die Heiligenbilder in den Stuben?«

»Nein.«

»An keinen einzigen Ofen kannst du dich erinnern?«

»Nein.«

»Und du weißt auch nicht mehr, wovon die Leute hier gesprochen haben? Das war 1950, es war eine schreckliche Zeit. Selbst wenn sie nicht offen darüber redeten, was mit ihnen gemacht wurde, müssen doch ihre Gespräche diese Dinge irgendwie berührt haben. Kannst du dich an nichts aus ihren Gesprächen mehr erinnern?«

»Nein, an gar nichts.«

»Aber vielleicht kannst du dich noch an ein einziges kleines Vogelnest erinnern, an eine einzige Pflaume im Garten, eine einzige Wolke über den Feldern?«

»Nein.«

»Das nehme ich dir sehr übel, mein Mareczek, daß du so wenig in Erinnerung behalten hast«, sagt Herr Mareczek. »Daß du so oberflächlich, gedankenlos, alltäglich deine erste Begegnung mit diesem wunderbaren Land erlebt hast. Es ist

mir sehr daran gelegen, dieses Land das meine nennen zu können, mich an es zu binden und es an mich zu binden, damit alles, was sich hier irgendwann einmal ereignet hat, mit meinem Schicksal verbunden ist, daß es zu meinem Schicksal wird, in einem Wort – daß ich einer von hier bin. Dein Aufenthalt hier vor dreißig Jahren könnte mir das sehr erleichtern. Solche fernen Erinnerungen an ein Dorf bei Sejny wären ein Band, das mich damit verbinden könnte. Aber du fünfzehnjähriger Idiot redest von einer Blase an der Ferse und einem Gänserich, der dich in die Wade gezwickt hat.«
Da wiederholt der fünfzehnjährige Idiot noch einmal aus unerfindlichen Gründen seine Aufzählung:
»Die Blase, Käse, Sahne, Mädchen, die litauisch gesprochen haben, Malven, der Gänserich, das Fahrrad.«
Und noch einmal, ebenfalls aus unerfindlichen Gründen, in umgekehrter Reihenfolge:
»Das Fahrrad, der Gänserich, Malven, Mädchen, die litauisch gesprochen haben, der Käse hat gut geschmeckt, die Blase. Ach ja, und noch die beiden Kirchtürme.«
»Wissen Sie denn noch, wie Sejny vor dreißig Jahren ausgesehen hat?« fragt Frau Irka, als zwischen den Wipfeln der Bäume erst der eine und dann der andere Turm der Sejner Kirche auftaucht.
»Ich weiß noch, daß mich ein Gänserich in die Wade gezwickt hat«, sagt Herr Mareczek.
»Es sah damals genauso aus wie heute«, sagt Herr Rysio. »Sejny ändert sich nicht, und das ist ein Wunder, für das wir jeden Sonntag in dieser Kirche da Gott danken sollten.«
»Aber in den letzten zwei, drei Jahren ist es etwas heruntergekommen«, sagt Herr Mareczek. »Die Rückschritte der Zivilisation werden doch sichtbar. Nicht nur in Sejny übrigens, in Warschau ist es das gleiche.«
»Ja, es ist etwas heruntergekommen«, gibt Herr Rysio zu. »Aber im wesentlichen ist es noch genauso. Vor zweihundert, dreihundert Jahren war es genauso. Man hat den

Eindruck, daß Gott Sejny vor mehreren hundert Jahren in die Ewigkeit überführt hat.«
»Aber früher hat es hier das Hotel Fliegeltaub gegeben«, sagt Herr Mareczek.
»Ja, das hat sich geändert«, gibt Herr Rysio zu und hält vor dem Schuhgeschäft.
Genau die Schuhe, von denen Herr Stefan erzählt hat, dunkelblaue Schuhe aus Cord, stehen auf dem Regal, und man kann sie ohne Karten kaufen, was man Herrn Mareczeks Meinung nach auch als ein Wunder bezeichnen kann, von dem man Gott in der Sonntagsmesse in Kenntnis setzen sollte.
»Kaufen Sie zwei Paar«, sagt Herr Rysio. »In einem Jahr gibt es keine Schuhe mehr, da bin ich sicher.«
Herr Mareczek hat keinen Zweifel daran, daß sich Herr Rysio nicht irrt und daß man ihm in dieser Sache trauen kann. Also kauft er zwei Paar Cordschuhe und denkt dabei, daß er eigentlich drei Paar kaufen sollte, weil er die Schuhe, die er für sich gekauft hat, in einem Jahr dem klein-großen Mareczek geben muß. Als sie mit den Schachteln aus dem Laden treten, sagt Herr Rysio:
»Jetzt gehen wir noch in die Kirche und sehen uns die wundertätige Mutter Gottes an. Und dann fahren wir an den Gaładuś.«
An der Stelle, wo die Straße von Sejny nach Norden abbiegt und am Gaładuśsee entlang zur Grenze führt, bringt Herr Rysio seinen orangefarbenen Fiat unter einem grünen Schild mit der Aufschrift »Staatsgrenze 2 km« zum Stehen. Obwohl man hinter der Biegung Gebäude sehen kann und etwas weiter entfernt auch eine Bushaltestelle, wirkt die Straße, als fahre oder gehe nie jemand hierher, und der Storch, der durch den Morast stolziert, auf dem halbwelke Büsche wachsen – dieser Morast besteht aus Wasserpflanzen –, scheint der einzige Bewohner dieser Gegend zu sein.
»Die Grenze ist wohl da hinten, hinter dem Schilf«, sagt Herr Rysio. »Wenn wir jetzt ein Boot hätten, könnten wir damit

am Rand des Sees entlangfahren und uns auf der anderen Seite fotografieren lassen.«

»Du bist wohl verrückt geworden«, sagt Frau Irka. »Willst du, daß sie dich wieder festnehmen, so wie damals, als du dich mit Herrn Stefan an dem Schlagbaum hinter Szypliszki hast fotografieren lassen?«

»Aber hier ist es so schön«, sagt Herr Mareczek. »Und gleichzeitig so merkwürdig geheimnisvoll. Sogar dieser Storch, sehen Sie mal, da auf der Wiese, der ist irgendwie schöner als die Störche bei uns in der Gegend. Und er hat zweifellos etwas Geheimnisvolles an sich, obwohl mir Störche nie besonders geheimnisvoll vorgekommen sind.«

»Alles, was Grenze oder grenznah ist, ist geheimnisvoll«, sagt Herr Rysio. »Das Geheimnis ist das Wesen der Grenze. Dieser Storch kommt ihnen geheimnisvoll vor, weil Sie nicht wissen, ob er von hier oder von drüben ist, ob er ein hiesiger oder ein dortiger ist. Mit diesen Pappeln, diesem Schilf, diesem See ist es ähnlich. Das ist alles ein bißchen von hüben, ein bißchen von drüben, gehört ein bißchen ihnen dort, ein bißchen uns, ein bißchen niemandem. Und genau deshalb, weil es Grenze ist, nicht geortet, nicht zugeordnet, nicht ein für allemal in Besitz genommen ist, ist es geheimnisvoll. Und achten Sie einmal darauf – das trifft auf alle Grenzwesen zu. Alle Hybriden, alle Mischlinge sind geheimnisvoll, denn auch wenn sie irgendwohin gehören, gehören sie doch gleichzeitig auch noch woanders hin.«

»Aber wenn dieser Storch, dieses Wasser, diese Wolken darüber deshalb geheimnisvoll sind, weil sie weder hiesig noch dortig sind und deshalb sein können, wie und wo sie wollen, dann heißt das doch, daß das Geheimnisvolle weniger das Wesen der Grenze als das Wesen der Freiheit ist«, sagt Herr Mareczek. »Was sich auf der Grenze befindet, ist frei, denn es hat die Freiheit, sein Schicksal zu wählen, vielleicht dieses Schicksal, vielleicht aber auch ein anderes zu haben. Die Freiheit ist geheimnisvoll, Herr Rysio.«

»Und schön«, sagt Herr Rysio. »So wie dieser See und dieser Storch.«
»Jetzt hört aber auf herumzupoesieren, wir wollen zurück«, sagt Frau Mareczek, die Herrn Rysios Überlegungen zum geheimen Wesen der Freiheit geduldig angehört hat, während sie blühende Gräser im Straßengraben abschneidet, um daraus einen Trockenblumenstrauß zu binden. »Es ist schon ein Uhr. Wir dürfen nicht zu spät zum Mittagessen kommen.«
»Der ganze Gaładuś müßte zu Polen gehören«, sagt Herr Rysio auf dem Rückweg. »Ein See, ein Wald oder ein Fluß, das sind doch gewisse Ganzheiten, gewisse Organismen. Wie kann man solche Organismen durch eine Grenze teilen? Der geteilte Gaładuś bringt doch keinem einen Vorteil, niemand hat etwas davon, niemand hält sich da auf. Er gehört wahrhaftig niemandem. Ein See, der so von einer Grenze durchschnitten ist, ist für die Menschen tot.«
»Die Litauer würden Ihre Argumente sicher für sehr überzeugend halten. Und sie würden sagen, der ganze Gaładuś müßte ihnen gehören. Aber wissen Sie, daß unser Familienbesitz auch von einer Grenze in der Mitte durchschnitten ist? Und das war auch ein Organismus, und zwar ein ganz eigenständiger, weil eine ethnische Minderheit dort wohnte. Und das haben sie auch mit einer Grenze geteilt.«
»Wo sind Sie denn her?« fragt Frau Irka. »Ich dachte, Ihre Familie sei aus Warschau?«
»Ich bin auch eigentlich aus Warschau«, sagt Herr Mareczek. »Aber mein Großvater mütterlicherseits war ein Baranowski und stammte, so erzählte man jedenfalls in meiner Familie, von den litauischen Tataren ab. Und aus dem Buch, das Sie mir geliehen haben, Herr Rysio, dem Buch von diesem Połujański, habe ich doch gestern erfahren, daß diese Baranowskis hier lebten. Das heißt, nicht ganz genau hier, aber hier in der Nähe, hinter Wiżajny.«
»Dann sind wir ja Nachbarn, Herr Mareczek«, sagt Herr

Rysio und scheint zufrieden zu sein, einen Nachbarn wie Herrn Mareczek zu haben, was Herrn Mareczek wiederum eine echte Freude bereitet, weil er der Meinung ist, daß ein guter Nachbar etwas außerordentlich Wichtiges im Leben ist, und er selbst möchte von seinen Nachbarn gemocht und geachtet werden. »Ich bin aus Suwałki und Sie aus der Gegend von Wiżajny.«

»Aus Winksznupie«, sagt Herr Mareczek. »Aber dieses Winksznupie ist schon hinter der Grenze. Auf unserer Seite ist von den Tatarendörfern nur Makowszczyna geblieben.«

»Aber diese Tataren gibt es hier doch gar nicht mehr«, sagt Frau Irka und setzt mit einem Blick auf Herrn Mareczek hinzu: »Sie haben wirklich etwas Tatarisches an sich. Wenn man Sie kahl rasieren würde, wären Sie gar kein übler Tatar.«

»Ich glaube, ich habe einen Tatarenschädel«, sagt Herr Mareczek. »Aber Tataren gab es hier eigentlich schon nicht mehr, als Połujański sein Buch schrieb. Er gibt an, daß es 1857 im ganzen Gouvernement 168 Tataren gegeben hat.« Dann fällt Herrn Mareczek auch wieder ein, was er außerdem noch in den »Wanderungen im Augustower Gouvernement, unternommen zu wissenschaftlichen Zwecken« über seine Tataren erfahren hatte: »Wenn wir uns von hier aus wieder dem Bezirk Kalwarja zuwenden, finden wir Siedlungen der Tataren, die Ende des 16. Jahrhunderts mit dem litauischen Großfürsten Witold hierhergekommen sind und die gegenwärtig einen beachtlichen Teil des Bezirks einnehmen, obwohl sie mit 77 Männern und 75 Frauen nicht zahlreich sind. Die Dörfer Potylcze, Piłokalnie, Winksznupie, Wiłkobole, Alexandrów, Makowszczyzna, Porowsie, Nowinniki, Skirsobole, Borowszczyzna, Dolnica, Szyłańce, Kiewlica, Dębowy róg, Morgotraki, Suwałeczki, Szwańce und Podturupie mit etlichen Vorwerken waren früher, ja schon am Anfang dieses Jahrhunderts Erbbesitz der Baranowski, Ułan, Buczycki, Ryżewski, Much, Ledziński, Kryczański, Osmolski, Achmantowicz und anderer tatarischer

Adelsfamilien; manche von ihnen, die von Fürsten und Khans abstammten, setzten ihrem Namen ein ›kniaź‹ oder ›chan‹ hinzu; heute sind alle so verarmt, daß man keine Familie mehr als wohlhabend bezeichnen kann. Der wohlhabendste der polnischen Tataren war der General Baranowski, Erbe der Güter Winksznupie, Wiłkobole, Roś, Potylcze und Piłokalnie, der in Winksznupie die einzige Moschee aus Holz erbaute. Nach dem Tod des Generals Baranowski teilten seine Söhne Maciej, Salich, Elias, Mustafa und Abram die Vorwerke unter sich auf, behielten aber nicht lange die Herrschaft darüber. Das Vorwerk Winksznupie ging in den Besitz des Pastors Zienkiewicz über, des Pfarrherrn von Wiłkowyszki, dessen Nichte es zur Hochzeit mit Tomasz Wolski zu ihrer Mitgift erhielt. Wiłkobole erwarb der Tatar Ułan und verkaufte es anschließend an Micewicz, Roś fiel von den Baranowskis an Jagmin. Nicht nur die Zersplitterung der wohlhabenden Tatarenfamilien war der Grund des Verfalls, es kamen auch Streitsucht und schlechte Bewirtschaftung hinzu. Bis heute jedoch haben die Tataren in der Gemeinschaft allgemein einen guten Ruf, ihre Gastfreundschaft, ihre Freude am Tanz und anderen harmlosen Vergnügen sind die Regel, ihr Zorn und ihre Rache, wenn sie beleidigt worden sind, aber sind anhaltend und schrecklich.«

Du fünfzehnjähriger Dummkopf mit deiner Blase am Fuß, denkt Herr Mareczek, wenn du damals vor dreiunddreißig Jahren, als du zum ersten Mal hierher kamst, gewußt hättest, daß du einer von hier bist, daß die Baranowskis aus Winksznupie sind, dann hättest du dir dieses Land vielleicht besser angesehen, vielleicht hättest du mehr in Erinnerung behalten, vielleicht hättest du damals dieses Band geknüpft, das ich jetzt mit so viel Mühe und nach so vielen Jahren knüpfe. Du aber als der von einem Gänserich gezwickte Idiot, der du warst, du hast damals nicht gewußt, was die Vergangenheit wert ist, du hast nicht gewußt, daß der Mensch nicht ohne Vergangenheit leben kann, daß nur in der Vergangenheit die

Rettung liegt, daß sie und sie allein die Quelle von Mut und Würde ist, denn dir, der sich da debil mit Quark und Sahne vollgestopft hat, ist in den Kopf gesetzt worden, daß es keine Vergangenheit gibt und daß derjenige, der ihrer gedenkt, verachtenswert ist, daß es nur die Zukunft gibt, und du bist im grünen Hemd und roten Halstuch in diese glückliche Zukunft marschiert, hast auf der Piotrkowskastraße unter dem Bild des Vaters der Nationen und Verfechters des Friedens gebrüllt: Wir sind die ZMP, wir sind die ZMP, wir fürchten uns nicht vor der Reaktion. Was habe ich ein Glück gehabt, daß sogar dir in deinem geistesschwachen Kopf ein paar Assoziationen kamen – und dafür bin ich dir wirklich dankbar – und daß du bald zu der Einsicht kamst, daß du mit diesem Gebrüll eine merkwürdige Ähnlichkeit mit den jungen Italienern hattest, die unter Mussolinis Portrait »Giovinezza, Giovinezza, primavera di bellezza« brüllten. Dann wurde dir dieses Gebrüll widerlich. Aber denk nicht, daß ich nicht ärgerlich auf dich bin. Denn wenn du damals den Rat von Großvater Baranowski eingeholt hättest, wenn du mit ihm über die Vergangenheit gesprochen hättest, dann hätte er dir erklärt, wie du leben mußt, und du hättest von ihm erfahren, welche Pflichten du dir selbst gegenüber hast, und vielleicht wärst du dann diesen Brüllern gar nicht beigetreten und hättest kein grünes Hemd angezogen. Was spielt das für eine Rolle, daß der Großvater damals nicht mehr lebte, daß er gestorben ist, bevor du auf die Welt kamst? Man muß ihn nachts anrufen, vor dem Einschlafen. Er wäre bestimmt gekommen und hätte dir gesagt, wer du bist und wer du sein sollst. Die Toten wissen so etwas. Aber vielleicht verlange ich doch zu viel, denkt Herr Mareczek, man kann nicht von einem Fünfzehnjährigen erwarten, daß er die Toten anruft und ihren Rat befolgt. Aber wenn er den Großvater angerufen hätte, hätte dieser bestimmt das Leben des fünfzehnjährigen Mareczek taktvoll und verständnisvoll lenken können.

Herr Mareczek erinnert sich wieder an das Foto, das auf der Anrichte im Haus seiner Schwester steht. Das Foto hat Postkartenformat, und auf der Rückseite ist ein Stempel: Photographie J. Raczyński, Varsovie, Nowy Świat No 19. Darunter steht in Bleistift: Mai 1913. Auf dieser Fotografie sitzt der Großvater Baranowski auf einem kleinen Stuhl vor einem Vorhang mit drei aufgemalten Bäumen, und an der Hand hält er ein kleines Mädchen mit einem großen Hut und komischen hohen Stiefeln, die mit weißen Knöpfen geschlossen sind. An jedem Schuh sind sechs Knöpfe. Dieses Mädchen, das ein wenig schielt, ist Herrn Mareczeks Mutter. Daneben steht Herrn Mareczeks Großmutter in einem Hut mit Reiherfedern und in einem weißen Kleid, das am Hals mit Spitze eingefaßt ist, und lehnt sich an einen vom Fotografen aufgestellten Zaun, der die mit Zweigen verflochtenen Holzzäune, wie es sie auf dem Dorf gibt, imitieren soll. Man sieht ihren einen Arm, der bis zum Ellbogen in einem langen weißen Handschuh steckt. Der Großvater hält einen breitkrempigen Hut auf den Knien, einen sogenannten Panamahut. Er trägt ein Binokel und hat einen ziemlich langen, sorgfältig gepflegten Schnurrbart. Damals, im Jahre 1913, war er dreiunddreißig Jahre alt. Er war Geschichtslehrer im Rej-Gymnasium an der Potockastraße in Pułtusk. Um die Jahrhundertwende hatte er in Kiew Geschichte studiert. Als er starb, schlossen alle Juden in Pułtusk ihre Läden und gingen auf seine Beerdigung. Der Großvater reicht dem schielenden Mädchen seinen Panamahut mit den Worten: »Halt mir den mal einen Augenblick, Hannchen«, dann nimmt er sein Binokel ab, putzt es und sagt:
»Das ist sehr nett von dir, Mareczek, daß du an mich gedacht hast. Ich denke auch ab und zu an euch. Es macht mir Kummer, daß ihr in einer solchen Not seid. Aber ich glaube, du übertreibst, wenn du meinst, daß ich dir mit meiner neunzigjährigen Erfahrung einen sinnvollen Rat hätte geben können, als du mit deinem Mussolini Probleme hattest.«

»Aber doch nicht Mussolini, Großvater, Stalin.«
»Alles dasselbe«, sagt der Großvater. »Das ist dein eigenes Leben, und du mußt selbst damit zurechtkommen. Die Zeit, in der ich damals gelebt habe, war auch ziemlich schrecklich, aber die Zukunft war nicht so düster, so undurchdringlich wie jetzt. Das Reich der Zaren verfaulte, und es war klar, daß es sich seinem Ende näherte. Aber jetzt weiß man gar nichts. Also mach dir mal keine Hoffnungen auf mich. Aber wenn du willst, erzähle ich dir, wie Gedymin Wilna gegründet hat. Diese Stunde habe ich immer gern gegeben. Die Vergangenheit ist klar und voller Hoffnung. Gedymin, der damals seine Hauptstadt in Troki hatte, jagte einen ganzen Tag im Tal von Swentoróg, wo sich ein Wald befand. In diesem Wald war ein Heiligtum, die Wohnung der Wajdeloten und Wajdelotinnen. Du weißt doch, was ein Wajdelote ist? Gut. In diesem Wald nun erlegte Gedymin einen Auerochsen von außergewöhnlicher Größe, schlief dann erschöpft ein und hatte einen schönen Traum, in dem ihm ein eiserner Wolf erschien, der durchdringend heulte und seine eisernen Zähne fletschte. Gedymin war, als steige das durchdringende Heulen des Tieres aus dem Inneren von hundert Wölfen. Die Bedeutung dieses Traums erklärte ihm am nächsten Tag der krywe-krywejte Geistliche, das war der große Lezdejkopriester.
»Erzähl mir lieber, wie es 1905 mit diesem Schulstreik in Pułtusk war«, unterbricht Herr Mareczek den Großvater, weil er noch etwas Bestimmtes von ihm will. »Wie ihr damals den Roten den Garaus gemacht habt.«
»Aber das waren doch nicht die Roten«, lacht der Großvater. »Ich habe damals am zaristischen Gymnasium unterrichtet, und wegen dieses Streiks haben sie mich hinausgeworfen. Deshalb sind wir ja nach Warschau gezogen. Und wenn einer damals rot war, dann waren wir das. Piłsudski habe ich allerdings nie gemocht. So durfte man Polen nicht regieren.«
»Sag das nicht, Großvater«, ruft Herr Mareczek entsetzt. »Du warst doch wohl kein Nationaldemokrat?«

»Ich war, was ich war«, sagt der Großvater, und er scheint etwas beleidigt. »Jetzt bin ich tot, verwickle mich bitte nicht in politische Diskussionen.« Damit setzt der Großvater sein Binokel wieder auf und blickt wieder auf die Großmutter Alina, auf ihre große Brust und die Hand in dem langen weißen Handschuh. Aber nach kurzer Zeit dreht er sich noch einmal zu Herrn Mareczek und sagt:
»Mach es gut, Enkel. Du hast viele Haare verloren. Brauchst du irgend etwas gegen Haarausfall? Und was diesen General Baranowski aus Winksznupie angeht, ist es gar nicht sicher, ob wir von ihm abstammen. Ich bin nämlich in Hiranowiec bei Żytomir geboren. Natürlich ist es angenehm zu denken, daß man das Blut von Khans und Fürsten in den Adern hat, aber die Achtung der Menschen ist wesentlich wichtiger als solches Adelsblut. Die Pułtusker Juden, die am Tag meiner Beerdigung ihre Läden geschlossen haben, haben mich geachtet, und glaub mir, darauf war ich sehr stolz.«
»Połujański zufolge sind diese litauischen Tataren von hier nach Wolhynien und in die Ukraine gezogen«, sagt Herr Mareczek und wendet sich dabei an Frau Irka, die hinten im Wagen sitzt. »Deshalb waren auch nur noch 168 hier, als er das Buch geschrieben hat.«
»Wie schade, daß wir da nicht hinfahren können«, sagt Herr Rysio.
»Wohin?« fragt Frau Irka. »Auf die andere Seite des Gaładuś?«
»Nein«, antwortet Herr Rysio, »nach Winksznupie, Herrn Mareczeks Ort.«
»Lieber Herr Rysio, daß wir nicht nach Winksznupie fahren können, ist kein großes Unglück«, sagt Herr Mareczek. »Aber daß wir nicht nach Nowogródek oder Krzemieniec fahren können, um die Orte zu besuchen, an denen unsere größten Dichter geboren sind, das ist wahrhaftig ein nationales Unglück.«
Und spät in der Nacht beim Einschlafen, während eine verirrte Motte über seinem Kopf mit den Flügeln vor die

Deckenbalken schlägt, denkt Herr Mareczek: Warum sollte ich überhaupt nach Winksznupie fahren, wo es bestimmt keinen einzigen Baranowski mehr gibt und wo anstelle der 1824 wiedererbauten Moschee – 17 Bürger dieser Konfession, schrieb Połujański, haben freiwillig 100 polnische Zloty zur Restaurierung der Moschee gegeben, dazu gab die Regierung 1821 2000 polnische Zloty und Holz, so daß auf diese Weise die Moschee wiederaufgebaut wurde –, anstelle der Moschee also bestimmt das Gebäude des regionalen Parteikomitees oder das Kulturhaus steht, warum sollte ich dahin fahren? Etwa um auf den Trümmern zu wehklagen? In diesem Land wehklagt ununterbrochen jemand auf Trümmern, und wie mir scheint, gibt es in ganz Europa, ja auf der ganzen Welt kein Volk, das lauter wehklagt und das mehr Wehklagende hat. Vielleicht haben nur die Juden – aber in biblischen Zeiten, das ist lange her – so heftig gewehklagt. Gewiß, in dieser Wehklage, die zum Himmel Europas steigt, liegt unsere Stärke, denn während wir so auf den Trümmern weinen, sagen wir gleichzeitig: »Schaut, da ist unsere zertrümmerte Vergangenheit, das ist alles, was wir haben, und wir haben nicht vor, das zu vergessen, macht mit uns, was ihr wollt, aber wir lassen uns von diesen Ruinen nicht wegreißen und werden so ausharren, uns an diese rauchgeschwärzten Balken und zerschmetterten Mauern klammern und werden ausharren.« Ja, darin liegt Stärke, wir stützen uns auf diese Ruinen. Aber diese Anhänglichkeit an die Ruinen ist natürlich gleichzeitig auch der Grund unserer Schwäche, denn nach diesem jahrhundertelangen Wehklagen halten wir schließlich diese Ruinen für kostbarer, für tausendmal kostbarer als alles, was man an ihrer Stelle erbauen könnte. Warum sollte ich also all diesem Wehklagen noch meine kleine Klage über die Winksznupier Moschee hinzufügen? Zumal ich ja nicht einmal weiß, wie diese Moschee ausgesehen hat, und ich sie mir nicht einmal vorstellen kann. Aber natürlich würde ich dorthin fahren, wenn ich könnte. Es ist ja gut, den Ort seiner Geburt zu kennen, denkt Herr Mareczek, als er schon fast eingeschlafen ist. Denn ich bin doch hier geboren, genau hier und nicht dort in Warschau, nicht in dieser Gouvernementsstadt, in dieser Hauptstadt des Weichsellandes. Und so sehr ich diese Stadt auch einst geliebt habe, spüre ich doch, daß ich immer weniger an ihr hänge, daß das Band immer lockerer wird, daß ich mich auf der Mokotowska-, Krucza-, Hożastraße immer fremder fühle. Bestimmt könnte ich mir erklären, warum das Band, mit dem ich an dich, Stadt, gebunden war, begonnen hat, sich zu lösen – oder warum ich es gelockert habe –, aber das wäre eine lange und außerdem eine traurige Geschichte. Ich müßte mit dem Aufstand anfangen, mit dem Tag, an dem die Deutschen mir mein Haus an der Koszykowastraße abgebrannt haben, dann müßte ich erzählen, wie ich mich in der Erdgeschoßwohnung an der Marszałkowska und an der MDM gefühlt habe, mein inneres Weinen, meine Wehklagen um Warschau, das es nicht mehr gibt, hat Adam Ważyk einige Jahre später in seinem »Gedicht für Erwachsene« in wenigen Worten erfaßt – wofür ich ihm sehr dankbar bin –, und noch heute fällt mir diese Wendung ein, wenn ich über die Świętokrzyska oder an der Rotunde vorbeigehe: »Gebt mir ein altes Steinchen, damit ich mich in Warschau wiederfinde.« Die Geschichte von meiner immer größeren Liebe zu der Stadt, die es nicht mehr gibt, und meinem immer größeren Widerwillen gegen die Stadt, die jetzt da ist, würde wahrscheinlich mit dem 13. Dezember aufhören. Aber über all das will ich nicht nachdenken. Ich liebe dich nicht, Stadt. Aber nachdem er diesen immerhin recht unangenehmen Gedanken bewußt zugelassen hat, beginnt Herr Mareczek schon, sich dieses Gedankens zu schämen. Hat er nicht doch mit zu leichter, zu herablassender Gebärde diese Stadt von sich gewiesen, die auf den Ruinen seiner Stadt erbaut ist? Er ist schließlich ein Warschauer Intellektueller der dritten Generation, und das verpflichtet. Schämst du dich nicht, Herr Mareczek? denkt Herr Mareczek. Denk doch mal an diese Warschauer Frauen, mit denen du um Butter und Käse Schlange gestanden hast. Du meinst, du könntest das Band zerreißen, das dich mit ihnen verbindet, weil die Deutschen dein Haus an der Koszykowastraße abgebrannt haben und sich in deiner Stadt Neuankömmlinge aus dem Muszyniecker Wald, aus der Ostrołęker und der Mławer Gegend niedergelassen haben? Denk doch mal an die Kirchen der Visitantinnen und der Sakramentinnen. Sie stehen da, wo sie standen, als du ein Kind warst. Meinst du, daß diejenigen, die heute darin beten, nicht das Recht haben zu sagen: das ist unsere Stadt? Schäm dich. Denk nach, du Warschauer Intellektueller der dritten Generation. Vielleicht verdienst du es gar nicht, überhaupt irgendwo einen Ort der Geburt zu haben? Am besten bittest du die Stadt um Verzeihung. Bitte sie um Verzeihung, sie wird dir vergeben. »Quäl mich nicht, du Warschauer Herr Mareczek«, denkt der Suwalker Herr Mareczek. »Ich bin genau hier geboren, in Wiżajny und Szypliszki, in Puńsk und Winksznupie. Denk nur nicht, du könntest mir diesen Ort der Geburt wegnehmen. Am Gaładuśsee steht mein Haus, mein Fuchsbau. Und wenn ich sterbe, dann soll der Sarg mit meinen sterblichen Überresten aus allen Kirchen des Suwalker Landes getragen werden: aus der Kirche der Kamedulen von Wigry und der Kirche der Sejner Dominikaner, aus der neuen Kirche in Gawrychruda und der litauischen Kirche in Puńsk. Und in der Holzkirche in Monkinie sollen sie die Glocke läuten.« Und während Herr Mareczek den Kopf reckt, um die Glocke zu betrachten, die ehrwürdig am Sonntagmorgen schwingt – die Glocke ist aus flüssiger Luft gegossen, hellblau, fast durchsichtig und groß wie der Himmel über Monkinie –, schläft er ein.

An so einem heißen Tag ist die Luft wie eine riesige Libelle, die über dem Grün der Seen und Wälder hängt und mit den durchsichtigen Flügeln zittert, denkt Herr Mareczek, wäh-

rend er über den Pfad zwischen Kletten und Farnen bergab geht. Das ist vielleicht nicht der beste Vergleich, denkt er weiter, aber womit kann man denn überhaupt die Luft als ganzes vergleichen, und zwar so, daß sie in ihrer Ganzheit verglichen wird? Soweit wir als Menschen sehen können, gibt es nichts, was sich mit der Luft vergleichen ließe, was der Luft ähnlich wäre. Außer der Luft natürlich.
Sechs große Flügel funkeln auf und glänzen, und Herr Mareczek meint, einen Laut zu hören, nein, er meint es nicht nur, er hört ihn ganz deutlich, ein Laut, wie er entsteht, wenn die Flügel zitternd aneinanderreiben, ein trockenes Rascheln, und dieses Rascheln fügt sich zu einer Melodie, die ich, denkt Herr Mareczek, beschreiben könnte, wenn ich Skrjabin oder Szymanowski wäre. Da mir aber die Fähigkeit, Klänge aneinanderzufügen, nicht gegeben ist, wird diese Melodie nicht aufgeschrieben – und das erfüllt Herrn Mareczek, wie immer, wenn er an diese seine Unfähigkeit denkt, mit einer großen Traurigkeit, denn er ist überzeugt, daß er mit Klängen viel mehr aus sich herausholen, viel mehr ausdrücken und artikulieren könnte als mit Worten. Aber wenn meine Gehirnzellen irgendwie anders miteinander verbunden wären und meine verstopften Ohren dank dieser geheimnisvollen Verbindungen nicht verstopft wären, dann könnte ich vielleicht das ausdrücken, was ich nie ausdrücken werde, und gleichzeitig all die Klänge hören, die ich – ach ihr verstopften Ohren! – nie hören werde; die Gespräche der Kletten, die Selbstgespräche der Kiefern, die Lieder der Biber, die Liebesgeständnisse der Mäuse und Eichhörnchen, all diese vermischten Stimmen, all dieses Lärmen, Murmeln, Raunen der Natur. Wenn ich daran denke, daß mir all das genommen ist und weshalb – weil ich diese und keine anderen Gene geerbt habe. Das – Gott! Natur! Genetischer Code! – ist wirklich ungerecht.
Herr Mareczek setzt sich auf die aufgewärmten Planken des Stegs neben die Liege, auf der sich Frau Mareczek sonnt,

taucht die Füße ins Wasser – heute ist das Wasser fast so warm wie die Luft – greift nach dem Buch auf Frau Mareczeks Knien, blättert die Seiten um und sagt:
»Soll ich dir was aus ›Pan Tadeusz‹ vorlesen?«
»Was denn?« fragt Frau Mareczek.
»Ich kann dir die Stelle über das Pilzesammeln vorlesen. Oder die Szene, in der General Kniaziewicz Zosia auf den Tisch stellt. Weißt du noch, was sie da anhatte?«
»Ja, das weiß ich noch«, sagt Frau Mareczkowa. »Ein Kleid aus grünem Kamelott und ein grünes Mieder. Lies es ruhig vor.«
»Oder soll ich dir das Gespräch über Malerei vorlesen, das der Graf mit Telimena führt?«
»Dann lies das.«
»›Und nun beginnt sie vom Himmelsblau zu schwärmen‹«, liest Herr Mareczek laut vor, aber nach einigen Versen unterbricht er die Lektüre und sagt: »Weißt du, das ist doch unglaublich, wie sich dieser Mickiewicz des Konkreten bedient und was er mit diesem Konkreten macht. Schau doch nur. Er beschreibt eine Zitrone und sagt, sie ist wie eine Zwergin mit goldfarbenen Kügelchen, aber nicht genug damit, er setzt noch hinzu, daß die Zitrone lackierte Blätter hat, aber auch das reicht ihm nicht, deshalb sagt er noch, daß sie klein und prall ist, aber auch damit nicht genug, also vergleicht er sie mit einer häßlichen, aber reichen Frau. Und fast jedesmal ist es dasselbe. Er beschreibt die Schmetterlinge über den Ähren, dort habe der helle Dunst des Schmetterlings gehangen, aber nicht genug damit, er erzählt auch, wie die Schmetterlinge heißen, aber auch damit nicht genug, er fügt noch hinzu, daß sie vier Flügel hatten, mehr noch, daß diese Flügel durchsichtig waren wie Glas, mehr noch, daß sie kaum sichtbar waren, mehr noch, daß sie surrten und, darüber hinaus noch, daß sie unbeweglich waren. Wozu brauchte er das, dieses Präzisieren, Hinzufügen, diese Anhäufung von Attributen, diese Betrachtung eines jeden Ge-

genstands, jeden Wesens, sei es eine Zitrone, ein Eichhörnchen, eine Tasse, ein Hut oder Regen, von allen Seiten, aus jedem nur möglichen Blickwinkel?«
»Er hat sich daran erinnert, und es hat ihm gefallen, daß er sich so genau an alles erinnern kann«, sagt Frau Mareczek. »Es ist doch schön, wenn man sich an das erinnern kann, was man verloren hat.«
»Ihm ging es aber sicher noch um etwas anderes«, überlegt Herr Mareczek. »Es sieht mir danach aus, daß er mit seiner wild-hartnäckigen Betrachtung all dieser Zitronen und Eichhörnchen diese irgendwie zur Existenz, zu einer intensiveren, ausdrucksvolleren Existenz zwingen wollte. Und gleichzeitig ging es ihm darum, die Einmaligkeit, Einzigartigkeit, Außergewöhnlichkeit jeder Existenz festzuhalten. Mit dieser Vielfalt der Beschreibung einer Zitrone, die er so von allen Seiten betrachtet, sagt er doch: Schaut, da ist sie, da, diese Zitrone, die ich im Moment betrachte, diese und keine andere, und nicht die Zitrone im allgemeinen oder irgendeine Zitrone, sondern diese, genau diese hier. Er muß die Einzigartigkeit, die Unwiederholbarkeit jeder Existenz sehr geliebt haben. Es ist, als habe er im ›Pan Tadeusz‹ einen großen Kampf um die Existenz der sichtbaren Welt geführt, um die Existenz dessen, was einmalig und einzig ist und deshalb auf die wahrhaftigste Weise ist. Das ist der Kampf gegen Verwehen, Vergehen, Verfall. Zitronen, Eichhörnchen, Hüte, Kleider, Pilze und Wolken ziehen, von ihm geführt, in den Kampf gegen das Nichts.«
Hier gab Herr Mareczek ein schreckliches, ergreifendes Klagegeheul von sich: »Ach Gott, mein Gott, wenn ich doch so schreiben könnte! Wenn ich nur eine Sache, ein einziges existierendes Ding so beschreiben könnte, wenn ich nur eine Wolke, ein Blatt einer Klette vor dem Nichts retten könnte. Aber ich habe diesen entsetzlich erbärmlichen genetischen Code.« Und weil er sich seines Klagegeheuls etwas schämt – was ein Glück, daß ihn nur Frau Mareczek gehört

hat, die die Klagen ihres Mannes nicht allzu ernst nimmt, weil sie sie schon seit sechsundzwanzig Jahren hört –, kehrt Herr Mareczek schnell zu »Pan Tadeusz« zurück und sagt: »Sieh mal, er sagte nicht so wie wir ›Brombeeren‹. Er sagte ›Die Braunbeere, die ihre schwarzen Lippen zur Himbeere neigt‹.« Damit wendet sich Herr Mareczek an Frau Żabka, die gerade auf den Steg gekommen ist, sich neben ihn setzt und auch die Füße ins Wasser taucht.

»Sind Sie aus dem Osten, Frau Żabka?«

»Aus dem Südosten«, antwortet Frau Żabka. »Mein Vater hatte ein Gut in Podolien. Warum fragen Sie?«

»Wie sagte man denn bei Ihnen in Podolien – ›Brombeere‹ oder ›Braunbeere‹?«

»Eine Brombeere ist doch eine Braunbeere und umgekehrt«, antwortet Frau Żabka. »Da sehe ich keinen Unterschied.«

»Aber wie habt ihr in Podolien denn die Brombeeren genannt?«

»Brombeeren oder Braunbeeren«, sagt Frau Żabka. »Und was lesen Sie da, Herr Mareczek?«

»Wir haben im ›Pan Tadeusz‹ gelesen. Bei ihm heißt es Braunbeeren.«

»Ein mittelmäßiger Dichter«, sagt Frau Żabka, und Herr Mareczek weiß, daß er ganz unsinnigerweise nach diesen Braunbeeren gefragt hat und daß er einer Diskussion zum Thema Mickiewicz nicht wird entgehen können, einer Diskussion, die mit Sicherheit entweder für ihn oder für Frau Żabka, am wahrscheinlichsten sogar für sie beide sehr unangenehm enden wird, denn Frau Żabka, die für drei Wochen aus New York, wo sie lebt, hierhergekommen ist, verspürt einen unbezwingbaren Drang, alles zu kritisieren, was polnisch ist, vielleicht sogar alles zu verbessern, was polnisch ist.

»Mittelmäßig«, bekräftigt Frau Żabka noch einmal wie zu sich selbst. »Es geht so.«

»Wer ist mittelmäßig?« fragt Herr Mareczek, und weil er höflich sein will, versucht er nicht zu schreien, aber als er

seine eigenen Worte hört, wird ihm klar, daß er doch schreit, was nicht besonders höflich ist und was er nicht tun sollte, insbesondere nicht im Gespräch mit jemandem, der nur für drei Wochen zu Besuch in sein Heimatland gekommen ist.
»Warum mittelmäßig?«
»Weil seine Problematik im Vergleich mit dem europäischen Geist seiner Zeit anachronistisch ist«, sagt Frau Żabka und lächelt Herrn Mareczek sehr selbstzufrieden an. »Wenn er sich nicht so ins Polentum verstrickt hätte, wäre er vielleicht ein großer Dichter. Aber so ist er nur einer der vielen mittelmäßigen europäischen Dichter. Daß auch solche minderen Dichter in der Literatur sehr wichtig sind, will ich ja gar nicht bestreiten.«
»Und Słowacki?« fragt Herr Mareczek. »Ist der auch mittelmäßig?«
»Red nicht so laut, Mareczek«, mahnt ihn seine Frau. »Du brauchst nicht so zu schreien.«
»Słowacki ist besser«, gibt Frau Żabka zu. »Aber er ist auch mittelmäßig. Von eurem polnischen Standpunkt aus gesehen sind das natürlich große Dichter, aber das bedeutet ja nicht, daß es nicht auch einen anderen Standpunkt gibt, von dem aus eure ganze Literatur und eure ganze Geschichte völlig anders aussieht, als ihr meint. Ihr solltet einmal versuchen, euch von diesem anderen Standpunkt aus zu betrachten, denn wenn ihr das nicht endlich einmal tut, werdet ihr nie erfahren, was ihr wirklich wert seid. Und wenn ihr nicht erfahrt, was ihr wert seid, dann geht ihr unter. Eure Eingebildetheit ist euer Untergang.«
»Ich möchte meinen, daß wir als Polen wohl nicht in der Lage sind, einen anderen Standpunkt einzunehmen als den polnischen«, schreit Herr Mareczek. »Die Amerikaner oder Franzosen betrachten sich ja auch vom amerikanischen oder französischen und nicht vom polnischen Standpunkt aus. Meinen Sie nicht, daß unser Standpunkt genauso gut ist wie jeder andere?«

»Nein«, sagt Frau Żabka. »Euer Standpunkt ist von eurer Situation und eurer geographischen Lage geprägt. Eure Situation ist erbärmlich, denn ihr sitzt seit mehreren Jahrhunderten eingezwängt zwischen zwei Großmächten. Eure geographische Lage ist auch erbärmlich, denn ihr sitzt in einem Winkel Europas, von dem aus man nicht viel sieht. Deshalb seid ihr nicht in der Lage, die wahren Probleme Europas und der Welt zu erkennen und zu verstehen. Selbst wenn ihr sie von Zeit zu Zeit erkennt, interpretiert ihr sie völlig falsch, weil ihr meint, daß sich alles, was auf der Welt gesagt und getan wird, auf euch bezieht und mit dem Gedanken an euch gesagt und getan wird. Macht euch endlich klar, daß sich kaum jemand für euch interessiert. Solange ihr das nicht versteht, versteht ihr nicht die wirklichen Probleme dieses Jahrhunderts.«

»Vielleicht haben Sie recht, daß man von diesem Winkel Europas aus nicht viel sieht«, sagt Herr Mareczek. »Vielleicht sind wir, die wir hier in diesem Winkel sitzen, auch nicht besonders gut sichtbar, wenn man von Paris oder Washington aus hierherblickt. Was nichts an der Tatsache ändert, daß sich das Schicksal Europas, wenn nicht gar der Welt genau hier entscheidet. Von der Entwicklung unserer Geschichte sowie der Geschichte der Tschechen, Ungarn und Rumänen hängt die Entwicklung der Geschichte aller Völker Westeuropas ab, die sich vielleicht nicht besonders für unser Schicksal, dafür aber um so mehr für ihr eigenes interessieren. Entweder wir gehen unter, und dann geht ganz Europa unter, oder wir halten durch, und dann ist Europa gerettet. Die Problematik der Polen, Frau Żabka, ist die Problematik dieses Jahrhunderts.«
»Es ist lächerlich, diese messianische Überzeugung, die ihr habt, zur Rettung Europas verpflichtet zu sein«, sagt Frau Żabka. »Wollt ihr nicht gleich die ganze Menschheit retten und dann erlösen? Aber die Menschheit wartet gar nicht darauf, von euch gerettet zu werden, weil sie sich gar nicht so

bedroht fühlt. Und ich glaube, sie will auch nicht von euch erlöst werden. Vor hundertfünfzig Jahren war das alles schön und gut, Herr Mareczek. Obwohl euer Messianismus auch damals schon eine ziemlich kauzige Idee war und nicht viel mit der damaligen Geisteslage in Europa zu tun hatte. Aber daß das alles jetzt wieder aufgelebt ist, das ist einfach lächerlich. Die Polen sind wirklich furchtbar anachronistisch.«

»Gut, wir sind anachronistisch«, sagt Herr Mareczek. »Aber wie sollen wir denn sonst sein, wo doch unsere Lage anachronistisch ist? Wir stehen an der gleichen Stelle, an der schon unsere Vorfahren im neunzehnten Jahrhundert standen. Wir haben die gleiche Berufung, die sie im 19. Jahrhundert hatten: wir müssen unsere nationale Identität retten, denn sie ist bedroht. Was ist also merkwürdig daran, daß unsere Köpfe mit Gedanken des neunzehnten Jahrhunderts vollgestopft sind? Wenn unsere Situation anders wäre, dann hätten wir auch andere Gedanken im Kopf.«

»Aber wenn ihr eure polnischen Probleme so umformulieren könntet, daß sie sich auf die Probleme der Welt reimen«, sagt Frau Żabka, »wenn euch andere Gedanken kämen, würde sich dann nicht vielleicht auch eure Situation ändern? Aber ich fürchte, daß ihr zu keiner ernsthaften geistigen Anstrengung mehr in der Lage seid. Ihr habt euch in diesen kindischen Messianismus verbissen, und das ist eine völlig fiktive Problematik. Ich beobachte mit einer echten Betroffenheit, daß ihr alle in einer merkwürdigen Sprache des neunzehnten Jahrhunderts sprecht. So spricht heutzutage niemand auf der Welt mehr, denn die Welt ist schon woanders und denkt an andere Dinge. Was euch den Untergang bringt, ist euer anachronistischer Glaube an die erlösende Kraft des Polentums.«

»Oder die Rettung«, sagt Herr Mareczek. »Ich will Sie nämlich daran erinnern, daß wir dank unserer messianischen Phantasmagorien 1918 die Unabhängigkit errungen haben. Diese lächerliche Kauzigkeit hatte damals also ganz ernsthafte Folgen.«

»Machen Sie keine Witze«, sagt Frau Żabka. »Ihr habt die Unabhängigkeit aus ganz anderen Gründen errungen. Die Existenz eines unabhängigen Polen kam den Großmächten sehr zupaß. Ohne Frankreich und England gäbe es kein Polen.«
»Ohne Mickiewicz gäbe es auch kein Polen«, sagt Herr Mareczek. »Aber ich glaube, wir sprechen von zwei verschiedenen Dingen. Sie reden von der Politik und ich vom nationalen Geist.«
»Ein nationaler Geist, so etwas gibt es gar nicht«, sagt Frau Żabka. »Sie meinen einfach nur, die Achse der Welt sei genau da, wo Sie gerade stehen.«
»Ganz genau«, sagt Herr Mareczek. »Das meine ich. Das heißt nicht genau da, wo ich stehe. Die Achse der Welt läßt sich leicht erkennen, wenn man den Weg am See entlang geht und an dem Bahnübergang rechts abbiegt. Da ist so ein Himbeergebüsch, und gleich dahinter stehen drei Wacholder. Genau da ist die Achse der Welt. Abends kann man sogar hören, wie sie knirscht.«
»Machen wir mal zusammen einen Spaziergang dorthin«, sagt Frau Żabka und nimmt eine lange Dunhill aus einer grünen Schachtel mit goldener Aufschrift. »Rauchen Sie?«
»Danke nein«, sagt Herr Mareczek. »Ich rauche nur Extrastark mit Filter.«
»Wie könnt ihr nur so etwas rauchen wie diese Zigaretten, die ihr hier habt?« fragt Frau Żabka. »Das ist doch eine echte Schweinerei. Was stopft ihr da hinein? Könnt ihr hier keine besseren Zigaretten machen?«
»Ich stelle keine Zigaretten her«, sagt Herr Mareczek. »Deshalb bin ich auch nicht für die Qualität verantwortlich.«
»Aber irgendeiner stellt sie her«, sagt Frau Żabka. »Und irgendeiner ist dafür verantwortlich.«
»Bei uns ist keiner für etwas verantwortlich, Frau Żabka«, sagt Herr Mareczek. »Derjenige, der diese Zigaretten herstellt, fühlt sich für ihre Qualität überhaupt nicht verant-

wortlich. Und man kann es ihm nicht übelnehmen, man kann sich nicht einmal darüber wundern, daß er sich nicht verantwortlich fühlt, denn es hat nicht nur keinen Einfluß auf sein Leben, sondern überhaupt nichts mit seinem Leben zu tun, ob diese Zigaretten gut oder schlecht sind.«

»Und genau darin besteht eure Tragödie«, sagt Frau Żabka mit einem tiefen Zug an ihrer süß duftenden Dunhill. »Ihr habt euch der Verantwortung für euer eigenes Leben entledigt und meint jetzt, ein anderer müsse alles für euch regeln. Ein anderer soll sich um die Qualität eurer Zigaretten kümmern, ein anderer soll dafür sorgen, daß es Schuhe und Strümpfe in den Geschäften gibt, ein anderer soll sich darum bemühen, daß ihr frei seid und genug Fleisch habt. Ich glaube, es wäre gut, wenn ihr euch mal selbst um etwas kümmern würdet. Und wenn ihr einsehen würdet, daß nur ihr für euer Schicksal verantwortlich seid, ihr und niemand anders.«

»Ich glaube, Sie irren sich, wenn Sie meinen, daß wir uns für nichts verantwortlich fühlen«, schreit Herr Mareczek, und einen Augenblick lang kommt es ihm so vor, als spreche nicht er, sondern ein anderer mit Frau Żabka, denn er würde sich jetzt am liebsten mit geballten Fäusten auf sie stürzen, während dieser andere ganz ruhig, ja sogar sanft zu ihr spricht, und nur ab und zu die Stimme hebt. »Es stimmt, daß wir das nicht auf uns nehmen, denn wir können nicht die Verantwortung dafür übernehmen, daß es bei uns in den Geschäften keine Schuhe und kein Fleisch gibt. Und es wäre auch naiv, von uns ein solches Verantwortungsgefühl zu erwarten. Daß es kein Fleisch gibt, das ist die Schuld des Systems, und das weiß jeder hier. Aber wenn es um die Freiheit geht, sieht die Sache anders aus. In dieser Frage haben wir uns nicht der Verantwortung entledigt und versuchen nicht, sie auf einen anderen abzuwälzen. Obwohl wir in Jalta, ohne um unsere Meinung gefragt worden zu sein, von der Verantwortung für unser eigenes Schicksal entbunden werden sollten. Und zwar endgültig.«

»Euer Schicksal interessiert in Wirklichkeit niemanden«, sagt Frau Żabka. »Ihr seid ein mittelgroßes Volk, an dem keinem besonders gelegen ist und für das niemand einen dritten Weltkrieg erklären wird. Und das müßt ihr endlich einmal zur Kenntnis nehmen.«

»Wir nehmen es zur Kenntnis«, schreit Herr Mareczek. »Wir wissen, daß niemand für uns ein Opfer bringen wird. Weder die Freiheit noch irgend etwas anderes. Und deshalb haben wir uns entschlosen, uns um unser eigenes Schicksal zu kümmern. Das ist es doch, was Sie von uns wollen? Oder wäre es Ihnen vielleicht lieber, daß wir uns ergeben?«

»Ihr habt euch doch schon ergeben«, sagt Frau Żabka. »Ihr habt aufgehört zu arbeiten, und das ist gleichbedeutend mit Kapitulation. Ihr müßt euch an die Arbeit machen, sonst werdet ihr untergehen.«

»Vielleicht ja«, sagt Herr Mareczek. »Das behaupten jedenfalls die Journalisten im Fernsehen. Und nicht nur sie. Aber ich glaube, daß die Frage, ob oder wie wir arbeiten, keine große Bedeutung für unsere Zukunft haben wird. Zumindest nicht zur Zeit.«

»Was soll das heißen – das hat keine Bedeutung?« fragt Frau Żabka. »Was Sie da sagen, ist Unsinn. Ein Volk, das aus dem Wettrennen der Zivilisation ausscheidet, verurteilt sich selbst zur Nichtexistenz.«

»Wir haben in diesem Wettrennen doch ohnehin keine Chance«, sagt Herr Mareczek. »Sogar die Albaner haben uns überholt, wie mir scheint, da lohnt es sich nicht, weiter mitzurennen. Der Rückschritt unserer Zivilisation ist natürlich sehr bedauerlich, was die Folgen für unser tägliches Leben angeht. Aber da sich da ohnehin kaum etwas machen läßt, da uns ohnehin ein Leben in Armut erwartet, sollten wir da nicht wirklich aus diesem Rennen ausscheiden und unsere Aufmerksamkeit auf etwas anderes richten? Mit der Herstellung von Waschmaschinen und Tonbandgeräten kommen wir nicht zurecht, also wollen wir versuchen, gei-

stige Werte hervorzubringen. Wenn wir uns darauf verlegen, kommen wir vielleicht auch besser weg? Waschmaschinen werden uns nicht retten. Aber von unseren Erfolgen im geistigen Bereich wird es abhängen, wie man in fünfzig oder hundert Jahren in diesem Land hier wird leben können.«
»Wenn ihr alle so denkt, was ich übrigens nicht glaube, denn es gibt hier ja auch noch vernünftige Leute, dann wird es euch in hundert Jahren ganz einfach nicht mehr geben«, sagt Frau Żabka. »Sie wollen die Polen zum Selbstmord überreden.«
»Wenn sie sich überhaupt zu etwas überreden ließen«, sagt Herr Mareczek, »dann würde ich sie dazu überreden, im geistigen Bereich die Rettung zu suchen. Ihre weitere Existenz auf den geistigen Werten aufzubauen, die sie selbst hervorbringen können. Wissen Sie, das steht ja einer Herstellung von mehr Waschmaschinen oder Tonbandgeräten oder welcher Dinge auch immer gar nicht im Weg. Mit anderen Worten, um die Grundlagen der zivilisierten Existenz zu retten. Das ist gewiß auch nötig. Nur daß wir uns nicht auf sinnvolle Weise der Herstellung von Waschmaschinen oder ähnlichem widmen können, weil dieses System es uns unmöglich macht. Und geistige Güter können wir ohne Rücksicht auf das System herstellen, denn darin kann es uns nicht behindern.«
»Dämonisieren Sie nichts«, sagt Frau Żabka. »Ihr beschwert euch alle über das System. Aber ich kann Ihnen versichern, das System ist nicht an allem schuld. Ihr seid einfach verwildert und wollt nicht arbeiten. Dauernd redet ihr von der Freiheit, aber in der Apotheke in Suwałki gibt es keine Kopfschmerztabletten. Weshalb stellt ihr nicht genug Kopfschmerztabletten her?«
»Weil wir nicht frei sind!« schreit Herr Mareczek. »Wenn wir frei wären, würden wir liebend gern unbegrenzte Mengen von Kopfschmerztabletten herstellen.«
»Wenn ihr frei wäret, würdet ihr auch nichts tun«, sagt Frau Żabka. »Die Polen sind ein schrecklich faules Volk.«

»Sehen Sie sich doch mal Herrn Gienio an. Wie er da am Schuppen Holz hackt.«
»Dazu gehört keine große Begabung«, sagt Frau Żabka.
»Also sind wir nicht nur ein faules, sondern auch ein unbegabtes Volk?« fragt Herr Mareczek.
»Ihr seid mittelmäßig begabt. Überhaupt alles ist bei euch eher mittelmäßig. Und das müßt ihr euch endlich klarmachen. Wenn ihr euch nämlich weiter für das wunderbarste Volk auf Erden haltet, dann steht euch nichts Gutes bevor.«
»Betrachten Sie doch mal da hinten die andere Seite des Sees«, sagt Herr Mareczek. »Ist das Ihrer Meinung nach auch eine mittelmäßige Landschaft?«
»Es geht«, sagt Frau Żabka. »Bis auf die Alpen ist in Europa alles nur mittelmäßig. Aber die Alpen sind wirklich schön.«
Weil der »Pan Tadeusz« immer noch an der Stelle aufgeschlagen liegt, wo die Brombeere ihre schwarzen Lippen zur Himbeere neigt, streckt sich Herr Mareczek auf dem Steg aus, hält mit der einen Hand das Buch über seine Augen, so daß er nur das Himmelsblau mit den weißen Federwolken im Hintergrund sieht, rückt mit der anderen Hand seine Brille zurecht und fragt Frau Mareczek:
»Soll ich dir was vorlesen?«
Und ohne ihre Antwort abzuwarten, beginnt er zu lesen:

> Und nun beginnt sie vom Himmelsblau
> Zu schwärmen und von dem Spiel der Wellen,
> Von Felsenklippen, die unwegsam, rauh,
> An denen die Wasserfluten zerschellen,
> Und hat – das gehört heut zum guten Ton –
> Für die Schönheit der Heimat nur milden Hohn,
> Um das Fremde zu loben.

»Das ist kein sachliches Argument«, sagt Frau Żabka und zieht ihre Füße aus dem Wasser. »Wenn ihr in einer Diskussion über eure schlechten nationalen Eigenschaften anstelle von Argumenten Zitate eurer Dichter heranzieht, dann werdet ihr untergehen.« Anscheinend beleidigt verläßt sie den Steg.

»Jetzt hast du sie beleidigt«, sagt Frau Mareczek. »Das kann ich nicht verstehen. Mußt du unbedingt jeden beleidigen, der eine andere Meinung hat als du?«

»Ich habe sie doch nicht beleidigt«, sagt Herr Mareczek. »Mickiewicz hat sie beleidigt. Hör zu. Ich lese dir jetzt nochmal den Teil mit den schwarzen Lippen der Brombeere vor.«

Am Abend versucht Herr Mareczek seine Uhr vor dem Nichts zu retten, vor dem Nichtsein zu bewahren. Ein Blatt der Klette oder eine Wolke über dem Fluß sind es auch durchaus wert, gerettet zu werden, aber diese treue Uhr, die, so denkt er, mir schon einunddreißig Jahre ihre Dienste leistet, verdient es bestimmt, inmitten so vieler Existenzen – alles läßt sich ja sowieso nicht retten – einen besonderen Platz eingeräumt zu bekommen. Fangen wir also mit der Uhr an. Verzweifle nicht, Klettenblatt. Auch dich werde ich versuchen zu retten. Marke der Uhr: Sportivnyj, sjemnadcat' kamnej – siebzehn Rubin. Das ist alles, was in Goldbuchstaben unter der Ziffer 12 steht. Zwischen der Ziffer und dieser Aufschrift ist noch die kleine, ebenfalls goldene Figur eines Läufers, wahrscheinlich eines Hürdenläufers abgebildet. Sechs goldene Ziffern stehen auf einem weißen Ziffernblatt: die zwei, die vier, die sechs, die acht, die zehn und die zwölf. Die übrigen sechs Stunden sind mit goldenen Strichen angezeigt, dünnere und kürzere, ebenfalls goldene Striche bezeichnen die Minuten. Die Uhr ist aus silbrigfarbenem Metall, das man als oxydiert bezeichnen kann, also wahrscheinlich aus Stahl. Die auf der Unterseite eingravierte Aufschrift in kyrillischen Buchstaben – gut leserliche Druckbuchstaben sind es – informiert darüber, daß diese russische Uhr pyljevlagoniepronicajemyje s protivoudarnym ustrojstvem, also staub- und wasserdicht sowie stoßfest ist. Die

Buchstaben auf der Rückseite beschreiben einen Kreis, und am Rand des Kreises befinden sich sechs Kerben, die das Abschrauben dieses Teils und das Öffnen der Uhr erleichtern sollen. Die Zeiger, die sich über das weiße Ziffernblatt bewegen, sind goldfarben, und der kleine Sekundenzeiger, der in der Mitte angebracht ist und den gleichen Kreis beschreibt wie die beiden anderen Zeiger, ist von der gleichen Farbe. Was läßt sich noch über die Uhr sagen? Sie ist nicht besonders elegant und völlig unmodern. Aber dafür ist sie fast unfehlbar, ist erst zweimal kaputtgegangen, nachdem Herr Mareczek sie auf den Boden fallenließ und die stoßfeste Ausstattung versagte. Einmal mußte das Zifferblatt ersetzt werden, weil die Minutenstriche nach fünfzehn oder zwanzig Jahren fast unkenntlich geworden waren. Drei- oder viermal mußte ein neues Glas eingesetzt werden. Beim letzten Mal wurde eins aus Plastik eingesetzt, es sind schon ein paar Kratzer darauf, einer davon ist ziemlich gut sichtbar. Was noch? Die Uhr hat Mareczek im Vorfrühling 1952 von seiner Mutter bekommen, kurz vor seinem Abitur. Sie war für damalige Verhältnisse sehr teuer, ungefähr sechshundert Zloty. Den Kauf tätigten sie in einem Geschäft an der Piotrkowskastraße, gleich an der Głównastraße, die damals Stalinstraße hieß. Anscheinend hatte man damals gerade angefangen, russische Uhren nach Polen zu importieren, und diese waren wesentlich besser als die, die man heute beim Juwelier kaufen kann. Vielleicht ging deshalb auch die Uhr, deren Besitzer Herr Mareczek wurde, nicht kaputt und leistet ihm so treue Dienste. Was noch, meine Uhr, was sonst noch? Wenn Mickiewicz die Eichhörnchen, Pilze, Wolken und Hüte vor dem Nichts bewahren wollte, verglich er sie immer mit etwas, und im »Pan Tadeusz« wimmelt es geradezu von diesen Wörtchen: wie, als ob, gleichsam, und diese Worte sind wie kleine Nägel, mit denen die Gegenstände, Ansichten, Landschaften aneinander befestigt sind, mit denen sie an die sichtbare Welt angenagelt sind, damit alles Sichtbare zusammenhält und zusammenbleibt. Das Nichts hat es schwerer mit der gesamten sichtbaren Welt, es kann ja nicht auf einmal alles Sichtbare zunichte machen, während es eine Wolke oder einen einzelnen Hut schnell erledigt hat. Ich muß dich, meine liebe Uhr, deshalb mit etwas vergleichen, aber womit möchtest du verglichen werden? Ich kann dich mit dem Mechanismus vergleichen, der eine Zeitbombe auslöst: wenn die Zeiger eine mir nicht bekannte Stunde anzeigen, wird eine Bombe explodieren und ein Gebäude in die Luft gehen. Dieses Gebäude ist die Welt, die ich sehe und beschreibe, und diese Explosion wird sich im Augenblick meines Todes ereignen. Ich kann dich auch mit meinem ganzen Leben vergleichen, was der angemessenste Vergleich wäre. Du hast seit einunddreißig Jahren meine Zeit gemessen, deshalb müßte ich jetzt erzählen, wie ich während dieser einunddreißig Jahre gelebt habe. Wie habe ich denn gelebt? Wie alle Polen, könnte ich sagen, und das wäre selbstverständlich der Wahrheit entsprechend. Aber es gibt auch eine andere Wahrheit, die nur mich betrifft – und wenn einer sie kennt, dann bist du es, meine Uhr, mein weißer Schild – und die auch berichtet werden muß. Aber unsere gemeinsame polnische Wahrheit auch. Die roten Fahnen der Parade am ersten Mai, die Mädchen vom polnischen Jugendbund – in eine war ich lange und unglücklich verliebt – in grünen Hemden und roten Halstüchern, bandiera rossa alla riscossa, Kamerad Cienciela, der in der Geschichtsstunde verkündete, unter den Deutschen hätte man es besser gehabt, weil es einmal in der Woche Fleisch gab, Kameradin Weizman, die auf der Versammlung des Jugendbunds verlangte, daß Genosse Cienciela Selbstkritik übe und sich sofort bei Genosse Stalin für das, was er gesagt hatte, entschuldige, Genosse Stalin, der auf dem Katafalk lag, die Lektüre von »Ferdydurke« unter der Bank während des Vortrags über Marxismus-Leninismus, die Frau beim Anstehen für Fleisch, die schrie, unter den Deutschen sei es besser gewesen, der Deutsche hätte zwar getötet, aber er hätte einen doch leben lassen, die Begegnung mit der Kameradin Weizman im März 68 auf dem Bahnhof Łódź Fabryczna: »Da siehst du, was sie mit uns gemacht haben, ich bin es nicht, die von hier weg will« –, die Schlägertrupps in Pelzkappen auf der Nowy Świat Straße, Ania, die sich die Augen am Kragen meiner Jacke trocknet: – »Letzte Nacht haben sie Andrzej abgeholt« –, die Patrouille in grünen Helmen, die im Dezembernebel in die Mokotowskastraße einbiegt. Wenn es etwas gibt, meine Uhr, mein weißer Schild, wovon ich erzählen müßte, dann davon, was mir die Roten hier für ein Leben angerichtet haben und wie ich mich in diesem Leben eingerichtet habe. Und irgendwann werde ich von alledem erzählen, denn ich will dir die Treue bewahren, meine Sportivnyj-Uhr semnadcat kamnej. Das hast du von mir verdient, denn du bist mir auch treu gewesen. Die Erzählung vom Leben des Herrn Mareczek, Bürger der Volksrepublik Polen, der sich gemäß dem stalinistischen Grundsatz von der Freiheit als bewußt gemachter Notwendigkeit darüber klar geworden ist, daß die Freiheit für ihn notwendig ist, ist natürlich noch zu schreiben und muß sicher sogar geschrieben werden. Die Frage ist, ob ich mit meinem erbärmlichen genetischen Code in der Lage sein werde, sie zu schreiben. Denn es ist einfacher, die Uhr Sportivnyj zu beschreiben als das eigene zudem noch so merkwürdige Leben in diesem merkwürdigen Land. Aber nach näherer Überlegung kommt Herr Mareczek zu dem Schluß, daß sein Leben doch nicht so merkwürdig gewesen ist. Bestimmt nicht merkwürdiger als das Leben von jemandem, der hier die Barer Konföderation oder den Novemberaufstand mitgemacht hat. Wie war es denn, dieses Leben? Es geht so, eben polnisch.

Herr Mareczek bedeckt die randvoll mit Brombeeren gefüllte Blechkanne mit seinem blauen Hut – außer dem weißen Drillichhut mit den Blaubeer- und Himbeerflecken hat er noch einen zweiten, und zwar diesen blauen aus Jeansstoff, den er bei seinen Ausflügen in den Wald benutzt –, er bedeckt also jetzt mit diesem Hut die Blechkanne mit den Brombeeren, weil ein leichter Regen fällt, und denkt: Wie außergewöhnlich gut die Brombeersträucher in diesem Jahr tragen und wie außergewöhnlich früh sie reif geworden sind, denn meistens werden sie ja erst gegen Ende der Ferien schwarz und süß, aber in diesem Jahr sind sie schon in der ersten Augusthälfte schwarz geworden, und sowie man nur leicht an den dornigen Busch stößt, fallen sie schon von selbst von den Zweigen, man muß sich nicht in dieses stachlige Dickicht zwängen, braucht nur am Rand des Brombeerstrauchs zu stehen, die Blechkanne unter die Zweige zu halten und die Früchte vorsichtig von den Stengelchen zu ziehen, innerhalb einer halben Stunde kann man auf diese Weise einen oder anderthalb Liter sammeln. Und dieses frühe und üppige Tragen der Brombeeren wie das wiederholte Blühen und Tragen der Walderdbeeren, überhaupt dieser ganze schöne, fast regenfreie Sommer, wer weiß, vielleicht ist das alles eine Belohnung – ein Trostpreis? – vom Allmächtigen dafür, daß wir uns die vergangenen drei Jahre so tapfer im Kampf mit dem Fürsten dieser Welt geschlagen haben? – Unter solchen Gedanken also, die Brombeeren vor dem träge rieselnden Regen, der eigentlich ein Tröpfeln ist, geschützt –, so ein lieblicher Regen, so ein Tröpfeln ist vielleicht auch eine Belohnung, und ich bin Dir Dank schuldig für diesen Regen, diese Brombeeren, diesen Sommer, aber ich muß Dir auch sagen, daß ich selbst dann, wenn Du mir viel Schlechteres bereitest, wenn Du, Gott, mich in herbstlicher Not und winterlicher Verzweiflung leben läßt, daß ich Dir dann trotzdem danken werde, weil ich Dir für alles dankbar bin, was Du mir hast geben wollen und geben willst, ich bin dir dankbar dafür, daß Du bist – wenn Du bist –, und dafür, daß Du mich hast auf die Welt kommen lassen –, während er also so betet und unterdessen ab und zu eine Brombeere unter dem Jeanshut hervorholt und ißt, geht Herr Mareczek den Waldweg entlang, drei Schritte hinter ihm geht Frau Mareczek, die ihre Blechkanne mit ihrem breitkrempigen Strohhut abgedeckt hat. Dieser Hut ist schon ordentlich zerrissen und eignet sich eigentlich nur noch für solche Zwecke, denn wenn sie ihn auf den Kopf setzte, würde der Regen, das Tröpfeln durch das riesige Loch oberhalb der Krempe rinnen.

»Wie merkwürdig du gehst«, sagt Frau Mareczek. »Du setzt die Beine einfach immer schnurstracks voran. Warum schwingst du nicht in den Hüften?«

»Wie alt bist du?« fragt Herr Mareczek.

»Das weißt du doch.«

»In deinem Alter solltest du wissen, daß die anatomischen Besonderheiten der beiden Geschlechter darauf beruhen, daß sich bei einer Frau die Gesäßbacken callando poggiando, wie es in dem Gedicht von Daniel Naborowski heißt, beim Gehen auf- und abbewegen, während die Männer beim Gehen vor allem ihre Beine gebrauchen und sich deshalb nicht in den Hüften wiegen müssen.«

»Aber du könntest dich doch beim Gehen in den Hüften wiegen«, sagt Frau Mareczek. »Die eine Gesäßbacke nach oben, die andere nach unten. So ist es bequemer, ich sag's dir. Versuch's doch mal.«

»Du wirst mir wohl gestatten, so zu gehen, wie ich es will«, sagt Herr Mareczek. »So auf und ab, das könnte ich gar nicht. Ich habe dir doch ein Kind gemacht, das beweist, daß ich ein Mann bin.«

Da erinnert sich Herr Mareczek wieder – der Regen nieselt immer noch, kilometerweit könnte er so über den Waldweg gehen und die Tropfen betrachten, die von den Nadeln auf die weißen Blüten im feuchten Gras fallen, da ist eine schwarze Nacktschnecke, die auf den Weg gekrochen kommt, der muß man aus dem Weg gehen –, er erinnert sich also wieder an das Gespräch mit Frau Sylwia, das er gestern abend auf der Bank unter dem Vogelkirschenbaum geführt hat, als sie sagte:

»Wissen Sie, bei uns auf der Universität haben wir vor ein paar Monaten so eine Versammlung abgehalten – wir machen ab und zu solche Versammlungen, zu denen wir Professoren aus anderen Fakultäten einladen –, und auf dieser Versammlung hat Professor Samsonowicz einen Vortrag über die Gesetze der Geschichte gehalten. Wissen Sie, wer das ist?«

»Ja, er war Rektor«, sagte Herr Mareczek. »Aber sie haben ihn rausgeworfen.«

»Genau«, sagte Frau Sylwia. »Dieser Vortrag ging vielleicht auch weniger über die Gesetze der Geschichte, denn ich weiß nicht, ob der Professor an solche Gesetze glaubt, als darüber, was man die Bewegung der Geschichte nennen könnte. Wie, auf welcher Bahn sich die Geschichte fortbewegt. Darüber hat er gesprochen. Also ihm zufolge gibt es, wenn ich ihn recht verstanden habe, so etwas wie ein Rad der Geschichte, das man mit einem Glücksrad vergleichen kann. Die Geschichte bewegt sich in einem Kreis, sie dreht sich einfach rund, und die Nationen, die an der Geschichte teilhaben, befinden sich an verschiedenen Stellen auf diesem Rad, sie befinden sich also mal oben und mal unten. Mal steigen sie auf, mal steigen sie ab. Vielleicht ist es sogar die ganze Menschheit, die in einer solchen Kreisbewegung steigt und fällt.«

»Und er hat behauptet, daß eine ständige Bewegung existiert, ein ständiges Kreisen, sagen wir mal hundert Jahre oben, dann hundert Jahre unten?«

»Ja so ähnlich«, sagte Frau Sylwia. »Das ist interessant, nicht wahr?«

»Das ist sehr interessant, Frau Sylwia«, sagte Herr Mareczek und dachte dann, daß alles, was Frau Sylwia sagte, sehr interessant war, und daß, selbst wenn es nicht interessant war, es ihm doch so vorkam. Und er dachte auch, daß selbst wenn Frau Sylwia etwas Interessantes zu sagen hatte, sie eigentlich gar nichts sagen mußte, weil es für ihn, Herrn Mareczek, genug war, sie ansehen zu können. Frau Sylwia gehörte nämlich zu den Frauen, die man als warmherzig bezeichnet. Sie ist auch eine Frau, von der man sagen kann, daß viel von ihr da ist. Herr Mareczek mag solche Frauen, bestimmt deshalb, weil er sich in ihrer Gesellschaft sicher fühlt. So sieht jedenfalls Frau Sylwia selbst den Grund für die tiefe Sympathie, die Herr Mareczek ihr entgegenbringt. Sie ist der Meinung, daß er sie so gerne mag, weil sie ihm ein Gefühl von Sicherheit gibt. Herrn Mareczek zufolge gibt es noch andere Gründe, warum sie sich so wohl miteinander fühlen. Sylwia ist im selben Jahr geboren wie er, sie haben im selben Jahr Abitur gemacht und im selben Jahr ihr Studium abgeschlossen. Sie haben deshalb ähnliche Erinnerungen und eine mehr oder weniger gleiche Lebenserfahrung. Also verstehen sie sich ohne die allergeringste Schwierigkeit, und es reicht, daß einer von ihnen zwei, drei Worte sagt, und schon weiß der andre, um was es geht. Ja, die Geschichte hat uns zu geistigen Zwillingen gemacht, denkt Herr Mareczek. Ich brauche zum Beispiel nur zu sagen: »Lippen süßer als Himbeeren«, und Frau Sylwia weiß sofort, wer so süße Lippen hatte. Oder ich sage: »Damals, als sie Martyka abgeschossen haben.« Oder: »Damals, als sie Paramonow geschnappt haben« – und schon weiß Frau Sylwia, was dies »Damals« heißt. Frau Mareczek dagegen, die nur vier Jahre jünger ist als ich, fragt: Wer war denn Martyka? Wer war denn Paramonow? Aber nicht nur die historische Erfahrung haben sie gemein – an die süßen Schmatzer des Genossen Stalin erinnern sich auch ältere Leute, und die Tatsache, daß jemand dasselbe weiß wie ich, reicht nicht

aus, um mich demjenigen geistig verwandt zu fühlen –, es gibt noch etwas anderes, noch mehr, was sie verbindet, etwas, was man als Stimmung oder Färbung der Erfahrungen bezeichnen kann. Vielleicht schenkt die Geschichte den Menschen, die zum gleichen Zeitpunkt geboren sind, ein identisches Gespür für die Geschichte, einen identischen historischen Instinkt. Vielleicht sagt die Geschichte: »Ich habe euch, meinen Mäuschen, verschiedene Fallen gestellt, ich habe verschiedene Schlingen und Köder ausgelegt, aber dafür gebe ich euch hiermit auch die Spürnase und die Schnelligkeit, mit deren Hilfe ihr diese Fallen meiden könnt. Für andere Leute, die zu anderen Zeiten geboren sind, stelle ich andere Fallen auf, und dafür bekommen sie auch eine andere Spürnase. Fort mit euch, ihr Mäuschen.«
Vielleicht haben wir dieselbe Spürnase, Frau Sylwia? Und wissen, von dieser Nase geleitet, beim ersten Riechen sogleich: das ist gut für uns und das ist schlecht? Gut hat er uns abgerichtet, der Genosse mit den Lippen, die süßer waren als Himbeeren. Nicht übel, wie er uns gejagt hat.
»Und was meinen Sie?« fragte Frau Sylwia. »Meinen Sie, Professor Samsonowicz hat recht? Daß es wirklich so etwas gibt wie ein Rad der Geschichte?«
»Keine Ahnung«, antwortete Herr Mareczek. »Zumindest ist es ein Konzept, über das es sich lohnt nachzudenken. Und wenn wir dieses Konzept akzeptieren, wo befinden wir uns dann jetzt Ihrer Meinung nach – oben oder unten?«
»Ich glaube, oben«, sagte Frau Sylwia. »Wir haben geistig eine unglaubliche Höhe erreicht und sind so großartig wie noch nie. Unten waren wir in den sechziger Jahren, zu Gomułkas Zeiten.«
»Aber kommt es Ihnen nicht doch so vor, daß wir unten sind?« fragte Herr Mareczek. »Schließlich haben wir einen Arschtritt bekommen.«
»Herr Mareczek, wie drücken Sie sich aus«, sagte Frau Sylwia vorwurfsvoll. »Und das vor einer Frau.«

»Entschuldigen Sie. Aber wir haben doch wirklich einen bekommen.«

»Wahrscheinlich muß man hier differenzieren«, überlegte Frau Sylwia, während sie ein Vogelkirschenblatt zwischen den Fingern zerrieb. »Ein Volk kann ja in Unfreiheit und unten sein, während sein Geist gleichzeitig oben ist. Oder umgekehrt. Das Volk kann oben sein und es kann ihm bestens gehen, aber sein Geist ist unten.«

»Aber was wäre in diesem Fall die Position des Rads der Geschichte?« fragte Herr Mareczek und rupfte auch ein Vogelkirschenblatt ab, um es zwischen seinen Fingern zu zerreiben. »Wenn das Volk zum Beispiel oben ist und sein Geist unten, müßte man dann sagen, daß es dem Volk schlecht geht, oder müßte man sagen, daß es ihm gut geht? Wo befände es sich dann auf diesem Rad, an welcher Stelle?«

»Vielleicht müßte man akzeptieren, daß es mehrere Räder der Geschichte gibt, und daß sich jedes anders dreht?« sagte Frau Sylwia und spuckte die Reste des zerkauten Blatts aus. »Das Rad der militärischen Erfolge und Schlappen dreht sich anders und in einem anderen Tempo als das Rad der wirtschaftlichen Erfolge und Schlappen. Und wieder anders wirbelt das Rad des Geistes, das Rad seiner Triumphe und Niederlagen, seiner gewonnenen und verlorenen Schlachten.«

»Sind all diese wirbelnden Räder ihrer Meinung nach miteinander verbunden?« fragte Herr Mareczek. »Ist die Geschwindigkeit, mit der sich das eine Rad dreht, abhängig von der eines anderen Rads?«

»Keine Ahnung«, sagte Frau Sylwia. »Ich glaube nicht. Das Rad unseres Geistes dreht sich doch jetzt mit einer ganz anständigen Geschwindigkeit, und wir bewegen uns ganz eindeutig auf diesem Rad nach oben. Danach geht es vielleicht wieder hinunter, aber auch wenn das passiert, steigen wir bestimmt schnell wieder hoch. Und das Rad der Wirtschaft ist sicher ganz stehengeblieben, und wir sind am tiefsten Punkt seiner Bahn.«

»Und was meinen Sie, Frau Sylwia, welches dieser beiden Räder ist wichtiger?« fragte Herr Mareczek.
»Also wissen Sie«, sagte Sylwia, »jeder nach seiner Fasson, aber so etwas dürfen Sie nicht fragen. Natürlich das Rad des Geistes. Denn das, was wir auf geistigem Gebiet erreichen, entscheidet doch über alles andere.«
»Das meinen Sie, weil Sie im geistigen Bereich arbeiten, Sylwia«, sagte Herr Mareczek. »Die Ökonomen und Generäle würden sagen – vorausgesetzt daß sie dieses Konzept verschiedener Räder überhaupt akzeptieren, was sehr unwahrscheinlich scheint –, daß es anders ist, daß das Schicksal des Volkes davon abhängt, wie sich ihre Räder drehen.«
»Aber die in den weißen Helmen, die Jungen von der Danziger Werft und Ursus, sind bestimmt der gleichen Meinung wie ich«, sagte Frau Sylwia. »Und Sie auch, Herr Mareczek, denn Sie meinen doch auch, daß unser Schicksal von dem abhängt, was wir auf geistigem Gebiet erreichen.«
»Nun gut, ich bin der gleichen Meinung wie Sie und die in den weißen Helmen«, sagte Herr Mareczek. »Entweder wir werden die geistige Schlacht, die uns bevorsteht, gewinnen, oder wir werden alles, alle Schlachten verlieren. Aber sagen Sie, eines wüßte ich noch gerne: wer treibt dieses Rad oder diese Räder an? Die Geschichte? Oder ist es Gott, der diese Räder dreht? Oder drehen sie sich von selbst, weil es die geheimen Gesetze so wollen, die ihre Bahn lenken – mal schneller, mal langsamer, mal hinauf, mal hinunter?«
»Das ist eine Frage für den Genossen Stalin«, sagte Frau Sylwia und lächelte Herrn Mareczek gefühlvoll an. »Er hat doch in seinem Buch ›Über den historischen und dialektischen Materialismus‹ oder wie diese Dummheit hieß uns darauf die Antwort gegeben. So oder so bewegt sich die Geschichte und mit ihr unsere Hoffnung.«
»Ja«, sagte Herr Mareczek. »Marx hatte recht. Sie bewegt sich, und unser Rad, unsere Räder hält niemand mehr auf.«
An der Stelle, wo die Geleise der kleinen Eisenbahn den Weg

kreuzen, verlassen Herr und Frau Mareczek den Wald – Frau Mareczek ißt von den Brombeeren unter ihrem Strohhut und geht immer noch drei Schritte hinter Herrn Mareczek, der spürt, daß sie, während sie ihre Brombeeren ißt, ihn weiterhin aufmerksam beobachtet und über seine männliche Absonderlichkeit nachdenkt – und passieren ein Hinweisschild, auf dem steht, daß hier der Naturpark beginnt, dann biegen sie auf die Landstraße ab. Um Frau Anielas Haus zu erreichen, muß man noch an einem kleinen See vorbei, an dem sie eine Weile rasten.
»Sieh mal, wie schön das ist«, sagt Frau Mareczek. »Bleiben wir etwas stehen.«
Und es lohnt sich wirklich, einen Augenblick an diesem See zu verweilen, der »See« heißt, ist der Blick doch so schön, daß der Betrachter sofort denkt: Wahrscheinlich, ja sogar ganz sicher werde ich so einen schönen Anblick in meinem ganzen Leben nicht mehr zu Gesicht bekommen, deshalb muß ich dafür sorgen, daß mir dieser Blick für immer in Erinnerung bleibt, mindestens aber muß ich hier eine Zeitlang stehenbleiben, um diesen Anblick und diese Schönheit nicht mit meiner Achtlosigkeit und Hast zu beleidigen.
Bleiben wir also einen Augenblick stehen. Es regnet leicht, am dunkelgrünen Wasser stehen zwei rote Bänke, auf denen Gestalten in grauen Kapuzen sitzen, die Angeln halten. Etwas weiter weg, da wo der See tiefer und deshalb von einem anderen Grün ist, steht eine Gestalt in violettem Pullover am Ufer. Noch weiter entfernt, so weit, daß man sie nur noch schwach erkennen kann, schwimmen Schwäne. Es sind acht, zwei weiße, sechs schwarze. Den Hintergrund zu den im Regen etwas verschwommenen Schwänen bildet das Grün des Waldes, das etwas heller ist als das Grün des Sees. Darüber der graue Himmel.
»Wir sollten auf die Knie fallen und dafür beten, daß das so bleibt«, sagt Herr Mareczek.
Aber kurz darauf fragt er Frau Mareczek:

»Wäre es dir lieber, daß es so ist wie hier oder daß es so ist wie das Rad der Geschichte?«
»Das verstehe ich nicht«, sagt Frau Mareczek.
»Naja, wäre es dir lieber, daß es unbeweglich ist, in der Zeit gefangen wie bei Vermeer, oder daß es sich dreht, daß es veränderlich ist, mal so, mal anders.«
»Ich weiß nicht«, sagt Frau Mareczek. »Mich hat noch keiner vor diese Wahl gestellt. Soll es so bleiben, wie es ist.«
»Wie denn?« fragt Herr Mareczek.
»Na, so wie es ist«, sagt Frau Mareczek. »Unbeweglich und veränderlich zugleich.«
»Kannst du mir sagen, warum ich als junger Mensch und ehrlich gesagt noch bis vor ganz kurzer Zeit überhaupt keine Dankbarkeit gegenüber demjenigen verspürt habe, der mir solche Anblicke und überhaupt alles ringsum schenkt?« fragt Herr Mareczek. »Und jetzt spüre ich immer mehr Dankbarkeit in mir, und immer öfter denke ich, daß ich es irgendwie ausdrücken muß, aber nicht die Art und Weise dafür finden kann.«
»Du bist reif geworden«, sagt Frau Mareczek. »Endlich bist du erwachsen. Junge Menschen denken nur an sich. Erwachsene aber denken auch an das, was um sie herum ist.«
Nach einem letzten Blick auf die Gestalten in den Kapuzen und den grauen Himmel über dem grünen Wasser und die im Regen verschwommenen Schwäne machen sie sich langsam zu Frau Anielas Haus auf.
Vielleicht spüre ich so viel Dankbarkeit in mir, weil ich immer älter werde, denkt Herr Mareczek, und in dem Vorgefühl, daß ich nicht mehr lange hier sein werde, beginne ich, all das, was mir geschenkt wird, höher zu schätzen.

Herr Mareczek liegt auf der Couch und hält ein Schläfchen, aus dem er etwa alle zehn Minuten gerissen wird, wenn das Telefon klingelt, das aber zum Glück bald wieder schweigt, weil Frau Mareczek im Nebenzimmer den Hörer abgehoben hat. Im Licht eines sonnigen Oktobernachmittags rieseln die Blätter von den Linden und Kastanien vor dem Fenster. Und bald werden auch die Blätter des wilden Weins und der Rankpflanzen abfallen. An der Wand, an der die Couch steht, hängt ein kleiner Kelim mit geometrischem Muster, es ist kein alter Teppich, sie haben ihn vor zehn oder fünfzehn Jahren bei Cepelia gekauft, aber Herr Mareczek mag ihn sehr, denn ein ebensolcher Kelim, der fast genauso aussah wie dieser von Cepelia, hing vor dem Krieg, also dem Zweiten Weltkrieg, in der Wohnung seiner Eltern an der Nowogrodzkastraße. Die Farben in dem Kelim sind grau, braun, grün, rot und gelb. Über dem Kelim hängt ein Teller, auf dem, von einer grünen Blättergirlande umrahmt, eine Festung abgebildet ist. Auf den beiden Wachtürmen der Festung stehen kleine Figürchen mit Dreispitzhüten und Gewehren, und es weht die blau-weiß-rote Trikolore. Gleich unter der Flagge ragt der Lauf einer Kanone hinter dem Turm auf, und über dem Lauf befindet sich die Aufschrift: Vivre libre ou mourir. Der Teller ist auch nicht alt, ist aber eine getreue Nachahmung seiner Ahnen, eines Urtellers aus der Zeit der Französischen Revolution von 1789. Die Mareczeks haben diesen Teller gekauft, als sie 1968 in Paris waren. Wo sie ihn gekauft haben, weiß Herr Mareczek nicht mehr, vielleicht im Samaritaine, vielleicht auch in einem anderen großen Kaufhaus. Er hat 20 Francs gekostet. Was hängt sonst noch an der Wand? Ein Kreuz und zwei Rosenkränze, der eine davon vom Papst geweiht, den anderen hat Frau Mareczek an der Ostra Brama gekauft, als sie in Wilna war. Ein Rosenkranz von der Ostra Brama, Vivre libre ou mourir, ein Kelim aus einer abgebrannten Wohnung. Das alles symbolisiert ganz gut die helle, vielleicht die hellste Seite von Herrn Mareczeks Persönlichkeit. Über die dunkle Seite sollte man besser schweigen, denn es sind nicht die Zeiten, um über solche Dinge zu schreiben. Vielleicht wird ein anderes Mal, wenn sich die Zeiten ändern, dafür Gele-

genheit sein. Wieder wird Herr Mareczek vom Klingeln geweckt, aber diesmal ist es nicht das Telefon, sondern die Türglocke. Herr Mareczek tut so, als schlafe er, er schließt sogar die Augen, denn er hat keine Lust aufzustehen, letzte Nacht hat er bis in den frühen Morgen gearbeitet und möchte jetzt den versäumten Schlaf nachholen. Frau Mareczek öffnet die Tür, und man hört ihre Stimme aus dem Flur:
»Kommen Sie herein, Herr Stefan, wie nett, daß Sie uns besuchen.«
»Entschuldigen Sie, daß ich nicht angerufen habe«, sagt Herr Stefan, »aber ich kam gerade vorbei und beschloß, bei Ihnen vorbeizuschauen.«
»Trinken Sie einen Kaffee?« fragt Frau Mareczek.
»Danke, ich habe es sehr eilig. Wir bereiten gerade die letzten Beethovenquartette vor, und ich habe schrecklich viel zu tun.«
»Da wird Mareczek sich freuen«, sagt Frau Mareczek. »Er versteht diese Quartette nämlich überhaupt nicht, aber wenn Sie sie ihm vorspielen, wird er vielleicht endlich verstehen, worum es darin geht. Aber kommen Sie doch herein. Er schläft, aber ich wecke ihn sofort.«
»Nein, lieber ein anderes Mal«, sagt Herr Stefan. »Ich bin jetzt nur vorbeigekommen, um Ihnen dieses Foto hier zu bringen. Ich habe es im August gemacht, erinnern Sie sich? Sie sind sehr gut darauf getroffen. Und der klein-große Mareczek ist auch darauf, sehen Sie, hier. Ich habe ihn nur nicht ganz draufbekommen, er ist ein wenig abgeschnitten. Das ist ein Andenken an die Ferien.«
»Vielen Dank«, sagt Frau Mareczek, und Herr Stefan fragt noch, wie es dem klein-großen Mareczek geht und ob er schon angefangen hat, Französisch zu lernen, dann hört man das Quietschen der Tür und Frau Mareczeks Schritte, als sie durch die Diele geht. Herr Mareczek springt von der Couch auf und stürzt, nur auf Socken, ohne seine Pantinen anzuziehen, in das Zimmer von Frau Mareczek, die an der

Kommode steht, die Lampe mit dem grünen Schirm angeknipst hat und das Foto, das der Cellist gebracht hat, betrachtet.

»Na endlich«, sagt Herr Mareczek. »Gib mir das Foto. Das wird der Schlußpunkt für meine Fragmente.« Damit reißt er Frau Mareczek das Foto aus der Hand und legt es in den Lichtkreis unter dem grünen Schirm, um es besser betrachten zu können.

»Du bist vielleicht ein Flegel«, sagt Frau Mareczek. »Ich bin doch auch auf dem Foto.«

Da sind sie. Alle. Herr Rysio hat sich hinter Herrn Gienio versteckt, und man sieht von ihm nur ein Knie, ein Ohr und ein Stück von seiner Brille. Aber er ist da. Herr Gienio hält die Säge in der Hand und lächelt sanft. Er ist da. Frau Aniela hat es nicht mehr geschafft, die Schürze auszuziehen, denn sie ist direkt aus der Küche gekommen, als Herr Stefan sie rief, und trocknet sich gerade die Hände an der gelb-weiß karierten Schürze ab. Frau Irka bückt sich, weil sie Sylwia nicht verdecken will, die neben ihr steht und sich ein wenig versteckt, wahrscheinlich, damit man nicht sieht, daß ein bißchen zu viel von ihr da ist. Neben Frau Irka steht, ebenfalls etwas gebückt, Herr Mareczek in einem hellblauen Carepakethemd mit weißen Streifen. In zwanzig, dreißig Jahren wird niemand mehr wissen, was das 1983 hieß – ein Hemd aus einem Carepaket. Asia sitzt Frau Irka zu Füßen und wirft Magda gierige Blicke zu, wahrscheinlich in Gedanken daran, wie angenehm es sein wird, sie in der Kessel zu braten. Und Magda sitzt bei Frau Mareczek auf dem Schoß, die sich hingehockt hat, und wirft Asia furchtsame Blicke zu. Offensichtlich möchte sie nicht ohne Feuer gebraten werden. Der Professor steht ein wenig abseits und hält seine Frau an der Hand, die ins Objektiv schaut und lächelt, aber das gilt wohl eher ihrem Mann als dem Objektiv. Man sieht nämlich gleich, daß die beiden sich lieben. Der kleingroße Mareczek liegt im Vordergrund, er hält zwei Finger hinter Asias Kopf hoch, aber obwohl er seine Knie schon bis ans Kinn hochgezogen hat, passen seine langen Beine nicht mehr ganz ins Bild. Da sind sie. Alle.

»Meine Lieben«, sagt Herr Mareczek. »Ich möchte euch sagen, wie sehr ich euch alle liebe. Ich möchte euch auch sagen, daß ich euch als meine Suwałker Ziehfamilie betrachte. Und noch etwas will ich euch sagen. Ihr seid mein Trost. Denn nur andere Menschen können einem Trost sein, einen anderen Trost gibt es für den Menschen nicht.«

»Weißt du noch, wie Herr Stefan uns für dieses Bild aufgestellt hat?« fragt Frau Mareczek.

»Natürlich weiß ich das noch«, antwortet Herr Mareczek. »Er hat das Foto Ende August gemacht, unmittelbar vor unserer Abreise.«

»Aber weißt du noch, wo er uns aufgestellt hat?« fragt Frau Mareczek.

»Ja, das weiß ich noch«, antwortet Herr Mareczek. »Er hat uns mitten auf dem Playground aufgestellt.«

»Und im Rücken hatten wir den Schuppen mit den Geräten und den Holzscheiten.«

»Ach ja«, bestätigt Herr Mareczek. »Wir haben vor dem Schuppen gestanden. Gleich neben den Holzscheiten. Aber was spielt das für eine Rolle?«

»Sieh doch mal«, sagt Frau Mareczek, »hier auf dem Foto sind weder Schuppen noch Holzscheite.«

»Tatsächlich«, sagt Herr Mareczek, nimmt das Foto in beide Hände und biegt es dabei etwas, so daß der Schein der Glühbirne von der glänzenden Oberfläche reflektiert wird und mal auf Frau Anielas Gesicht, mal auf dem Stück Brille von Herrn Rysio und mal auf den Knien des klein-großen Mareczek liegt. »Der Schuppen ist nicht da. Wie das?«

»Und diese Bäume, hier hinter uns«, sagt Frau Mareczek. »Da sind doch gar keine solchen Bäume.«

»Und solche Kletten wie die unter dem Zaun gibt es da auch nicht. Kletten wachsen nur am Seeufer, neben dem Steg.«

»Da gibt es überhaupt keinen solchen Zaun«, sagt Frau Mareczek und sieht Herrn Mareczek entsetzt an. »Weder an dieser noch an irgendeiner anderen Stelle auf dem ganzen Gelände bei Frau Aniela gibt es einen solchen Zaun.«
»Wo hat er uns denn dann aufgestellt?« fragt Herr Mareczek. »Wir stehen doch da, wir sind doch da. Alle. So wie wir da gestanden haben. Aber wo stehen wir denn alle?«
»Ich weiß es nicht«, sagt Frau Mareczek. »Das ist mir unverständlich.«
»Mir auch«, sagt Herr Mareczek. »Aber weißt du was? Reden wir besser nicht mehr davon.«
»Du hast recht«, stimmt Frau Mareczek zu. »Reden wir besser nicht davon. Ruf Stefan an und bedank dich bei ihm. Dieses Foto ist wirklich ein hübsches Andenken an die Ferien.«
Aber dieses Gespräch zwischen Herrn und Frau Mareczek hat noch gar nicht stattgefunden, es wird erst stattfinden und zwar in ungefähr zwei Monaten, jetzt aber kehrt Herr Mareczek gerade von einem Spaziergang zurück – erst wenn man zwischen den Stoppeln am Rand des Ackers steht und den Kopf nach oben reckt, wird sichtbar, daß wir nicht unter einem Stück, einem Streifen Himmel leben, sondern unter einer riesigen Kuppel, und es wird auch sichtbar, daß über dieser Kuppel noch etwas ist, denn gegen Abend erstrahlen und erlöschen und erstrahlen wieder kleine Lichter, und es entstehen weiße, manchmal rote und manchmal auch violette Streifen, und es scheint, daß diese Kuppel jeden Moment aufklappen kann und daß wir dann über unseren Köpfen ein riesiges Amphitheater sehen werden, die steil nach oben ansteigenden Zuschauerreihen sind fast voll, aber nicht ganz, es ist noch Platz für uns, und unterhalb der Zuschauerreihen ist eine große halbrunde Bühne, die nun vier befrackte Herren mit Instrumenten betreten, ja schon betreten haben, die auf Wunsch der Zuschauer im Amphitheater das aufführen, was sich jeder einzelne wünscht, und was mich, Herrn Mareczek, betrifft, könnte es das D-dur-Quar-

tett von Haydn sein, das sogenannte »Lerchenquartett«, aber es könnte auch anstelle dieser vier Herren Edith Piaf auf die Bühne kommen und »Non, rien de rien, non, je ne regrette rien« singen – und jetzt geht Herr Mareczek, der von einem Spaziergang über die Felder, durch die Buchweizen- und Weizenstoppeln zurückkehrt und noch dieses Konzert in den Ohren und die roten, violetten und weißen Streifen vor Augen hat, über den Playground und setzt sich auf die Bank, die in der Mitte, von der aus man ein ganz großes Stück des Sees sehen kann.

Frau Anielas Gäste legen sich allmählich schlafen – man hört das leise Rauschen der Radios, dann das Klirren der Eimer und das Klatschen von Wasser, dann das Quietschen der Betten, dann das Tosen und Tönen der Träume, aber das hört außer den Träumenden ja keiner, nur vielleicht noch Gott, wenn er uns zuhört –, und nacheinander werden die Fenster des Hauses am Abhang dunkel. Nur noch in zweien brennen Lichter: in dem Fenster im Zwischengeschoß, wo Frau Aniela wohnt, und in dem, wo die Mareczeks wohnen. Aus diesem angelehnten Fenster dringt Geschrei und Lärm an die Ohren von Herrn Mareczek, der über den Playground kommt, was dafür spricht, daß Frau Mareczek sich mit dem klein-großen Mareczek in den Haaren liegt, weil sie ihn zum Zähneputzen oder Abendgebet überreden will. Herr Mareczek setzt sich auf die Bank – die in der Mitte, von der aus man einen ganz großen Teil des Sees sehen kann –, zündet sich eine Zigarette an und betrachtet dabei den Mond, der langsam hinter den Kiefern am anderen Ufer des Sees aufsteigt. Der Mond ist wunderbar weiß und rund, und eine schmale, schwarze Wolke durchtrennt ihn. Und es ist schön – aber gleichzeitig auch schrecklich – zu denken, daß dieser selbe Mond, den Herr Mareczek in diesem Augenblick über diesem See leuchten sieht, in genau diesem Augenblick über vielen anderen Menschen, Städten, ja ganzen Ländern scheint: er zieht über Litauen, Wilna und Kowno, über Riga, Tallin und das alte Dorpat und über Królewiec, Kaliningrad oder Königsberg. Er beleuchtet die grünlichen Kupferdächer der Kirchen und die roten, aus Stein gehauenen Sterne auf den Soldatenfriedhöfen, die langen Panzerläufe, die in den Küstenwäldern verborgen sind und auf ihren Moment warten. Was wird jetzt aus uns? denkt Herr Mareczek. Was wird aus uns, wenn das anfängt und danach, wenn es aufhört? Wenn was anfängt? Auf diese Frage weiß Herr Mareczek selbst sich keine klare Antwort zu geben. Polen, was willst du eigentlich von uns, was begehrst du? denkt er. Und was wollen wir von dir, Polen?

Der Mond, der fast voll ist, taucht jetzt in die Wolken, seine Strahlen fallen zwischen die Kiefern auf der anderen Seite des Sees und spiegeln sich in dem geheimnisvollen Gegenstand, der da zwischen den hohen Farnen steht: zwischen den Farnen schimmert, leuchtet, glänzt die Krone Mendogs, des ersten Königs von Litauen. Herr Mareczek betrachtet die Sterne über den Kiefern. Keiner weiß, wie viele es sind. Genauso viele wie vor hundert Jahren, genauso viele wie in hundert Jahren. Die Natur ist wirklich grausam. Unsere Leiden, unsere Hoffnungen, unser Wahn interessiert sie gar nicht. Und es wird immer kälter, denn es ist schon August. Und bald ist der Sommer vorbei, und es ist Zeit, schlafen zu gehen. Herr Mareczek drückt seine Zigarette auf der Kante der Bank aus und geht zurück in sein Zimmer. Er zieht sich im Dunkeln aus – Frau Mareczek und der klein-große Mareczek schlafen nämlich schon und pfeifen, singen, trillern im Traum – und versucht sich so bequem wie möglich in dem quietschenden Bett zurechtzulegen. Durch das halboffene Fenster und die Gardinen, die sich im Nachtwind bauschen, scheint ihm dieser weiße, große und von einer schmalen schwarzen Wolke durchtrennte Mond fast ins Gesicht: er leuchtet von Nowogródek, Wilna und Grodno. Quäl mich nicht, Mond. Laß Herrn Mareczek ruhig schlafen, der eine etwas mondsüchtige Natur hat und sich leicht auf die Irrwege unruhiger und quälender Träume leiten läßt. Und der weiße, von einer Wolke durchtrennte Mond wandert langsam, als gehorche er dieser Bitte, hinter die sechzehn – oder vielleicht achtzehn – Pappeln und weiter in Richtung Landstraße Nummer 11 und Suwałki, Sypliszki und der russischen Grenze. Und Herr Mareczek schläft ruhig ein, und er kann auch ruhig einschlafen, weil er, wie er selbst meint, ein reines Gewissen hat, naja, vielleicht kein ganz reines, aber ein fast reines, denn er schreibt keine Drehbücher für staatliche Filme, tritt nicht im staatlichen Fernsehen auf und schreibt keine Gedichte für staatliche Zeitungen. Gute Nacht, Herr Mareczek. Frau Aniela, Frau Sylwia, gute Nacht, meine Damen. Und auch Ihnen gute Nacht, Herr Stefan. Träumen Sie von dem schönsten Klang, der sich einem Cello entlocken läßt. Und spielen Sie diesen Klang eines Tages vor den erstaunten Zuhörern in unserer Philharmonie. Gute Nacht, klein-großer Mareczek. Träum von einem freien Polen. Und daß wir beide, du und ich, das erleben. Gute Nacht, ihr hohen Kiefern, ihr Jadwingerprinzessinnen. Gute Nacht, Schwert, das auf dem Grund des Sees begraben liegt. Gute Nacht, ihr Toten, schlaft sanft unter euren Hügelgräbern. Gute Nacht, Landstraße Nr. 11. Gute Nacht, mein zauberhaftes, mein geheimnisvolles Suwalkerland. Und zu dem Pfeifen, Flöten und Trillern des klein-großen Mareczek und Frau Mareczeks gesellt sich jetzt Herrn Mareczeks tiefer Baß. Gute Nacht, Polen. Wir bitten dich herzlich, quäl uns nicht so schrecklich.

Das waren unsere Gespräche, unser Zeitvertreib im Sommer 1983, als Polen nach der Auflösung der Gewerkschaft »Solidarność« durch Jaruzelski wieder unter die Herrschaft der Kommunisten geriet. Und für wie lange? Das wußten wir damals noch nicht.

Juli/August 1983

# NACHWORT
von Włodzimierz Bolecki

Das vorliegende Buch war ein Ereignis in der polnischen Literatur der achtziger Jahre. 1984 vom Instytut Literacki in Paris zum ersten Mal veröffentlicht, wurde es in Polen sowie in der Emigration sofort Sensation und Skandal zugleich und gab gleichermaßen zu Begeisterung wie zu Verteufelungen des Autors Anlaß.
Große Anerkennung fand das Buch in der Emigration (u. a. bei Czesław Miłosz) und in der polnischen Untergrundpresse. In der kommunistischen Presse jedoch war es massiven Angriffen ausgesetzt. Kurz darauf verlor Rymkiewicz im Jahre 1985 aufgrund der Veröffentlichung dieses Buches seine Stelle am Institut für Literaturwissenschaft der Polnischen Akademie der Wissenschaften (1989 nahm er seine Arbeit dort wieder auf).
Grund dieser massiven Reaktionen waren der Inhalt des Buches ebenso wie die Person des Autors.
Die Handlung der »Polnischen Gespräche« spielt – wie der Titel schon sagt – im Jahre 1983, also zu Anfang des Kriegszustandes. Das politische Thema des Buches ist das hohe Lob der »Solidarität« und ihrer legalen Existenz im Jahre 1981 sowie eine ebenso heftige Kritik der kommunistischen Regierung und des Kommunismus als System. Dementsprechend wurde Rymkiewiczs Buch von Jaruzelskis Mannschaft als das politische Manifest eines bekannten Autors gedeutet, der die Propagandathesen der damaligen Regierung der PRL nicht nur ablehnte, sondern auch verspottete und lächerlich machte.
Am schmerzlichsten war für diese Regierung die Tatsache, daß

dieses Buch von einem Autor geschrieben worden war, den man nie zur aktiven politischen Opposition gerechnet hatte und der bis zur Veröffentlichung der »Polnischen Gespräche« als entschiedener Verfechter der Trennung von Literatur und öffentlichen Angelegenheiten bekannt gewesen war.
Mit der Verhängung des Kriegszustandes ordnete Jaruzelski, wie allseits bekannt ist, die Internierung mehrerer tausend Personen an, darunter auch der Elite der polnischen Schriftsteller und Wissenschaftler. Diese Entscheidung verfolgte unter anderem das Ziel, bei der Intelligenz, deren bedeutendste Vertreter sich mit dem ganzen ihnen zu Gebote stehenden Einfluß hinter die »Solidarität« gestellt hatten, eine Schockreaktion auszulösen. Jaruzelski und seine Mannschaft wollten das polnische intellektuelle Milieu in Schrecken versetzen. Diese behördlichen Repressionen (Internierung, Entlassung aus Arbeitsstellen, Druck- und Auftrittsverbot) gingen mit einer massiven Hetze gegen die polnische Intelligenz in der kommunistischen Presse einher. Ihr wurde vorgeworfen, die Realitäten der gegenwärtigen Welt beziehungsweise – was nicht rundheraus gesagt wurde – die Notwendigkeit der Unterordnung Polens unter die Sowjetunion nicht zu begreifen, sie wurde eines schädigenden politischen Engagements (also der Unterstützung der »Solidarität«) und der »Anheizung« der Stimmung in der Gesellschaft (beziehungsweise des Verlangens nach politischen Reformen in Polen) bezichtigt.
Dieser Angriff der Kommunisten auf die Intelligenz war außergewöhnlich brutal: man bediente sich der Schikane und Unterstellung, jahrelange Verdienste von Schriftstellern und Wissenschaftlern wurden abgewertet, man verstieg sich sogar zu Provokationen seitens der Polizei und Beschuldigungen der Spionagetätigkeit. Ziel dieser Aktionen war es, einzelne Personen psychisch zu vernichten sowie ein Bild von der polnischen Intelligenz zu zeichnen, das diese als ein Milieu der Dummheit und Niedertracht darstellte. Die Parteiagitatoren – darunter auch bekannte Schriftsteller und Journali-

sten – erbrachten also den Nachweis dafür, daß die polnische Intelligenz den Verstand verloren hatte, daß ihr Verhalten irrational und ihre Sicht der Welt anachronistisch war, daß sie in der Vergangenheit steckengeblieben war, sich von Gefühlen leiten ließ und nicht von Pragmatik und daß sie Politik mit Ethik vermischte. Angesichts dieser »Sünden« gehen allein die Kommunisten und ihre Apologeten als Verkörperung von Verstand, Maß, Rationalität, Ruhe, Besonnenheit und Klugheit hervor. Als höchster Beweis der Klugheit der herrschenden Macht erwies sich natürlich die Verhängung des Kriegszustandes und die Zerschlagung der »Solidarität« als der Quelle allen Übels. Der deutsche Leser sollte sich hier die Artikel der DDR-Presse zum Thema Polen in Erinnerung rufen.

In diesem Klima erschien Rymkiewiczs Buch.

Es war zweifellos eine Ohrfeige für die kommunistischen Propagandaleute. Daß jetzt antikommunistische Bücher geschrieben werden, hatte man nicht bezweckt, als man die Schriftsteller in Gefängnisse gesperrt und in Presse, Radio und Fernsehen angegriffen hatte. Ganz im Gegenteil: die psychologische Folge des Kriegszustandes sollte eine allgemeine Angst der Gesellschaft – und auch der Schriftsteller – vor den Herrschenden sein.

Die Wut, die Rymkiewiczs Buch bei der Kulturpolizei auslöste, war also begründet. Denn nicht nur der Inhalt dieses Buches war für die kommunistischen Herrscher verletzend, sondern auch die Tatsache, daß die Einschüchterung der Schriftsteller mit einem Mißerfolg endete. Ein solches Buch wie das von Rymkiewicz durfte eigentlich nicht existieren, und dennoch war es geschrieben worden.

Der politische Charakter der Aufnahme der »Polnischen Gespräche« war natürlich ein Zeichen der Zeit. Wenn dies dem Autor auch Anerkennung und Beliebtheit in den oppositionellen Kreisen eintrug, so entstellte es doch gleichzeitig auch die Deutung und Interpretation seines Buches.

Die »Polnischen Gespräche im Sommer 1983« sind nämlich kein politisches Buch, wenngleich darin Meinungen zu politischen Fragen zum Ausdruck kommen. Die »Polnischen Gespräche« sind ein literarisches Werk, in dem die aktuelle Wirklichkeit nur den Vorwand für metaphysische und geschichtsphilosophische Fragen abgibt.
Was also macht die literarische Bedeutung von Rymkiewiczs Buch aus?

Die »Gespräche im Sommer 1983« sind natürlich nicht wortwörtlich zu nehmen. Es ist ein Werk, das tief in der Tradition des romantisch-ironischen Epos verwurzelt ist, in dem die erzählerischen Elemente immer zwanglos mit lyrischen und diskursiven Elementen verbunden waren. Abgeschlossene Episoden fügen sich in diesem Werk zu einer lockeren Komposition, die Fabel ist fragmentarisch und für den Aufbau des Werkes nicht von großer Bedeutung. Dafür steht die Gestalt des Erzählers im Vordergrund. Dieser Erzähler, der gleichzeitig der Held ist, spinnt seine Erzählung auf scherzhafte und ironische Weise fort, sorgt sich nicht um ihre Konsequenzen und Geschlossenheit und behandelt fast jedes Ereignis als einen Vorwand, seine Urteile und Verallgemeinerungen zu den unterschiedlichsten, auch politischen Themen zum Ausdruck zu bringen. Ein typisches Kennzeichen dieser Erzählung sind daher die Abschweifungen des Erzählers, die den Zusammenhalt des Buches ausmachen und ihm sein spezifisches Klima verleihen. Zwanglos geht der Autor vom ernsten Ton zur Parodie über, von der politischen Satire zur geschichtsphilosophischen Reflexion. Was die Gestalt gewinnend macht, ist, daß sie vor dem Leser ihre ganze »Normalität« offenbart, hier ist nicht der »Geist der Erzählung«, wie es Thomas Mann einmal geschrieben hat, sondern einfach ein konkreter Mensch, mit dessen Lebenslage sich viele Leser identifizieren können.
Unter dem erzählerischen Aspekt unterscheiden sich die

»Polnischen Gespräche« nicht von den anderen Büchern von Rymkiewicz. Rymkiewicz bedient sich darin verschiedener Gattungen, er verbindet Wahrheit und Erfindung, biographische Erzählung und Essay, philologisches Studium und Romanfiktion, historisch-literarische Auseinandersetzung und eigene Gedichte. Der Aufbau von Rymkiewiczs Büchern ist somit vielgestaltig und erstreckt sich über viele Ebenen, kurz gesagt, es ist eine hybride, aus verschiedenen einander ausschließenden Erzählelementen zusammengesetzte Komposition. Auch das berühmte Buch über die Vernichtung des Warschauer Gettos (»Umschlagplatz«, 1988) ist in dem gleichen Stil geschrieben.
Die Helden der Werke von J. M. Rymkiewicz sind die großen polnischen Schriftsteller des 19. Jahrhunderts: Aleksander Fredro, Juliusz Słowacki, Adam Mickiewicz sowie der Großfürst Konstantin Pawlowitsch, der das Königtum Polen bis 1830 regierte (bis zum Ausbruch des Novemberaufstands.) Formal betrachtet ist der Held dieser Werke jedoch immer der Autor, denn er ist es ja, der mit den Lesern über seine Beobachtungen, Überlegungen, Sympathien und Antipathien und vor allem über Polen Zwiesprache hält.

Schauplatz der »Polnischen Gespräche« ist die Pension von »Frau Aniela«, die am Wigrysee im Suwalker Land liegt. Geographisch betrachtet ist dies ein Durchgangsgebiet, östlich von dem früheren Ostpreußen und in der Nähe der gegenwärtigen polnisch-litauischen Grenze gelegen.
Die Helden von Rymkiewiczs Werk sind die Pensionsgäste, die hier ihre Ferien verbringen, und zwar: Herr Mareczek (der Erzähler), Frau Mareczek und deren Sohn. Außerdem Herr Genio, ein ehemaliger Matrose, Herr Stefan, der Cellist, und der Herr Professor, ein Flötist und Sammler von Landkarten, sowie Witek-Janek, Aktivist in der illegalen »Solidarität«. Die Gespräche finden im Laufe mehrerer Tage oder Wochen statt.

Warum aber gab der Autor seinem Buch den Titel »Polnische Gespräche« und nicht einfach »Gespräche«, »Suwalker Gespräche« oder »Gespräche über Polen«? Der scheinbar neutrale Ausdruck »Polnische Gespräche« ist ein sprachlich und literarisch tief in der Tradition der polnischen Literatur des 19. Jahrhunderts verwurzeltes Idiom. Der Ursprung dieses Idioms ist das Werk Mickiewiczs, insbesondere das Ende des berühmten Gedichts unter dem Titel »An die Mutter Polin«.

Das dürre Galgenholz bleibt den Gebeinen
Des so Besiegten Denkmal heimatlos,
Sein Nachruhm: Eines Weibes kurzes Weinen
Und lange Nachtgespräche um sein Los.

Im Jahre 1983 ist den Polen – wie Rymkiewicz zu sagen scheint – nichts geblieben als Gespräche über das Jahr 1981. Das war das erste und letzte Jahr der Freiheit, weil nach fast vierzig Jahren einer Einparteienherrschaft in Polen eine legale, unabhängige soziale Bewegung entstanden war, eben die »Solidarität«. 1983 dachten die Polen in der Tat nicht mehr an die Kosakenknuten, aber nur deshalb, weil die ZOMO die Demonstranten mit Knüppeln auseinandergetrieben hatte. Sie redeten nicht mehr vom Galgen, aber nur deshalb, weil die Polizei mit Bleikugeln auf die Demonstranten geschossen hatte. Aber die Gräber blieben die gleichen und das Weinen auch. Und die langen Nachtgespräche der Polen – die Gespräche über Polen.

Doch in Rymkiewiczs »Polnischen Gesprächen« ist noch ein anderer Mickiewicz gegenwärtig – der Autor des märchenartigen polnischen Volksepos, des »Pan Tadeusz«. Der Mickiewicz, der über litauische Seen und Wälder, über Wolken und Pilze schreibt. Der Mickiewicz, dessen Worte in Polen jedes Kind lernt (»Litauen, meine Heimat«), denn Litauen war seine »nähere Heimat«.

Die Begebenheiten in Rymkiewiczs Werk sind dem Geschehen im »Pan Tadeusz« ähnlich: die Helden essen, trinken, disputieren, sammeln Pilze, spazieren im Garten und in den Wäldern, betrachten Frauen, den Himmel, die Erde und diskutieren unaufhörlich über Polen, das vergangenene und das gegenwärtige.

Rymkiewiczs Roman ist tief in der polnischen literarischen Tradition verwurzelt, und Frau Anielas Pension in den »Gesprächen« ist ein ähnlicher literarischer Einfall wie das Herrenhaus in Soplicców bei Mickiewicz.

Das Thema von Rymkiewiczs Roman sind die Angelegenheiten, über die die Polen sprachen, wenn sie von ihren Erfahrungen im Jahre 1983, das heißt vom alltäglichen Leben im Kommunismus des Kriegszustandes, redeten. Aber Rymkiewicz hält sich nicht nur mit den aktuellen Angelegenheiten der Zeit auf, ihn beschäftigen Fragen, die über die Gegenwart hinausgehen, Fragen über den Zusammenhang von Gegenwart und Vergangenheit, Fragen nach dem Zusammenhang der Zeit des Kriegszustandes mit dem 19. Jahrhundert, dem Jahrhundert der nationalen Aufstände und des Kampfes für einen unabhängigen polnischen Staat.

Rymkiewicz fasziniert die Geschichte, genauer gesagt die Geschichtlichkeit oder die Existenz innerhalb der Zeit. Er stellt sie jedoch sub specie der Gegenwart dar, und von der Gegenwart wiederum erzählt er so, als sei es die Geschichte, die sich vor seinen Augen abspielt. Das ist offensichtlich die poetische Lizenz.

Womit befassen sich die Helden dieses Buches? Vor allem – wie es der Titel nahelegt – mit Gesprächen. Jeder von ihnen hat eigene Erfahrungen und Überlegungen. Aus diesen verstreuten und beiläufigen Beobachtungen entwickelt sich das kollektive Wissen der Gesellschaft um die Natur des Kommunismus. Und weil das Wissen um die Natur des Kommunismus im Polen des Jahres 1983 zu Verallgemeinerungen, zu Reflexionen über die gegenwärtige Geschichte verleitete, bemüht sich Herr Mareczek, der Erzähler und Held des

Werkes, diese Geschichte zu verstehen. Während er aufmerksam den Stimmen seiner Gesprächspartner lauscht, wirft er philosophische Themen auf, die über die polnischen Probleme hinausgehen, indem sie die Geschichte Osteuropas betreffen.

Er tut das gleichzeitig scherzhaft und ernst, gewichtig und mit einem Augenzwinkern. Für abstrakte Angelegenheiten erfindet er Vergleiche aus der Sinnenwelt, empirischen Gegebenheiten wiederum verleiht er den Status eines Begriffs. Der Schlüssel zu diesem Werk nämlich ist sein Stil, sein spezifischer Diskurs. Rymkiewicz hat zweifellos ein originales literarisches Idiom geschaffen, in dem Metaphern und Begriffe, Wörtlichkeit und Wortspiel, ernster Diskurs und literarische Selbstironie aufeinandertreffen. Versuchen wir einmal, die Problematik dieses Buches zu erkunden, indem wir uns zuweilen eines Pasticcios seines Stils bedienen.

Rymkiewiczs fundamentale Frage betrifft den SINN der Geschichte. Hat die Geschichte überhaupt einen Sinn – fragt Herr Mareczek. Hat das Leben des individuellen Menschen einen Sinn, und hat die Geschichte eines Volkes einen Sinn? Das Leben des Individuums regiert immer der Zufall. Wenn nämlich Herrn Mareczeks Mutter – wie der Erzähler ironisch berichtet – sich 1939 nicht geweigert hätte, Polen zu verlassen, dann wäre Herr Mareczek heute bestimmt kein polnischer Schriftsteller: er lebte in den USA oder in Australien. Andererseits aber – woher weiß man, daß das nur ein Zufall war? Vielleicht war es eine unbewußte, aber absolut unabdingbare Wahl? Wenn also, fährt Herr Mareczek scherzend in seiner ernsten Erzählung fort, wenn also der Zufall in den individuellen Schicksalen nicht von einem tieferen historischen Sinn frei ist, wie kann dann die Geschichte eines ganzen Volkes frei davon sein?

Kann man vom Sinn kollektiver Handlungen sprechen? Liegt z. B. ein historischer – nicht politischer! – Sinn in der Entstehung der »Solidarität« in Polen? Da eine solche Organisation entstanden ist, fährt Herr Mareczek fort, muß dieser Umstand wohl einen tieferen historischen Sinn haben. Denn es läßt sich ja kaum annehmen, daß das, was einen tiefen Sinn für ein Volk hat, nicht auch für die ganze Menschheit einen Sinn hat. Und worin dieser Sinn lag, zeigte sich schon bald darauf, als die Mauer in Berlin fiel – obwohl davon der Held der »Polnischen Gespräche« nur träumen konnte.

Wenn also auch die einzelnen historischen Etappen nicht klar sind, liegt doch gewiß ein Sinn darin. Aber worin besteht dieser Sinn? fragt sich Herr Mareczek. Und er antwortet: im Kampf gegen die Vernichtung.

Der Sinn der osteuropäischen Geschichte also, erzählt Herr Mareczek in Frau Anielas Pension weiter, beruht darauf, daß die Völker, die diesen geographischen (polnisch-litauischen) Raum bewohnten, die Zugehörigkeit zu einer Zivilisation gewählt haben, in der das Recht und der Mensch, die Freiheit und die Wahrheit die Werte sind, die sie seit einigen Jahrhunderten gegen eine Zivilisation verteidigen müssen, in der diese Werte nichts bedeuten.

Für diese steht in den »Polnischen Gesprächen« der »Höllenfürst«, »Beelzebub«, der Teufel, das Böse, das zuweilen als »rußischer Fürst« auftritt. Das Hauptthema der Gespräche nämlich ist der Kampf zweier Zivilisationen: der litauisch-polnischen, die ihre Zugehörigkeit zur lateinischen und mediterranen Kultur gewählt hat, und der sowjetischen, deren einzige sichtbare Errungenschaft in der Geschichte die Vernichtung all dessen ist, was anders, fremd und ihr nicht zugehörig ist. Der »Höllenfürst« – von dem wir in diesem Buch lesen – ist in unterschiedlichen Verkörperungen aufgetreten: einmal hieß er Stalin und war der schnauzbärtige Ossete mit »Lippen süßer als Himbeeren« (so wurde er besungen), ein anderes Mal war er der sanftmütige Sekretär der örtlichen kommunistischen Partei. Dann wieder kam er als Abgesandter des schnauzbärtigen Führers, um sein wirres Geschwätz von Übermenschen von sich zu geben. Das Besondere an der Geschichte Osteuropas ist, wie der Erzähler sagt, daß das Böse hier kein abstraktes Problem ist, sondern nur ein philosophisches und ethisches, denn das Böse existiert in konkreter Gestalt, so wie jene in Polen so beliebten russischen Piroggen, die die Inhaberin der Pension, Frau Aniela, zubereitet. Das Böse in der Geschichte, erzählt Rymkiewicz dem Leser, kann ebenso wohlschmeckend sein wie eine solche appetitliche, dampfende russische Pirogge. Denn das Böse verführt, lockt, winkt und verspricht.

Dieser »Höllenfürst« hat die Völker Osteuropas viele Jahre lang verführt und geknechtet, doch die Mehrheit hat sich nicht in Versuchung führen lassen. 1983 also, führt Herr Mareczek seine Überlegungen weiter aus, war die Sowjetisierung weniger erfolgreich als 1953, was ein Beweis dafür sein könnte, daß es einen positiven Fortschritt in der Geschichte gibt.

Dieser Gedanke gibt allen Helden der »Gespräche« Kraft, insbesondere aber Herrn Mareczek, denn obwohl es das Jahr 1983 ist und obwohl in Polen der Kriegszustand herrscht, sprechen sie so zwanglos über alles, wie es freie Menschen tun.

Nun zu den weniger optimistischen Seiten:

Die Geschichte in den »Polnischen Gesprächen« hat noch ein anderes, grausames Gesicht. Sie ist nicht nur die Hoffnung lebendiger Gesellschaften, die an den Sinn des Kampfes gegen den »Verderber«, den »Höllenfürst« glauben – sie ist auch der Friedhof ermordeter, gemetzelter und vernichteter Völker. Dieses »andere Europa«, in dessen Zentrum sich Frau Anielas Pension befindet, ist mehr als einmal Zeuge geworden, daß ganze Stämme und Völker von der Bildfläche verschwunden sind. Daß die greifbaren Zeugnisse ihrer Zivilisation verschwunden sind und daß die einzigen Spuren in Sagen und kaum verständlichen Formen der Sprache erhalten geblieben sind. Der Gedanke an deren Kampf mit ihrem eigenen »Verderber« läßt Herrn Mareczek nicht in Ruhe,

wenn er im Wald Pilze sammelt – in einem Wald, der vielleicht die Stätten überwuchert, an denen einst die Heiligtümer der Jadwinger oder anderer Bewohner dieses Landes standen, von denen jede Spur verschwunden ist. Oder wenn er an Singers Prosa denkt, die von den nicht mehr existierenden Lebensorten des großen jüdischen Volkes erzählt.
Aber die Geschichte spielt sich nicht nur im Gedächtnis der Generationen ab, sondern auch vor den Augen der Zeitgenossen. Was mit der Vernichtung einhergeht, ja sie manchmal sogar ermöglicht, ist Gleichgültigkeit, Mangel an Verständnis für andere Völker, an Wissen über sie und Interesse an ihnen. In den »Polnischen Gesprächen« tritt deshalb dieser ausdrückliche Widerwille gegen den »westlichen Verstand«, also gegen westliche Politiker auf, die Osteuropa jahrhundertelang als eine Gegend betrachtet haben, die von Menschen zweiter Klasse bewohnt wird. Denn diese Auffassungen und Vorstellungen waren es, die zum Molotow-Ribbentrop-Pakt und drei Jahre später zur Endlösung führten. Rymkiewicz ist jedoch kein Antiwestler, ganz im Gegenteil, sein ganzes früheres Schaffen war von der Faszination mediterraner Kultur geprägt. In den sechziger Jahren hielt Rymkiewicz den kommunistischen Phantasien von der Schaffung einer neuen »kommunistischen Kultur« den Glauben an den universalen Charakter der Archetypen, Zeichen und Symbole der europäischen Zivilisation entgegen. Jahrelang zählte man ihn zu den herausragenden polnischen Klassizisten.
Doch als die Geschichte zum Thema von Rymkiewiczs Büchern wurde, komplizierte sich das Bild der Welt darin. Denn mindestens vom Ende des 18. Jahrhunderts bis zum Fall des Kommunismus war die Geschichte West- und Osteuropas die zweier verschiedener Welten. Diese andere Welt, Osteuropa, wurde – vom westeuropäischen Standpunkt aus – mehr und mehr zur Unwesentlichkeit, wenn nicht gar zur Nichtexistenz verurteilt. Rymkiewicz rührt hier in literarischer Verkürzung an die Probleme von Aus-

rottung, Vernichtung, Zerfall und Zerstörung, die die Geschichte Osteuropas am deutlichsten geprägt haben. Die Vernichtung nämlich – angefangen von den kleinsten Gegenständen des täglichen Lebens bis hin zur Ausrottung ganzer Völker – ist seit Jahren das stete Motiv in Rymkiewiczs Schaffen. Diese Vernichtung ist nicht nur die Grausamkeit der menschlichen Geschichte, sondern auch die metaphysisch empfundene Grausamkeit der Zeit, die das Andenken an die Vergangenheit zunichte macht.

Indem er über die verschiedenen Formen der Vernichtung nachdenkt, sinnt Herr Mareczek darüber nach, wie das Konzept einer Literatur aussehen sollte, die vom 20. Jahrhundert Zeugnis ablegt. Diese Literatur muß ein fundamentales Ziel haben: sie muß all das erhalten, was der »Fürst der Nacht« unaufhörlich vernichtet, und sie muß ein Zeugnis des Kampfes mit diesem sein. Denn nur das, was erhalten bleibt und dem Andenken der Nachfahren vermittelt wird, kann diese selbst vor dem »Verderber« bewahren, dessen Reich immer nur das Nichts ist, auch wenn er eine »glückliche Zukunft« verspricht.

Herr Mareczek ist kein unfehlbarer Mensch: schon einmal hat er dem »Großen Versucher« vertraut, als dieser ihm in den fünfziger Jahren Begeisterung für die kommunistische Zukunft befahl. Aber gleichzeitig befahl er damals Herrn Mareczek, die Vergangenheit zu vergessen, zu vergessen, daß es einen Unterschied zwischen Wahrheit und Lüge, Unabhängigkeit und Gefangenschaft, zwischen Josef Stalin und Jesus Christus gibt. Und seit dieser Zeit geht Herr Mareczek lieber zwischen Gräbern spazieren (auch wenn diese tief im Dickicht des Suwalker Waldes überwuchert sind), anstatt zwischen Transparenten zu marschieren, die die schöne neue Welt des kommunistischen Paradieses verkünden.

Für die Literatur allerdings birgt der Gedanke von der Notwendigkeit, die Spuren des Kampfes mit dem »Höllenfürst« zu erhalten, ein großes Dilemma: Wie soll man schreiben?

fragt sich Herr Mareczek, während er die russischen Piroggen, die Bäume des litauischen Dickichts und Frau Mareczeks französischen Renault betrachtet und Herrn Gienios Erzählungen von der Stürmung des Operettenhauses durch die ZOMO zuhört. Wie soll man in der Literatur die Natur beschreiben, wie die Gefühle ausdrücken, an denen es im Kampf mit dem »Beelzebub« nicht fehlt: wie soll man Zorn, Verzweiflung, Entsetzen ausdrücken?

Zum Glück gibt Herr Mareczek uns keine eindeutige Antwort. Er besitzt zuviel Humor, um die Poetik einer Literatur zu formulieren, die Zeugnis des Ringens von Volk und Individuum mit der Zeit, der Geschichte, dem Bösen ist. Jarosław Marek Rymkiewicz sagt einfach: der Schriftsteller muß sich selbst treu und mit den Menschen, unter denen er lebt, solidarisch sein.

Die »Polnischen Gespräche« sind daher auch eine kurze Lehre von den Pflichten und der beruflichen Würde des Schriftstellers, der auf den Spuren der Vernichtung wandelt. Von den Pflichten der Erinnerung an die »Märtyrer der Sache des Volkes« (wie Mickiewicz schrieb) und von der Würde, die in der Darstellung der Wahrheit liegt – sei es auch nur derjenigen Wahrheit, die wir aus unseren Gesprächen kennen. Eines Tages werden sich die Toten erheben – wie Herr Mareczek in einer Paraphrasierung Singers sagt –, und die Schriftsteller fragen: worüber schreibt ihr? Vielleicht werden die Schriftsteller nicht in der Lage sein, ein großes Kunstwerk vorzuzeigen, aber sie werden ihnen beweisen müssen, wie Herr Mareczek behauptet, daß sie über Dinge schreiben, die wirklich wichtig sind, über das, was ihre Großeltern und Eltern dachten, und über die Gesprächsthemen der Menschen in dem Teil Europas, in dem Vernichtung immer noch ein Synonym für die Geschichte ist.

Es ist daher nicht verwunderlich, daß nach den »Polnischen Gesprächen im Sommer 1983« Rymkiewiczs nächstes Buch »Umschlagplatz« war.

# ANHANG

*S. 11 Landeskommission:* ... der Unabhängigen Sich Selbst Verwaltenden Gewerkschaft »Solidarität« (Komisja Krajowa NSZZ »Solidarność«).
*S. 11 Adam Michnik:* geb. 1946, Historiker, Essayist und Publizist, war seit den 1960er Jahren in verschiedenen oppositionellen Organisationen, 1980 als Berater der »Solidarität« tätig, mehrfach verhaftet. 1989 wirkte er am »Runden Tisch« der Regierung und Opposition mit und ist bis heute der Herausgeber der verbreitetsten polnischen Zeitung, »Gazeta Wyborcza«.
*S. 11 Jacek Kuroń:* geb. 1934, Politiker und Publizist, seit den 1960er Jahren aktiv in der Opposition, auch in der »Solidarität« tätig, mehrfach verhaftet; Mitinitiator des »Runden Tisches«, wurde er 1989 Sozial- und Arbeitsminister.
*S. 12 unserem Marschall:* Vgl. Anm. zu S. 43.
*S. 12 Lońkas Enkelin:* »Lońka« wurde in Polen der Partei- und Staatschef der Sowjetunion, Leonid Breschnew (1906-1982), genannt.
*S. 12 Helden von Otwock:* Michnik verteidigte bei Unruhen in Otwock am 7. 5. 1981 persönlich die Polizei vor der Lynchjustiz der aufgebrachten Menge mit dem Versprechen, sich als »antisozialistische Kraft« für die Freilassung der von der Polizei Verhafteten einzusetzen.
*S. 13 Ära Edward Gierek:* Die Zeit unter dem Parteichef Gierek 1970-1980 zeichnete sich durch einen relativen »Wohlstand auf Kredit« aus (eine Variante des »Gulasch-Kommunismus«).
*S. 13 Bierut:* Bolesław Bierut war 1948-1956 1. Parteisekretär und verantwortlich für die Einführung des Stalinismus in Polen.
*S. 13 Gomułka:* Władysław Gomułka, 1956-1970 1. Parteisekretär; zunächst Hoffnungsträger auf eine Liberalisierug des Systems, erwies er sich bald als ein restriktiver Politiker.
*S. 17 Mäuse des Königs Popiel:* Der legendäre Herrscher von Gnesen Popiel, Vorgänger der ersten polnischen Herrscherdynastie, der Piasten, wurde nach einem Chronikbericht aus Gnesen vertrieben, in einem Turm am Gopłosee eingesperrt und von Mäusen gefressen.

*S. 17 Brzozowskis »Legende des Jungen Polen«:* Der Philosoph und Literaturkritiker Stanisław Brzozowski (1878-1911) unterzog in diesem Buch (1910) die polnische und europäische moderne Kultur einer scharfen Kritik.
*S. 18 Trembecki:* Stanisław Trembecki (1739-1812), Dichter der polnischen Aufklärung.
*S. 26 Teilungen:* Betr. die Teilungen Polens unter die Nachbarmächte Rußland, Preußen und Österreich 1772, 1793, 1795, in deren Folge Polen als Staat von der Landkarte Europas verschwand.
*S. 26 Kongreßpolen:* Vgl. Anm. zu S. 153.
*S. 26 Schlacht bei Sadowa:* Nach dem preußischen Sieg über Österreich 1866 erhielt der seinerzeit von Österreich annektierte Teil Polens eine gewisse Autonomie.
*S. 26 in Paris:* Gemeint ist der in Paris ansässige bekannteste Verlag (und Zeitschrift, herausgegeben von Jerzy Giedroyc) der polnischen Emigration, »Instytut Literacki« bzw. »Kultura«.
*S. 34 »Pan Tadeusz«:* »Herr Thaddäus« (1834), das Nationalepos von Adam Mickiewicz.
*S. 34 »Król Duch«:* »König-Geist« (1845-1849), ein geschichtsphilosophisches Poem von Juliusz Słowacki.
*S. 36 Kochanowski ... Mickiewicz:* Die größten polnischen Dichter der Renaissance und der Romantik.
*S. 38 Tscherkassow,* Nikolaj K. (1903-1966), russisch-sowjetischer Schauspieler.
*S. 43 Piłsudski:* Józef Piłsudski (1867-1935), der Mitschöpfer des Unabhängigen Polen 1918, dessen Staatschef und Marschall, der Sieger über die sowjetische Armee 1920, war stets die Symbolfigur eines Militärführers und Staatsmannes, der die Interessen Polens v.a. im Osten, aber auch im Westen, wirksam zu vertreten wußte.
*S. 45 Władysław Jagiełło:* (um 1351-1434), Fürst von Litauen (1377-1401) und König Polens seit 1386, gründete 1413 die polnisch-litauische Union, zuvor, 1410, besiegte er den Deutschen Ritterorden (in Polen »die Kreuzritter« genannt) in der Schlacht bei Tannenberg.
*S. 45 Szymon Konarski:* (1808-1839), als radikaler Demokrat

Teilnehmer des Novemberaufstandes von 1830, kooperierte er mit russischen revolutionären Kreisen.

*S. 45 Bukaty:* Antoni Bukaty (1808-1876), Philosoph, Historiker, Ingenieur, emigrierte nach dem Novemberaufstand nach Frankreich; ein Anhänger des polnischen Messianismus.

*S. 45 Maria Konopnicka:* (1842-1910), eine der populärsten Dichterinnen, Prosaikerinnen und Kinderbuchautorinnen des polnischen Realismus.

*S. 45 dritte Teilung Polens:* 1795 wurde Polen restlos unter Rußland, Preußen und Österreich aufgeteilt.

*S. 45 Wiener Kongreß*: Die Neuordnung Europas 1814/1815 nach dem Sturz Napoleons I. unter der Führung des österreichischen Staatskanzlers Fürst Metternich.

*S. 59 Führerquartier:* Wolfsschanze, östlich von Rastenburg (Kętrzyn), das einstige »Führerhauptquartier«, wo der Attentatsversuch von Claus Graf Schenk von Stauffenberg am 20. Juli 1944 mißlang.

*S. 65 Kazik:* Kazimierz Brandys (geb. 1916), seit 1981 in Paris, veröffentlichte im polnischen Exilverlag »Kultura« 1982-1987 seine Tagebücher und Reflexionen »Miesiące« (»Die Monate«, dt. Auszug veröffentlicht in der Polnischen Bibliothek als: »Warschauer Tagebuch. Die Monate davor 1978-1981«).

*S. 65 in Paris bei Giedroyc:* Vgl. Anm. zu S. 26.

*S. 68 »Die Welt« von Miłosz:* 1943 entstandener Gedichtzyklus des im amerikanischen Exil lebenden polnischen Dichters Czesław Miłosz (geb. 1911): »Świat. Poema naiwne.«

*S. 69 »Ahnenfeier«:* (poln. »Dziady«) das 1823-1832 von Adam Mickiewicz geschriebene dramatische Gedicht, in dem die Unterdrückung Polens durch Rußland thematisiert wird.

*S. 69 Eichmann ... Eżov:* Adolf Eichmann (1906-1962), Leiter des Judenreferats im Reichssicherheitshauptamt der Reichsführung SS, mit der Organisation der Judentransporte in die Massenvernichtungslager beauftragt; Nikolai Ivanovič Eżov, Mitglied der 1935 von Stalin gegründeten Sicherheitskommission, die mit der »Vernichtung der Volksfeinde« befaßt war – die Säuberungswelle der 1930er Jahre in der Sowjetunion wurde im Volksmund »Eżovščina« genannt.

*S. 72 Konrad ... Große Improvisation:* In der »Ahnenfeier« (vgl.

Anm. zu S. 69) fordert der einsame Held Konrad in einem »Große Improvisation« genannten Monolog von Gott, daß dieser ihm einen Teil seiner Macht abtrete, damit er nicht nur gute Poesie schreiben, sondern die Seelen beherrschen und eine glückliche Ordnung auf der Erde einrichten kann. Dabei begibt er sich in die Hände des Teufels.

*S. 75 Pewex Läden:* Geschäfte im sozialistischen Polen, in denen nur mit Westwährung eingekauft werden konnte.

*S. 78 Konwicki:* Tadeusz Konwicki, geb. 1926, Prosaiker und Regisseur.

*S. 78 Julo Słowacki*: Juliusz Słowacki (1809-1849), Dichter und Dramaturg.

*S. 78 Ludka Śniadecka:* Ludwika Śniadecka (1802-1866), die jugendliche Liebe von Juliusz Słowacki.

*S. 78 Domeyko:* Ignacy Domeyko (1802-1889), Geologe, Tagebuchautor, Freund von Adam Mickiewicz.

*S. 79 Tomasz Zan:* (1796-1855), studierte 1815-1820 in Wilna, Mitbegründer der dortigen Studentengruppe »Filomaten«, polnischer Dichter.

*S. 79 Tomas Venclova:* (geb. 1937), litauischer Dichter und Literaturkritiker, seit 1977 in der Emigration in den USA.

*S. 79 Jan Śniadecki:* (1756-1830) Mathematiker, Astronom, Philosoph und Literaturkritiker, 1807-1826 Rektor der Universität Wilna.

*S. 79 Pigoń:* Stanisław Pigoń (1885-1968), Literaturhistoriker, der sich v.a. mit Adam Mickiewicz befaßt hatte.

*S. 79 Fürst Witold:* (um 1352-1430), Fürst von Litauen seit 1401.

*S. 79 Gedymin:* (um 1275-1341), Fürst von Litauen seit 1316.

*S. 80 König Stanisław August:* Stanisław August Poniatowski, König von Polen 1764-1795.

*S. 80 Maria Rodziewiczówna:* (1863-1944), Autorin von Prosa über das polnisch-weißrussisch-litauische Grenzgebiet.

*S. 80 Ostra Brama:* Eines der 9 Tore des alten Wilna mit einer aufgesetzten Marienkapelle (1671), Wallfahrtsort litauischer, weißrussischer und polnischer Katholiken.

*S. 80 Olgierd, und auch du Kiejstut:* Olgierd (um 1296-1377), zusammen mit seinem Bruder Kiejstut Fürst von Litauen seit 1345.

*S. 96-97 Antisemitismus . . . Achtundsechzig:* Vgl. Anm zu S. 212.

*S. 104 Kuroń und Bujak:* Kuroń, vgl. Anm. zu S. 11. Zbigniew Bujak (geb. 1954), Solidaritätsführer, seit 1991 Abgeordneter im polnischen Parlament.
*S. 105 in der Halle von Oliva beim ersten Kongreß:* Kongreß der »Solidarität« im September 1981.
*S. 115 Mendog, König der Litauer:* (?-1263), Großfürst von Litauen, seit 1253 König, vereinte das litauische Territorium.
*S. 129 im Jahre 1863:* Das Jahr des polnischen Aufstandes gegen die russische Teilungsmacht (Januaraufstand).
*S. 145 »Koziołek Matołek«:* Das Kindermärchen über einen Esel von Kornel Makuszyński.
*S. 146 »Kassiber«:* poln. »Bibuła«, eine autobiographische Schrift von Józef Piłsudski.
*S. 146 Krieg von 1920:* Der Krieg zwischen dem neu entstandenen Polen und der Sowjetunion um die polnische Ostgrenze.
*S. 146 13. Dezember:* 1981, Kriegsrecht verhängt von der Jaruzelski-Regierung, um die »Solidarität« zu brechen.
*S. 147 in der Nacht vom 29. auf den 30. November:* Novemberaufstand von 1830 gegen Rußland.
*S. 149 vor kurzem ein Pole den Nobelpreis für Literatur bekommen hat:* 1980, Czesław Miłosz.
*S. 149 Vater von unserem Julius:* Vater von dem neben Adam Mickiewicz größten Dichter der polnischen Romantik, Juliusz Sńowacki (1809-1849) war selbst Literaturhistoriker, Dramaturg und Übersetzer (1773-1814).
*S. 150 Ulanen von Somosierra:* Polnische Ulanen haben 1808 in einem bravourösen Angriff bei Somosierra den spanischen Widerstand gebrochen und Napoleon den Weg nach Madrid geöffnet.
*S. 153 Kongreßpolen ... Kalwaria, Mariampol und sogar Giełgudyszki ... Alexander war:* 1815 wurde infolge des Wiener Kongresses das »Königreich Polen« (Kongreßpolen) mit dem Kaiser von Rußland, Alexander I., als König gegründet. Die Verfassung von 1815 wurde nach dem Novemberaufstand von 1831 durch Rußland aufgehoben.
*S. 155 Stefan Batory:* 1576-1586 König von Polen, führte Krieg gegen Moskau.
*S. 155 Drucki-Lubecki:* Fürst Drucki-Lubecki war 1821-1831 Fi-

nanzminister des Königreiches und setzte sich für die Industrialisierung ein.

*S. 155 wenn die roten Flecken ... »The Battle of Warsaw 1920« kleiner und die grünen Flecken größer:* (vgl. Anm. zu S. 146) wenn es also zum Sieg der russischen Truppen über Piłsudski bei Warschau im August 1920 und nicht umgekehrt zu dem »Wunder an der Weichsel« gekommen wäre.

*S. 156 die Ordensritter bei Tannenberg:* in der Schlacht gegen polnische und litauische Truppen unter Jagiełło 1410.

*S. 157 Narocz oder Świteż:* Seen in Weißrußland.

*S. 175 »Grażyna«:* Ein Poem von Adam Mickiewicz

*S. 178 Juli 1980:* Die Erhöhung der Fleischpreise führte zu Streiks; im August 1980 kam es zur Gründung der Gewerkschaft »Solidarität«.

*S. 190 ZMP:* eine kommunistische Jugendorganisation (Verband der Polnischen Jugend), 1948-1957.

*S. 192 Wajdeloten und Wajdelotinnen:* Wahrsager, die im vorchristlichen Litauen die Funktion von Priestern niedrigeren Ranges ausübten.

*S. 192 Nationaldemokrat:* Nationaldemokratie war eine nationalistisch gesinnte politische Richtung, die um die Jahrhundertwende entstand und in verschiedenen organisatorischen Formen existierte.

*S. 193 Nowogródek oder Krzemieniec ... an denen unsere größten Dichter geboren sind:* Geburtsorte von A. Mickiewicz (1798-1855) und J. Słowacki (1809-1849).

*S. 195 Warschau ... Hauptstadt des Weichsellandes:* Das russische Teilungsgebiet wurde von den Russen oft abwertend als »Weichselland« bezeichnet.

*S. 195 Aufstand:* Warschauer Aufstand August 1944.

*S. 195 MDM:* (poln. Miejska Dzielnica Mieszkaniowa), in den 1950er Jahren erbauter Stadtteil von Warschau.

*S. 195 Adam Ważyk ... »Gedicht für Erwachsene«:* Dieses 1955 veröffentlichte Gedicht signalisiert die Überwindung des Stalinismus und des sozialistischen Realismus in der Literatur, ein Vorbote des »Tauwetters« in Polen.

*S. 211 »Ferdydurke«:* satirisch-provokativer Roman (1937) von Witold Gombrowicz.

*S. 212 März 68 . . .:* infolge antisemitischer Propaganda, der innerparteiliche Auseindersetzungen zugrunde lagen, verließen viele Juden bzw. Polen jüdischer Herkunft das Land.
*S. 212 Barer Konföderation:* 1768-1772, militärische Erhebung eines Teils des polnischen Adels, die sich gegen die russischen Einflüsse in Polen und die Reformen des Königs Stanisław August Poniatowski richtete.
*S. 212 Novemberaufstand:* Vgl. Anm. zu S. 147.
*S. 214 Daniel Naborowski:* (1573-1640), Dichter des Barocks.
*S. 215 Professor Samsonowicz:* Henryk Samsonowicz, geb. 1930, Historiker an der Universität Warschau, war nach dem demokratischen Umbruch 1989-1991 Bildungsminister.
*S. 222 Cepelia:* Verkaufsstellen der Volkskunst und des Kunstgewerbes.

# WERKVERZEICHNIS

## ERSTAUSGABEN

*Konwencje* (Konventionen. Gedichte). Łódź 1957.

*Człowiek z głową jastrzębia* (Mensch mit einem Habichtkopf. Gedichte). Łódź 1960.

*Metafizyka* (Metaphysik. Gedichte). Warszawa 1963.

*Animula* (Gedichte). Łódź 1964.

*Kwiat nowy starych romanc czyli Imitacje i przekłady hiszpańskich romances* (Neue Blumenlese alter Romanzen also Imitationen und Übertragungen spanischer Romanzen. Dichtung). Warszawa 1966.

*Czym jest klasycyzm ?* (Was ist Klassizismus? Essays). Warszawa 1967.

*Myśli różne o ogrodach. Dzieje jednego toposu* (Verschiedene Gedanken über Gärten. Die Geschichte eines Topos. Essays). Warszawa 1968.

*Anatomia* (Anatomie. Gedichte). Warszawa 1970.

*Co to jest drozd* (Was ist es, eine Drossel? Gedichte). Warszawa 1973.

*Kochankowie piekła. Tragifarsa w dwóch aktach wg. Calderona* (Liebhaber der Hölle. Tragifarce in zwei Akten nach Calderon. Drama). Czytelnik 1975.

*Wybór wierszy* (Auswahl von Gedichten). Warszawa 1976.

*Król Mięsopust; Porwanie Europy* (Karnevalskönig; Entführung Europas. Dramen). Łódź 1977.

*Aleksander Fredro jest w złym humorze* (Aleksander Fredro ist schlecht gelaunt. Essays). Warszawa 1977.

*Thema regium* (Thema regium. Gedichte). Warszawa 1978.

*Dwie komedie* (Zwei Komödien: »Ułani« – Die Ulanen, und: »Dwór nad Narwią« – Das Herrenhaus am Narew). Warszawa 1980.

*Juliusz Słowacki pyta o godzinę* (Juliusz Słowacki fragt nach der Uhrzeit. Essays). Warszawa 1982.

*Wielki książ z dodaniem rozważań o istocie i przymiotach ducha polskiego* (Der Großfürst, unter Hinzufügung von Betrachtungen über das Wesen und die Eigenschaften des polnischen Geistes. Essays). Warszawa 1983.

*Ulica Mandelsztama* (Mandelstams Straße. Gedichte). [Warszawa] 1983. [Erschienen im Untergrund.]

*Rozmowy polskie latem 1983 roku* (Polnische Gespräche im Sommer 1983. Roman). Paris 1984; Warszawa 1984.

*Mogiła Ordona i inne wiersze z lat 1979-1984* (Ordons Grabmal und andere Gedichte aus den Jahren 1979-1984). Warszawa 1984. [Erschienen im Untergrund.]

*Żmut* (Essays, betr. Wilno im 19. Jh., Bd. 1.). Paris 1987; Warszawa 1986.

*Baket* (Essays, betr. Wilno im 19. Jh., Bd. 2.). Paris 1988.

*Umschlagplatz* (Roman). Paris 1988; Warszawa 1988.

*Ulica Mandelsztama i inne wiersze z lat 1979-1985* (Mandelstams Straße und andere Gedichte aus den Jahren 1979-1985). Kraków 1992.

*Moje dzieło pośmiertne* (Mein postumes Werk. Gedichte). Kraków 1993.

*Kilka szczegółów* (Einige Details. Essays). Kraków 1994.

## IN DEUTSCHER ÜBERSETZUNG

Umschlagplatz (Umschlagplatz. Roman). Deutsch von Martin Pollack. Berlin: Rowohlt 1993.

*Polnische Gespräche im Sommer 1983*. Roman. (Rozmowy polskie latem 1983 roku). Übersetzt von Esther Kinsky. Frankfurt am Main: Suhrkamp 1995.

# POLNISCHE BIBLIOTHEK
# SUHRKAMP

DIE DICHTER POLENS
*Hundert Autoren vom Mittelalter bis heute*

DAS JUNGE POLEN
*Literatur der Jahrhundertwende*

J. C. F. SCHULZ
*Reise nach Warschau*

LEON KRUCZKOWSKI
*Rebell und Bauer*

CZESŁAW MIŁOSZ
*Gedichte*

TADEUSZ RÓŻEWICZ
*Gedichte, Stücke*

DER MONARCH UND DER DICHTER
*Polnische Märchen und Legenden*

JAN SOBIESKI
*Briefe an die Königin*

STEFAN ŻEROMSKI
*Vorfrühling*

HOFFNUNG DER BESIEGTEN
*Erzählungen des polnischen Realismus*

JANUSZ KORCZAK
*Das Kind lieben*

BEDENKE, BEVOR DU DENKST
*Aphorismen, Sentenzen und Gedankensplitter*

KAZIMIERZ BRANDYS
*Warschauer Tagebuch*

JERZY ANDRZEJEWSKI
*Asche und Diamant*

WACŁAW BERENT
*Wintersaat*

JAROSŁAW IWASZKIEWICZ
*Die Fräulein von Wilko*

STANISŁAW IGNACY WITKIEWICZ
*Verrückte Lokomotive*

JÓZEF WITTLIN
*Die Geschichte vom geduldigen Infanteristen*

WISŁAWA SZYMBORSKA
*Hundert Freuden*

HENRYK RZEWUSKI
*Denkwürdigkeiten des Herrn Soplica*

BRUNO SCHULZ
*Die Mannequins*

LESZEK KOŁAKOWSKI
*Narr und Priester*

ZBIGNIEW HERBERT
*Das Land, nach dem ich mich sehne*

KORNEL FILIPOWICZ
*Der Kater im nassen Gras*

POLNISCHES MITTELALTER
*Ein literarisches Lesebuch*

JAN JÓZEF SZCZEPAŃSKI
*Japanische Blumen*

POLEN IM EXIL
*Eine Anthologie*

TEODOR PARNICKI
*Aetius, der letzte Römer*

POLNISCHE AUFKLÄRUNG
*Ein literarisches Lesebuch*

WŁADYSŁAW ST. REYMONT
*In der Opiumhöhle*

MARIA DABROWSKA
*Tagebücher*

STANISŁAW LEM
*Technologie und Ethik*

JULIAN PRZYBOŚ
*Poesie und Poetik*

WŁADYSŁAW TERLECKI
*Die zwei Köpfe des Adlers*

ANDRZEJ KUŚNIEWICZ
*Tierkreiszeichen*

POLNISCHER BAROCK
*Ein literarisches Lesebuch*

SŁAWOMIR MROŻEK
*Zabawa*

LYRISCHES QUINTETT
*Fünf Themen der polnischen Dichtung*

STANISŁAW WYSPIAŃSKI
*Die Hochzeit*

DEUTSCHE GEDICHTE
ÜBER POLEN

ADAM MICKIEWICZ
*Dichtung und Prosa*

POLEN ZWISCHEN OST UND WEST
*Eine Anthologie*

JULIAN STRYJKOWSKI
*Zwei Erzählungen*

J. M. RYMKIEWICZ
*Polnische Gespräche im Sommer 1983*